J'ai couru vers toi

Christine Le Doaré

J'ai couru vers toi

Roman noir

Édition : BoD – Books on Demand, info@bod.fr
Impression : BoD – Books on Demand, In de Tarpen 42, Norderstedt
(Allemagne)

Impression à la demande

Illustration : CLD

ISBN : 978-2-3225-3938-3
Dépôt légal : Juin 2024

« Les apparences sont donc bien en péril puisqu'il s'agit toujours de les sauver »

Natalie Clifford Barney

Pour vous qui sortez des sentiers battus

Camille marche vite, elle sait qu'il n'est pas prudent de traîner seule si tard dans ces rues désertes et sombres. Depuis quelques mois, les écologistes de la Mairie ont imposé des mesures pour lutter contre la pollution lumineuse, aussi l'éclairage public s'interrompt-il dès 22h. Depuis, beaucoup des femmes qui rentrent seules chez elles, restreignent leurs sorties quand elles ne peuvent pas être raccompagnées ou se payer un chauffeur de VTC. Ils n'ont pas pensé à elles.

Elle aurait dû partir plus tôt pour éviter de prendre des risques. Il doit être environ 2h20 et dans les logements alentours, tout le monde semble dormir. Un chat roux au pelage râpé, surgit d'une haie et la fait sursauter ; d'humeur câline il se frotte contre ses jambes, attendrie, elle s'arrête pour le caresser. Puis souriant de la féline rencontre, elle reprend sa route apaisée. Plus que trois pâtés de maisons et elle sera au chaud chez elle.

Elle sent sa présence avant de le voir, il marche derrière elle avec précaution. A-t-il compris qu'elle l'avait repéré ? Il accélère brutalement, la fait pivoter face à lui, une main sur sa bouche pour l'empêcher de crier. Précaution bien inutile, aucun son ne se forme, elle est muette de terreur et son cœur bat à tout rompre. Puis elle se souvient, il n'est qu'un homme il est donc vulnérable, elle doit gagner du temps et trouver la force de réagir. Elle a suivi des stages de self-défense et appris où frapper pour déstabiliser un adversaire. Quand il la plaque contre le platane le plus proche, elle le laisse faire, elle veut qu'il ait l'impression qu'elle ne résistera pas. Elle respire déjà plus calmement et quand il presse contre elle son bas ventre, elle projette violemment son genou droit dans son appareil génital. Saisi, il hurle de douleur et de rage pendant qu'elle s'éloigne aussi rapidement qu'elle le peut.

Elle l'a échappé belle ! A bout de souffle, assise sur le sol dos à sa porte d'entrée, elle fulmine. Les femmes ne seront donc jamais libres de se déplacer à leur guise sans courir le risque d'être agressées ? Devront-elles toujours se méfier, anticiper pour assurer leur sécurité et d'ailleurs sans garantie aucune du résultat ? Avoir encore besoin d'une escorte masculine au vingt-et-unième siècle !

A trente-et-un-ans, elle n'est pourtant pas disposée à restreindre sa liberté de mouvement, elle veut être libre d'aller et venir à sa guise. De toute façon elle ne concevrait pas de se mettre en couple pour ça, déjà que l'idée du couple et de sa routine ne l'attire pas franchement, à l'occasion elle veut bien d'une seconde brosse dans son gobelet de salle de bains ou de poil de barbe sans son lavabo, mais à l'occasion seulement ! Au contraire de la plupart de ses amies, elle ne ressent pas le besoin de s'engager de cette manière, elle pense que faire habitation commune c'est se conformer à la norme sociale. C'est aussi plus économique mais il ne faut pas s'étonner si le désir s'éteint plus rapidement. Elle réalise qu'ils sont ensemble depuis plus d'un an, Jérémy et elle. Ensemble mais chacun chez soi même s'ils y sont rarement seuls. Ils s'entendent à merveille et c'est la première fois qu'elle vit une relation aussi longue.

Mais ce n'est vraiment pas le moment de philosopher sur le couple, elle doit se secouer et appeler la police pour témoigner de l'agression afin qu'ils l'arrêtent. Elle ne veut pas qu'il s'en prenne à d'autres femmes. Les jambes flageolantes, elle se lève et sort son téléphone portable de son sac. Le policier au bout de fil l'informe qu'une patrouille arrive sur place, elle aura peut-être la chance de retrouver l'individu traînant toujours dans le quartier. Il raccroche non sans lui avoir rappelé de venir porter plainte au commissariat le lendemain matin. Épuisée, elle s'abandonne à son fauteuil, devoir longuement décrire la scène de l'agression avait été comme la revivre. Le policier lui avait conseillé d'appeler un médecin si elle en éprouvait le besoin ou quelqu'un de son entourage pour la réconforter.

Elle veut juste que la patrouille retrouve son agresseur au plus vite. Maintenant elle n'a plus qu'une idée en tête, vite prendre une douche, il lui semble qu'elle ne pourra pas dormir sans avoir effacé toute trace de l'agression. Elle peut encore sentir ses mains sur elle, l'odeur acide de sa transpiration, son haleine chargée de vieux tabac, elle se retient de ne pas vomir. Longtemps elle laisse couler l'eau chaude sur son corps, ce soir la planète l'excusera pour gaspiller ainsi le précieux liquide. Puis apaisée, elle gagne son lit et s'y laisse lourdement tomber, elle se doute qu'elle aura du mal à s'endormir, elle craint de revivre son agression dans une suite chaotique de cauchemars plus ou moins éveillés. Sans qu'elle ne s'en rende compte, le sommeil l'emporte pourtant.

A l'aube, la patrouille passe l'informer qu'ils n'ont pas retrouvé l'agresseur mais continueront de le traquer dans le quartier et dans toute la ville, des agressions similaires ont été signalées ces dernières semaines. Après leur départ, elle tire soigneusement le verrou, regagne sa chambre et se glisse dans ses draps couleur lilas pour quelques minutes de plus.

Le lendemain matin, sans même prendre le temps de déjeuner, Camille enfourche son vélo bleu et fonce au commissariat central de la Place Waldeck Rousseau. Elle leur raconte tout ce dont elle se souvient et dans les moindres détails. Les enquêteurs sont friands des précieux détails que Camille leur fournit sur l'agresseur car ils ont enregistré des plaintes similaires et recherchent un seul et même agresseur qui sévit dans ce quartier depuis maintenant un mois. Elle accepte sans hésiter de les aider à établir un portrait-robot. Le lieutenant qui la reçoit la félicite pour avoir mis son agresseur en fuite et pour les aider du mieux qu'elle le peut.

Deux heures plus tard, autant soulagée d'avoir été écoutée que d'avoir apporté une aide efficace aux enquêteurs, Camille se dirige vers un bar à vin du quartier du Bouffay où elle a rendez-vous avec son amie Léa. Elle l'avait appelée ce matin au réveil, Jérémy était à la Rochelle en week-end prolongé avec ses copains *voileux* et elle avait besoin de parler de ce qui venait de lui arriver. Elle savait que Léa venait de rentrer de reportage, elle avait vu ses photographies dans le dernier numéro d'un magazine d'actualité pour lequel elle travaillait. Au téléphone, elles étaient convenues de déjeuner ensemble le midi-même.

Elles se connaissaient depuis quelques années déjà, elles s'étaient rencontrées dans un cadre professionnel et peu à peu leur estime mutuelle avait évolué en amitié. Léa était photographe de guerre et à cinquante-deux ans, elle jouissait d'une solide notoriété. Il y avait entre elles une forte complicité, Camille admirait le courage dont Léa faisait preuve pour prendre des clichés au plus près de l'action et Léa quant à elle, appréciait l'audace et l'originalité de la jeune attachée de presse.

Attablée, Camille l'attend depuis une vingtaine de minutes quand Léa déboule dans la salle de restaurant bondée à cette heure-là, en retard comme à son habitude. Avec ce petit côté baroudeur rentre-dedans, elle n'en est pas moins une belle femme pleine d'assurance. Camille la trouve d'ailleurs moins séduisante quand elle est plus apprêtée.

Le serveur leur apporte leur commande, elles mangent tout en devisant de choses et d'autres, puis Camille raconte à Léa l'agression dont elle a été victime la nuit précédente. A mesure qu'elle se remémore les faits, elle se laisse gagner par l'émotion et avec fébrilité revit une fois encore l'agression de la nuit dernière. Léa peinée, sent à quel point Camille a besoin de toute son attention et se concentre sur son récit, repoussant ses propres préoccupations. Elle comprend bien la peur ressentie par Camille la nuit dernière et quand cette dernière lui décrit le coup de genou porté au sexe de l'agresseur, elle se voit le faire à sa place !

« Bravo Camille, quelle présence d'esprit et quelle force, tu es incroyable !

- *Tu sais, le cours d'auto-défense m'est revenu en un éclair alors j'ai tenté le tout pour le tout mais j'étais paniquée, je n'arrivais même pas à crier, un bourdonnement emplissait mes oreilles, mon cœur battait à tout rompre et j'avais l'impression d'être paralysée.*
- *C'est bien normal la peur est un paralysant, tout le monde aurait peur dans de telles circonstances, mais tu es sortie de cet état de sidération, tu as agi. On ne sait*

jamais comment on va réagir, au moins toi maintenant tu le sais. »

Le serveur leur apporte la carte des desserts mais elles déclinent, elles n'ont pas vu passer l'heure et n'ont plus de temps que pour un café. Pendant qu'il s'éloigne, Camille répond à son amie :

« Tu me parles de courage mais tu en as à revendre avec tout ce que tu as vécu au cours de tes reportages ! Il n'y a pas tant que ça de femmes photographes dans les zones de conflit, ce sont plutôt des hommes, n'est-ce pas ? »

Léa sait que bien des gens ne réalisent pas à quoi s'exposent les reporters et photographes de guerre et regrette leur manque de curiosité. S'ils étaient capables d'évaluer les risques encourus, les difficultés physiques et mentales inhérentes à ce métier ! Bien sûr, c'est aussi une profession gratifiante et ceux qui l'exercent n'imaginent rien de plus exaltant à faire de leur vie. Ils ont besoin d'être plongés au cœur d'une actualité brûlante, persuadés d'agir sur l'issue des conflits en informant. Pourtant, les budgets sont de plus en plus restreints, les coûts limités au strict minimum. Les reportages sont soigneusement préparés, les temps ne sont plus vraiment à l'aventure, seuls les plus chevronnés bénéficient occasionnellement de plus de liberté. De vastes zones géographiques jugées trop dangereuses ne sont plus couvertes pourtant il arrive encore que des journalistes et photographes de guerre soient enlevés ou tués. Ils partent en équipe, journaliste et photographe, et sur place les attend un *fixeur* à la fois guide et interprète. Les équipes américaines, notamment celles des chaînes de télévision, peuvent même être accompagnées d'hommes en armes. En buvant son café, Léa l'explique à Camille :

« Tu es bien plus courageuse que moi, je n'ai jamais eu à me défendre de la sorte. Oh j'ai eu peur bien des fois, lors de bombardements ou face à des types dont tu ne sais jamais s'ils sont fiables ou pas et peuvent changer d'attitude d'une seconde à l'autre et te piéger mais je n'ai jamais été confrontée à une atteinte à mon intimité. Des comportements obscènes, des approches déplacées, ça oui mais c'est tout.

Grâce à ton témoignage et surtout le portrait-robot, ils vont l'arrêter et d'autres femmes seront épargnées grâce à toi. Tu as pensé à te faire aider ? On ne sait jamais, il ne faudrait pas que cette tentative d'agression ne t'angoisse trop ni ne freine tes envies de liberté. J'imagine que Jérémy t'entoure de toute son affection ? »

Camille fouille nerveusement dans son grand fourre-tout à la recherche de son portefeuille et lui répond :

« Tu es la première à qui j'en parle, quand Jérémy est en week-end de voile, je n'interfère jamais. Il rentre demain, je lui raconterai. Il va probablement me répéter une fois de plus que je devrais être plus prudente et ne pas rentrer à pied seule tard le soir, mais plutôt prendre un taxi...

- *Il a raison. L'un des avantages de vivre en couple c'est d'avoir une escorte privée. Quand Malo est à mes côtés, je ne me préoccupe que rarement de savoir l'heure qu'il est et peu m'importe que la rue soit déserte ou plongée dans le noir. En revanche quand je suis seule je suis sur*

Camille songe que décidément, la sourde menace d'agression qui pèse sur les femmes n'est pas étrangère à leur besoin de chercher une protection dans le couple. Et c'est vrai, la plupart des hommes ne s'en prend pas aux femmes accompagnées. Parfois hélas et c'est un comble, croyant s'être mises à l'abri, certaines subissent au sein-même de leur foyer, la violence de leur protecteur supposé. Mais ne voulant pas décontenancer son amie, elle garde ses pensées pour elle. Léa est certes une baroudeuse professionnelle, plutôt indépendante mais elle a aussi un côté traditionnel, héritage de son éducation bourgeoise. Du reste, dans l'état d'esprit où elle se trouve actuellement, elle est sûrement encline à trop dramatiser, alors elle se tait.

Elles sortent du restaurant, s'embrassent en se promettant de se revoir très vite. Il fait froid en ce début du mois de mars, le vent est tombé pendant leur déjeuner et le ciel tourne à la pluie, Camille se dépêche de monter sur son vélo, elle aimerait autant éviter de se prendre une averse.

Jérémy a ouvert son magasin de cycles deux ans auparavant, l'année de son trentième anniversaire. Il en avait tant rêvé pendant qu'il était employé sept ans durant, du plus ancien magasin de cycles de Nantes. Puis son oncle qui n'avait pas d'enfant était décédé et lui avait laissé une somme d'argent suffisante pour s'installer à son compte.

Ce matin il ouvre son magasin, sourire aux lèvres. Quelle formidable sortie cela avait été, de Belle-Île à La Rochelle cette fois encore, mais en mer, il n'y a jamais de routine. Max et Benoît étaient en pleine forme et les trois complices avaient laissé de côté leur quotidien de trentenaires citadins pour savourer l'instant présent. Naviguer mi-mars c'était du sport, il fallait être aguerri, en général les plaisanciers sortaient plus tard début mai plutôt. Ils avaient eu force 4 à l'aller, mais au retour, le vent avait forci et les avait contraints à plus de vigilance. Max avait un peu râlé quand il avait été désigné pour aller à l'avant du bateau abaisser le génois et le remplacer par un foc. Quand Jérémy avait exigé qu'il s'arrime à la ligne de vie, Max avait rigolé : « je t'aime aussi mon pote ! ».

Après leurs années de lycée, ils ne s'étaient pas perdus de vue. Si Max résidait maintenant à Paris, les deux autres après avoir vécu quelques temps à l'étranger, étaient revenus s'installer dans la région. Les trois compères se voyaient le plus souvent possible, un peu comme les membres d'une famille qui s'entendent bien. Benoît s'était marié et avait eu deux enfants, Max qui était gay n'avait jamais caché ses sentiments pour Jérémy. Entre eux c'était devenu une sorte de jeu, Jérémy était attaché à Max lui aussi, mais il n'éprouvait simplement pas de désir physique pour lui.

Son employé ne va pas tarder à arriver, mais il a le temps d'appeler Camille pour lui proposer de passer la soirée ensemble, elle lui manque. Camille décroche à la première sonnerie, il lui parle un peu de leur week-end en mer et lui propose de passer chez lui pour la soirée, mais elle décline son invitation :

« *Je suis contente que votre week-end se soit si bien passé. Ce soir, je préfère rester seule. J'ai eu un appel de Gabriel qui aimerait que nous passions une soirée ensemble. Que dirais-tu si nous l'invitions chez moi demain soir et tu resterais dormir après ?*

- *Bonne idée, comme ça ce soir je fais une lessive, ce ne sera pas du luxe ! A demain soir ma belle !* »

Camille sourit, il est toujours si arrangeant, elle a hâte de le retrouver demain soir.

Jérémy pose tristement son verre sur le comptoir de la cuisine de Camille qui finit juste de lui raconter l'agression dont elle a été victime. Alors qu'ils préparaient ensemble le dîner de ce soir, il est passé sans transition de l'ambiance d'un revigorant week-end de voile à un état d'abattement. Elle aurait pu être violée pendant que lui, en mer, s'amusait avec ses potes. Il est traversé de sentiments ambivalents. Camille si indépendante et téméraire, lui échappe toujours un peu ; il aimerait parfois la protéger mais il sent bien qu'elle n'a pas besoin de lui de cette manière. Et en même temps, ça l'arrange plutôt de jouir d'une grande liberté pour vivre sans compter ses passions, la voile et le vélo où il retrouve ses amis quand il l'entend. Il n'est pas du tout certain qu'une fille plus collante lui conviendrait. Il sort de son silence pour lui dire combien il est admiratif de sa réaction mais ne peut s'empêcher de lui rappeler une fois encore, les dangers qu'elle encoure à être seule dehors la nuit. Il connaît pourtant la réponse, elle sait tout ça mais n'a pas l'intention de renoncer à sa liberté de mouvement.

Il n'insiste pas mais fulmine intérieurement contre ces hommes qui ne savent appréhender les femmes autrement que comme des proies. Il est sensible aux charmes féminins et sans que cela ne soit une fin en soi, il aime séduire. Il lui arrive, très rarement depuis qu'ils sont ensemble, d'avoir une brève aventure dont il ne parle pas toujours à Camille. Ils n'ont pas ce genre de relation, ne se rendent jamais de comptes sur ce qu'ils vivent en dehors d'eux. Bien entendu avec d'autres partenaires, ils prennent des précautions et font attention à pas blesser l'autre inutilement. Jérémy n'a jamais forcé une femme, il les respecte trop pour cela et d'ailleurs, il préfère quand elles initient un rapport sexuel plutôt que l'inverse. Sa mère, féministe de la première heure, s'était assurée qu'il apprenne à respecter et aimer les femmes comme des égales. Il déplore que trop d'hommes, de tous âges et de toutes conditions, envisagent toujours les femmes comme de simples objets de fantasmes et de désir, comme des commodités. Aussi soutient-il avec conviction les luttes féministes. C'est aussi pour cette raison qu'il s'entend si bien avec Max et Benoît, là-dessus aussi, ils sont sur la même longueur d'ondes.

Ils ont maintenant fini de concocter le dîner, il l'enlace tendrement et lui dit combien il est fier qu'elle ait mis l'agresseur hors de nuire. Elle l'embrasse et file sous la douche avant que Gabriel n'arrive. Jérémy finit de garnir le dessert et le place au réfrigérateur. Tout est prêt, il s'étire, relâche ses muscles crispés et pour mieux se détendre choisit un CDI de Jamiroquai qui le calme toujours.

Gabriel est venu directement du travail passer la soirée avec Camille et Jérémy. Avant de sortir de sa voiture, il laisse sa cravate dans la boîte à gants puis défroisse rapidement l'élégant costume fait sur mesure qui affine plus encore sa silhouette élancée. Il soigne toujours son apparence pour valoriser son allure et ses traits fins encadrés de cheveux argentés. Il ne manque pas de charme et il le sait.

Comme d'habitude, il met du temps à trouver une place en haut de la butte Sainte-Anne où réside Camille. Il a toujours plaisir à se rendre à cet endroit, sur les hauteurs de Nantes et juste en surplomb de la Loire. Les fenêtres de l'appartement de Camille donnent côté Loire, et la vue sur l'île de Nantes et son parc des chantiers comme sur Trentemoult, l'ancien village de pêcheurs aux maisons colorées, sont imprenables. S'il n'avait pas eu la chance de trouver une jolie maison sur les bords de l'Erdre, il aurait aimé vivre ici. Sur les bords de l'Erdre les lumières sont fabuleuses, mais de la butte Saint-Anne, les couchers de soleil sont aussi de toute beauté, les scintillements de la ville et de la lune quand elle ne se cache pas derrière les nuages, se reflètent dans les eaux sombres du fleuve et sur ses rives aux pavés mouillés.

Il est d'excellente humeur, satisfait du contrat enfin signé entre sa boîte de conseil en développement durable et un important groupe bancaire régional. Tout le monde finira par s'y mettre, il a choisi une voie d'avenir utile pour l'environnement et rentable pour lui.

Toujours célibataire à cinquante-quatre-ans, aisé, non-conformiste et cultivé, il connaît un monde fou et a toujours un tas d'anecdotes et d'informations à partager. Dernières expositions en vue, dernières destinations à découvrir, nouveaux lieux à fréquenter, nouvelles relations à ajouter à son carnet d'adresses, et tout ce qui est digne d'intérêt à ses yeux, il est intarissable sur tout ou presque. Parfaitement au fait de ce qui se fait de plus novateur à Nantes comme à Paris où il se rend souvent, il est toujours dans le coup. C'est sa seule religion.

Camille qui est agente d'artistes trouve ses informations précieuses. Au plan professionnel c'est un allié et elle en plus, elle apprécie sa compagnie. Il est curieux, cultivé et dynamique ; épicurien, il est toujours partant pour passer du bon temps.

Gabriel connaît Camille depuis un moment, il a plus récemment découvert Jérémy et a fini par le trouver moins rustre qu'il ne l'avait jugé au premier abord. Entiché des deux, l'idée l'effleure tout à coup que finir la soirée sur leur canapé plutôt que de rentrer seul chez lui ne lui déplairait pas. Il éclate de rire tout seul de son goût du transgressif avant de reprendre son sérieux et de sonner à la porte.

Jérémy lui ouvre, ils s'embrassent contents de se voir. Intimidé par son statut social et sa facilité à s'exprimer sur presque tout, Jérémy avait au premier abord, trouvé Gabriel un peu trop élitiste et bourgeois à son goût. Mais en se montrant chaleureux et drôle, Gabriel avait su vaincre ses réticences et maintenant, ils se voyaient avec plaisir.

La soirée passe vite, ils ont tant à se raconter.

Camille a choisi de faire l'impasse sur l'agression, elle sera interviewée le lendemain par un journaliste d'un quotidien local et devra encore raconter ce qu'elle préférerait oublier. Et puis Jérémy a semblé si affecté tout à l'heure, elle ne veut pas l'accabler plus encore. Elle leur parle de ce groupe de musique électronique qui cartonne depuis peu et qu'elle vient de signer en tant qu'agente. Elle ne regrette pas d'avoir laissé son métier d'attachée de presse et de s'être lancée dans l'activité d'agent artistique, elle a le réseau relationnel qu'il faut, polyvalente elle possède un sens relationnel exceptionnel, il lui a suffi de suivre une formation en droit de la propriété intellectuelle. Elle adore son nouveau métier et mérite son succès.

Jérémy de son côté leur raconte son dernier week-end de voile qu'il ponctue d'amusantes anecdotes. Aucun des deux ne l'envie vraiment, ils pensent qu'ils auraient bien trop froid sur un voilier à cette période de l'année, et seraient certainement malades avec une mer aussi forte.

Puis Gabriel, avec la verve qui le caractérise, les embarque dans un récit bouillonnant du vernissage d'une exposition de sculptures d'un artiste en vogue qui expose dans l'une des plus fameuses galeries de la ville. Il n'hésite jamais à mettre la main au portefeuille quand des œuvres le touchent, encore moins à en informer son cercle d'amis. Il leur dépeint sa rencontre avec quelques personnes fantasques venues picorer canapés et mignardises offerts pour la circonstance. Ils rient de bon cœur. Gabriel n'est pas cynique, mais il lui arrive de se montrer acide et terriblement moqueur.

Ils ont fini de dîner depuis un moment déjà et Gabriel réalise que Camille décroche, elle semble épuisée tout d'un coup. Ce n'est pas ce soir qu'ils feront canapé commun ! Il se lève et jetant un dernier regard par la porte-fenêtre sur le paysage qui lui plait tant :

« Tu sembles éreintée Camille, il est tard je vais vous laisser.

- *Tu me fais tellement rire Gabriel j'en oubliait à quel point la semaine a été éprouvante, mais je te l'avoue, j'irais bien me coucher.*

N'oublie pas que samedi prochain nous sommes tous invités chez Léa et Malo pour fêter les cinquante ans de Malo !

- *Je n'oublierai pas, figure-toi que je lui ai même trouvé un cadeau qui je l'espère, lui plaira beaucoup. »*

Chez le coiffeur, Léa patiente pendant que la teinture se charge de métamorphoser en blonde son abondante chevelure châtain foncé. Elle en profite pour optimiser un emploi du temps chargé, s'affairant à enregistrer de nouveaux engagements dans l'agenda de son téléphone portable. Les cheveux gris, ce sera pour plus tard, à cinquante-deux ans elle n'est pas encore prête pour ça. Elle a toujours trouvé son visage carré un peu lourd et tâche de l'estomper derrière une masse de cheveux bouclés qu'elle porte longue jusqu'aux omoplates.

Elle a rendez-vous dans l'après-midi avec Alix Hélias, l'avocate dont lui a parlé Gabriel. Elle espère la convaincre de prendre son fils Arthur comme stagiaire. Ce dernier ne sait plus trop où il en est dans ses études de droit et un stage en cabinet d'avocats pourrait l'aider à savoir si cette profession pourrait lui convenir ou pas.

Léa évolue dans un milieu où se rendre de tels services est coutumier. Son père, Paul Thomson, est un célèbre photographe et réalisateur de documentaires engagés. Sa mère a laissé de côté pour lui, une carrière d'illustratrice de livres pour enfants. Dans son milieu ce que l'on qualifie ailleurs de piston, est une pratique courante. Cela est vrai dans presque tous les milieux mais certains pistons sont plus payants que d'autres ! Tout le monde n'a pas la chance de pouvoir compter sur des cercles et réseaux bien pourvus en ressources avantageuses. C'est l'inestimable privilège de ceux qui sont nés au bon endroit. Toutefois, elle ne connaît pas Alix Hélias et ne sait pas trop comment cette dernière accueillera sa requête. Léa n'est pas arrogante, elle sait que demander une faveur peut déranger.

Elle doit aussi s'occuper de l'anniversaire de Malo qui fêtera ses cinquante-ans en fin de semaine. Elle n'ignore pas à quel point il tient à marquer l'événement. Et puis à Paris, ses parents attendent sa visite, son père décline depuis quelques temps et cela l'inquiète. Elle rentre à peine d'un long reportage à Taiwan et n'aura pas beaucoup de temps pour souffler avant de repartir pour une nouvelle mission. Son employeur est l'un des grands magazines du moment, elle a une belle réputation dans le métier, ses photographies sont appréciées mais dans les zones de conflits les plus dangereuses, les photographes masculins lui sont parfois préférés pour constituer des binômes. Aussi doit-t-elle afficher sans relâche détermination et disponibilité. Pour couronner le tout, elle se souvient que son éditeur attend toujours le bon à tirer de son dernier recueil de photographies. Et comme si tout ceci ne suffisait pas, Malo lui a rappelé ce matin qu'ils n'avaient pas passé de week-end chez ses parents au Conquet depuis longtemps. Heureusement, les fêtes de fin d'année sont passées depuis un moment, il n'aurait plus manqué que ça !

Elle souffle si fort que le volubile coiffeur du beau salon de la rue Jean-Jacques Rousseau, lui demande s'il doit baisser le thermostat du séchoir !

Dans la salle d'attente du cabinet d'avocats d'Alix Hélias, Léa se ronge les ongles. Le réalisant, elle cesse immédiatement et tente de se plonger dans la lecture d'un magazine d'économie sans vraiment en suivre ni retenir une seule ligne. La porte du bureau d'Alix s'ouvre :

« Bonjour Léa, entrez je vous en prie. Comment va notre ami Gabriel, vous l'avez vu récemment ?

- *Il va bien, bien occupé comme d'habitude ; nous étions invités chez lui dimanche dernier pour un sympathique barbecue dans le jardin de sa maison des bords de l'Erdre. Il nous a d'ailleurs parlé de vous, précisant que vous étiez en week-end à Paris et aviez hélas dû décliner son invitation.*
- *En effet. C'est votre fils qui vous amène je crois ?*
- *Oui, Gabriel m'a encouragé à faire cette démarche. Notre fils Arthur est perdu dans ses études, il ne sait pas vers quoi s'orienter, aussi avons-nous pensé qu'un stage dans un cabinet d'avocat pourrait l'aider à s'y retrouver. Si vous pouviez avoir la gentillesse de l'accueillir ?*
- *Il faut que j'y réfléchisse et en parle avec mon associé, vous savez ces stages sont en général réservés aux étudiants qui s'engagent dans la préparation du CAPA… De toute façon, avant de me prononcer, il faudrait que je le rencontre pour évaluer ses motivations. »*

Léa rougit légèrement, elle doute de plus en plus de sa démarche, Alix s'en aperçoit et ne voulant pas la mettre mal à l'aise, baisse sensiblement le regard et la rassure.

« Le mieux c'est qu'il passe me voir dès qu'il le pourra, nous en discuterons tous les deux et je verrai si un tel stage est opportun ou non. «

Alix relève la tête et plonge son regard bleu dans les yeux gris de Léa :

« Demandez-lui de m'appeler pour prendre rendez-vous.

Je suis ravie d'avoir fait votre connaissance Léa, Gabriel vous adore et parle souvent de vous. C'est étonnant que nous ne nous soyons jamais rencontrées mais il est vrai que je suis très prise par ce cabinet, sans compter que j'assure des missions de bénévolat auprès d'associations qui assistent des femmes victimes de violences sexuelles et/ou conjugales... Je me laisse facilement absorber par tout ceci.

Mais nous pourrions nous tutoyer, qu'en pensez-vous ?

- *Oui bien sûr, je te remercie beaucoup pour ta disponibilité et je vais demander à Arthur de t'appeler sans tarder.*

A bientôt, et cette fois dans un contexte amical j'espère ? «

Alix se saisit de son téléphone portable alors Léa se lève d'un bond, tourne maladroitement sur elle-même et sort du bureau un peu comme une écolière en faute. Elle a parfois, comme ça, de bien étranges réactions émotionnelles.

Alix ne sait trop qu'en penser mais elle a tant à faire, elle se dit qu'elle saura évaluer la motivation du garçon lorsqu'elle le rencontrera et se concentre à nouveau sur l'étude des dossiers empilés sur son bureau.

En sortant du cabinet Léa ressent le besoin impérieux de marcher. En marchant vite, il faut une bonne demi-heure pour aller du quartier du Palais des Congrès à la Place Graslin où elle réside, et c'est exactement ce qu'il lui faut pour refouler la tension accumulée au cours de cet entretien. Elle en a pourtant vu bien d'autres ! Absorbée par ses pensées, elle ne sent pas la pluie qui s'est mise à tomber drue et aura un effet ravageur sur son indomptable chevelure. Elle est dans son rôle de mère en essayant d'aider Arthur, alors pourquoi s'est-elle sentie embarrassée et même déstabilisée ? La personnalité d'Alix Hélias est-elle en cause ? Elle sait que l'avocate de cinquante-sept-ans, engagée pour les droits des femmes a une excellente réputation professionnelle. C'est une femme digne de confiance. Puisqu'elle a accepté de rencontrer son fils, elle n'a aucune raison d'être déconcertée de la sorte.

Et si… Gabriel le lui a dit, Alix est lesbienne, serait-ce cela ? Impossible. Elle est à l'aise avec les gays qu'elle a toujours fréquentés. Elle s'entendait à merveille avec son ami John avec qui elle a vécu en colocation pendant deux ans à Toronto. Elle était très jeune alors et lui confiait tout, ses joies comme ses peines de cœur. Elle songe consternée qu'elle n'a pas pris de ses nouvelles depuis un moment.

Elle s'entend bien avec les gays mais qu'en est-t-il avec les lesbiennes ? A vrai dire, elle a du mal à le savoir, elle n'en connaît guère. Elle se souvient avoir conçu un sérieux *crush* pour une camarade de classe mais elle n'avait alors que huit ans et dans son entourage, tout le monde en avait gentiment ri, affirmant que ça lui passerait. Six mois plus tard en effet, elle fondait devant un petit Grégoire qui selon elle, avait la plus belle collection de crayons de couleur au monde ! Bien plus tard, étudiante à Toronto, elle avait failli coucher avec Norah, la cousine de son colocataire John. Elle se remémore la soirée où seules dans l'appartement, elles avaient discuté jusqu'au petit matin en buvant beaucoup trop. Côte à côte sur le vieux canapé défoncé, elles s'étaient rapprochées, mais quand le désir l'avait prise par surprise, la peur avait été plus forte, elle s'était levée d'un bond, annonçant qu'elle allait se coucher. Quand elles s'étaient recroisées, elles avaient l'une comme l'autre feint d'avoir oublié. Il y a bien longtemps qu'elle n'avait pas repensé à tout ça.

A l'époque elle plaisait beaucoup aux hommes et enchaînait les relations. Un jour, elle était tombée amoureuse de Peter, un ami de John, mais Peter avait fini par se lasser de la jeune française qui se comportait un peu comme si le monde tournait autour d'elle. John avait beau la consoler du mieux qu'il pouvait, la rupture avec Peter lui avait laissé une profonde blessure. Léa s'était promis que les chagrins d'amour c'était fini pour elle, il lui fallait trouver l'homme dévoué qui passerait sa vie à ses côtés. Elle avait d'autres priorités dans la vie que de se remettre de chagrins d'amour destructeurs et ne voulait plus jamais être dans un tel état de vulnérabilité.

De retour en France, Peter lui manquant, elle avait recherché des amis gays, avec eux pas d'embrouilles sexuelles mais des confidents souvent drôles et fantasques. Puis elle avait rapidement trouvé Malo avec qui elle s'était mariée pour la vie.

Que de souvenirs tout à coup, mais ils ne la renseignaient en rien sur les raisons de son malaise. Assez d'introspection se dit-elle, je me suis sentie mal parce que je ne me suis pas montrée assez chaleureuse avec Alix. Elle le savait, elle avait parfois un abord distant, presque froid. Elle avait grandi auprès d'un père célèbre et avait appris à se méfier des intrus, ce qui la rendait parfois méfiante. Elle avait aussi été élevée avec des valeurs de pudeur et de retenue, les effusions démonstratives n'étaient pas de mise et cela bridait encore ses élans. Elle avait trouvé Alix sympathique, naturelle et directe, et d'une allure plus jeune que ce à quoi elle s'était attendue. Si elle n'avait pas su son âge, elle lui aurait donné dix ans de moins. Alors pourquoi ne s'était-elle pas montrée plus sympathique et chaleureuse ? Elle avait été saisie par son regard soutenu qui semblait la lire. Était-ce cela qui l'avait troublée ? Mais non, elle s'égarait, elle regrettait seulement de ne s'être pas montrée bien sympathique. Rien de bien méchant en fin de compte.

Elle n'a rien vu sur son trajet, la tête dans les épaules, elle est restée plongée dans ses pensées tout du long. Un peu surprise de se trouver déjà devant sa porte d'entrée, elle sort de son sac les clés de l'élégant appartement de la Place Graslin. Ils habitent face à l'Opéra, bel édifice à colonnades blanches et couronné d'élégantes statues. A peine a-t-elle refermé la porte d'entrée que sa mère l'appelle pour l'informer qu'elle viendra seule à la soirée d'anniversaire de Malo, son père se sent trop faible pour affronter le voyage en train de Paris à Nantes, mais ils les invitent avec Arthur le week-end suivant, s'ils sont libres. Léa la remercie de leur invitation et demande à parler à son père, elle sait qu'il attend.

La carlingue est bruyante et surchauffée, les odeurs des plateaux repas tout juste enlevés, flottent encore dans l'air. Léa somnole dans l'avion ; devant elle, huit heures de vol avant d'atterrir à Entebbe, en Ouganda. Elle sait que ce reportage sera éprouvant : au moins vingt-mille personnes sont bloquées à la frontière entre la République démocratique du Congo et l'Ouganda. L'Ouganda qui accueille déjà un million quatre cent mille réfugiés sur son territoire, a fermé ses frontières. Bertrand Durand, le journaliste qu'elle accompagne, a sécurisé leurs mouvements sur place où une petite équipe digne de confiance leur servira de guide. Pour approcher au plus près les personnes déplacées et les soldats engagés dans le conflit, ils devront néanmoins prendre quelques risques. Elle a l'habitude, prudente, elle se tient toujours sur ses gardes mais ne panique pas. Léa n'est jamais devenue indifférente au désespoir et à la terreur des civils des pays en guerre, elle leur garde une place à jamais dans sa mémoire.

Elle repense à la soirée d'anniversaire de Malo, son Malo. Une bien joyeuse assemblée était réunie pour l'occasion, beaucoup de leurs amis avaient honoré l'invitation et ils avaient dû repousser les murs. Comme la plupart des couples qui durent, ils ont beaucoup d'amis en commun. Malo a peu d'amis à lui seul, aussi était-il ravi que Loïc son ami d'enfance au Conquet, se soit joint à eux pour l'occasion. La vie de Malo est centrée sur sa famille, il faut dire que s'occuper d'Arthur seul lors des fréquents déplacements professionnels de Léa, avait été prenant.

Malo, elle l'avait soigneusement choisi, sélectionné pour ainsi dire. La chance lui avait souri, un homme comme elle en avait rêvé, fiable et fidèle. Elle avait besoin d'être sécurisée et admirée aussi. Avec lui, la vie était passée sans mauvaises surprises, il leur avait procuré à elle et à leur fils, la bienveillance et la sécurité dont ils avaient besoin.

Il était toujours amoureux d'elle et toujours à ses côtés depuis toutes ces années. Ils se soutenaient et faisaient face aux aléas ensemble. Il adhérait le plus souvent à ses envies et ses projets, c'était elle qui prenait l'initiative de proposer sorties et voyages, il était moins curieux plus casanier aussi, malgré tout, il savait lui ménager de belles surprises. Avec les années, le désir entre eux s'était émoussé. Il leur arrivait encore de faire l'amour, en général quand l'un ou l'autre en avait envie, l'autre y consentait presque toujours, par affection et puis ça n'avait rien d'un sacrifice, ils se connaissaient bien et savaient ce qui convenait à l'autre. Certes, c'était un peu convenu, mais ça les rassurait d'avoir toujours une vie sexuelle.

D'ailleurs, une fois les invités partis, ils avaient fait l'amour. Il était porté par la joie de sa soirée d'anniversaire, elle devait repartir pour un long reportage photos le lendemain. Cela avait été rapide, tout à son excitation, il avait joui très vite, pas elle. Quand ça se produisait, elle se disait que cela ne faisait rien, l'orgasme n'était pas un but en soi et puis ça n'arrivait pas si souvent qu'elle reste en rade. Depuis quelques temps elle était moins à l'aise avec son corps qui ne cessait de changer depuis la ménopause, quatre ans plus tôt. Elle se rappelle avoir oublié de prendre rendez-vous avec sa gynécologue, elle veut lui parler de la gêne qu'elle ressent parfois lors de la pénétration. Cela tombe bien qu'elle soit mariée, elle n'a plus guère envie de se mettre nue devant un inconnu. Elle n'a jamais été menue, mince à l'adolescence, elle est rapidement devenue plus ronde, et après sa grossesse a renoncé à surveiller son poids. Son corps ne l'obsède pas vraiment, mais sans être vaniteuse elle aime plaire et ne veut pas prendre trop de poids, ne serait-ce que pour des raisons de santé.

Elle ne l'ignore pas, certains de leurs amis jugent Malo banal, il n'a pas de talents particuliers et ses blagues peu inspirées ne suscitent pas franchement l'hilarité. Elle connaît bien ses défauts, il ne se livre pas beaucoup, n'est pas un monument de tendresse et se montre parfois coupant. Mais elle le défend toujours, mettant en avant ses qualités. Il est droit, solide et c'est un père attentionné, pour Léa c'est suffisant. Les émotions fortes, elle les garde pour son métier, les zones de conflits qu'elle photographie. Elle ne veut pas d'un génie ni d'un beau parleur à la maison. Sensible aux charmes masculins, elle est parfois séduite par d'autres hommes, elle s'accorde alors des rêveries voire de discrets flirts, mais elle reste fidèle à Malo. Trente-deux ans de mariage et seulement deux incartades songe-t-elle. Lors d'un reportage, une étreinte furtive dans un dortoir improvisé à même le sol, tous deux habillés chacun dans son duvet, ils s'étaient enlacés et embrassés comme pour exorciser leurs angoisses. Elle avait aussi entretenu une brève liaison avec son guide alors qu'elle avait sillonné quatre mois l'Égypte pour un de ses recueils de photographies. Elle en avait parlé à Malo qui lui non plus n'avait pas été fidèle en son absence, mais ils s'étaient débrouillés pour passer outre et ne pas compromettre leur mariage. Entre eux, c'était un pacte, ils se tenaient l'un comme l'autre à une vision idéalisée de leur mariage, bâtie sur une fidélité jusqu'à ce que la mort les sépare et quelques écarts sexuels n'y changeaient rien. Comme leurs parents avant eux, ils croyaient en la vertu et supériorité du mariage.

Elle s'était endormie, des mouvements dans l'avion l'avait réveillée à moitié, dans un entre-deux, elle continuait de rêver.

Un trou d'air la sort brutalement du sommeil, les paupières toujours closes, elle tente de rappeler à elle le rêve qui s'échappe. Elle était au lit avec Malo la nuit dernière quand Alix apparaissait soudainement, la fixant intensément. La sensation était plaisante, elle voulait la retenir, qu'allait-il se passer ensuite ? Désorientée elle grimace et se redresse brusquement. Mais c'était quoi ce rêve ! Sans ménagement, Bertrand la tire de ses pensées :

> *« Léa, ma belle, secoue-toi et avale un café, atterrissage dans une dizaine de minutes, nous n'aurons pas le temps de traîner à l'aéroport, une voiture nous prendra au vol pour deux bonnes heures de piste.*
>
> *-   Inutile de me brusquer, je suis prête ! »*

Bertrand sourit, il connaît bien Léa, ses humeurs et impatiences parfois, et il sait aussi comment la faire réagir au quart de tour.

A cinquante-deux ans Léa est toujours aussi vive mais elle a besoin d'un peu plus de temps de sommeil et de récupération qu'avant, aussi laisse-t-elle moins de place à l'improvisation. Elle ne manque plus d'emporter les produits et médicaments dont elle aura immanquablement besoin et prend soin de dormir le plus possible pendant les heures de trajet. Dormir oui, délirer non, maugrée-t-elle tout bas !

Chassant ce rêve dérangeant, elle remet ses chaussures alors que l'avion atterrit durement sur la piste de l'aéroport de Kampala-Entebbe. La baroudeuse en elle reprend aussitôt le dessus, elle réajuste sa tenue, empoigne ses sacs dans le coffre à bagages et précédant Bertrand, s'engage avec détermination sur la passerelle de débarquement. Sur le tarmac la lumière est aveuglante et la poussière lui pique la gorge, elle plaque son foulard sur sa bouche et vérifie que ses sacs de matériel photographique sont hermétiquement fermés.

Ce rêve étrange ne va pas l'empêcher de se concentrer sur le reportage qui la conduit une fois encore, dans un pays en pleine tourmente. Ne compte plus que le travail et les photos à rapporter, tout le reste passe au second plan.

Le jeune homme compte les billets que Gabriel a déposé sur la table. Quel âge peut-il avoir ? Plus ou moins 18 ans ? Gabriel préfère ne pas le savoir, ni son véritable prénom, le garçon lui raconte ce qu'il veut et lui s'en accommode. Il le sait originaire d'un pays de l'est, sa figure est pâle, il ne doit pas toujours se nourrir correctement et peut-être se drogue-t-il de temps à autres. Mais il est toujours fraîchement lavé, aimable et Gabriel le trouve à son goût. Il ne tient pas du tout à en savoir plus sur lui, il lui suffit qu'il soit disponible, ponctuel, et le satisfasse sans rechigner. Aussi s'abstient-il de lui demander depuis quand il est en France, où il vit, s'il a des problèmes ou des projets. Il ne veut pas entretenir avec lui de lien social ou amical, pas d'intimité, seulement un échange de services. Il a besoin de sexe et lui d'argent et c'est tout.

Gabriel n'est pas homosexuel, s'il devait se mettre une étiquette, ce serait bisexuel à dominante hétérosexuelle. Il lui arrive aussi de faire appel à des escortes féminines, c'est selon ses envies du moment. Il le sait, depuis l'adoption en France de la loi d'abolition de la prostitution qu'il a d'ailleurs farouchement combattue, il risque une amende, mais il ne se résout pas à renoncer à une telle commodité et s'en fiche de payer si jamais il était pris. Lui aurait voulu que la prostitution soit réglementée comme en Allemagne ou en Espagne, cela aurait été tellement plus simple. Il se rassure en se disant que les escortes sont des adultes qui travaillent. Comme il a échoué plusieurs fois à construire une relation durable, il s'est rabattu sur cette solution. Il sait aussi que même dans une relation stable, il n'aurait pas renoncé à coucher de temps à autre avec des personnes prostituées. Il est de ces hommes qui aiment ne pas avoir de comptes à rendre et se plaisent à éprouver leur supériorité et potentiel de domination dans une sexualité sans contrainte ni responsabilité. Pas méchamment non, mais à sa guise.

Il en parle peu autour de lui, il sait que la question divise. Un jour, revenant en voiture d'une journée de plage à La Baule, ils avaient parlé de prostitution avec Camille et Jérémy. Camille est une abolitionniste convaincue, elle avait parlé de la vie des personnes exploitées dans la prostitution, des blessures indélébiles physiques et mentales, de la dissociation psychique pendant l'acte, des addictions pour tenir, et de la peur des vols, des agressions et même des viols. Elle avait affirmé que la prostitution était un viol tarifé, la pire exploitation humaine possible, un odieux héritage de la domination masculine qui exigeait qu'un quota de femmes soit mis à disposition des appétits sexuels masculin, des femmes sacrifiées en sorte. Il ne peut pas lui donner entièrement tort, personne n'a jamais eu la vocation de se prostituer, c'est toujours un dernier recours. Il connaît les raisons qui amènent des personnes à s'y résoudre, elles sont le plus souvent d'ordre financier mais il arrive aussi qu'après un traumatisme sexuel consécutif d'un viol ou d'un inceste, certains s'adonnent à cette pratique. Seulement, ça ne l'arrange pas du tout de le reconnaître, il ne manquerait plus qu'il culpabilise quand il recourt à la prostitution ! Alors ils s'étaient copieusement engueulés et quand il avait demandé à Jérémy ce que lui en pensait, ce dernier s'était montré encore plus hostile que Camille. Il avait habillement changé de sujet et ils n'avaient plus jamais abordé la question. Camille et Jérémy pensaient certainement l'avoir convaincu !

En matière de sentiments, Gabriel a un problème dont il n'a jamais parlé à personne. Il ne sait plus exactement quand il s'en est rendu compte, mais il aime Léa depuis des années, pas comme une amie non, il en est amoureux. Seulement Léa n'est pas libre, Malo et elle forment un couple solide. Alors Gabriel s'est rendu indispensable, il est devenu son confident, son meilleur ami, celui qui complimente et amuse. Gabriel lui présente de nouveaux contacts susceptibles de mettre son travail en valeur, il la flatte, elle est étourdie de tant d'attention. Gabriel pense que Léa aime Malo par habitude, il attend patiemment qu'un jour elle se réveille amoureuse de lui. Il ne souffre pas, il en est convaincu, un jour il aura toute sa place dans sa vie.

Le jeune homme a fini de se rhabiller, Gabriel le raccompagne à la porte. Il ne le regarde pas s'éloigner dans la froide et pluvieuse nuit de la fin mars, il songe déjà à consulter le profil Facebook de Léa. A-t-elle posté des nouvelles d'elle en Ouganda ?

Sachant qu'Ariane n'aime pas attendre, Alix accélère le pas. Ariane a une préférence pour le cinéma Art et Essai proche de la Place Graslin, mais le film sur lequel elles se sont mises d'accord est à l'affiche du multiplex de la Place du Commerce. Elle a calculé un peu juste et aurait dû partir plus tôt du cabinet, il ne faut pas longtemps pour aller du quartier Saint-Felix au centre-ville, mais elle oublie parfois qu'elle n'a pas encore trouvé le moyen de se téléporter ! Alix a toujours du mal à lâcher ses dossiers ; au début c'était pire encore, quand elle quittait son cabinet laissant derrière elle des affaires en souffrance, elle avait l'impression de traiter avec désinvolture des clientes confrontées à des situations douloureuses et qui comptaient tant sur elle. Elle s'était spécialisée dans la défense de femmes victimes de harcèlement, d'agression sexuelle et de violences conjugales ; elle considérait que cela l'engageait personnellement, pas seulement au plan professionnel. Elle exerçait son métier comme une mission, c'était sa manière d'être féministe. Cela avait été un long chemin mais ces dernières années, les progrès étaient notables, toutefois, les dispositifs de prévention et de répression pouvaient encore être améliorés, plus de policiers formés et les victimes mieux prises en charge. Le plus gros problème malgré tout restait d'ordre culturel, trop peu de femmes victimes portaient plainte, la honte et le silence des victimes profitaient aux agresseurs. Pour celles qui allaient jusqu'au bout d'un long et pénible processus judiciaire, il leur fallait ensuite se reconstruire. Il avait fallu attendre le vingt-et-unième siècle pour que grâce aux mobilisations féministes, les violences faites aux femmes deviennent intolérables pour une majorité de gens.

La voici, Alix a repéré la filiforme silhouette d'Ariane dans la file d'attente, elles s'étreignent et quelques instants plus tard, sont confortablement installées, au milieu de la salle, épaule contre épaule.

Avec le temps, les ressentiments s'étaient envolés mais il leur avait fallu du temps. Elles avaient eu une brève et complexe relation amoureuse quand elles vivaient toutes deux à Paris. Alix travaillait encore pour un cabinet d'avocats d'affaires situé près des Champs Élysées ; elle avait une charge de travail colossale, des horaires de travail extensibles mais de temps à autre, des creux en journée dont elles profitaient pour se retrouver. Certains week-ends elles écumaient les soirées festives gays du onzième arrondissement. Elles s'étaient rencontrées lors d'une soirée associative en soutien aux femmes réfugiées en France pour raison d'homosexualité. Alix les aidait parfois à constituer leur dossier administratif. Ces femmes persécutées dans leur pays, risquaient gros si l'asile ne leur était pas accordé. Ariane avait fait les premiers pas, Alix était plus souvent choisie par ses compagnes qu'elle ne les choisissait. Dans la rencontre amoureuse elle était timide et même maladroite, allant parfois jusqu'à envoyer des signaux contraires à ce qu'elle ressentait. Et plus elle était troublée, plus elle excellait à brouiller les pistes. Non seulement il était rarissime qu'elle tombe amoureuse, en plus elle avait rarement l'audace de leur déclarer ses sentiments ! Elle n'était pourtant pas timorée pour tout le reste. Elle savait que cela venait d'un manque de sécurité affective dans son enfance et avait fini par s'y faire, il y avait pire dans la vie !

Alix avait vite été conquise par l'intelligence et le charme d'Ariane qui surdiplômée, aurait pu mener une brillante carrière, mais se limitait à écrire des guides de loisirs pour différentes collections pratiques. Elle supportait difficilement les cadres et les contraintes imposés par une carrière, elle avait aussi besoin de consacrer du temps à sa passion dévorante pour la bande dessinée et faisait du théâtre dans une troupe amateur réputée. Elle ne manquait d'ailleurs jamais d'inviter Alix aux Premières. Elles étaient fort dissemblables, Ariane était aussi dilettante qu'Alix laborieuse, Alix aussi réservée qu'Ariane était sociable et entreprenante, mais contre toute attente elles s'étaient séduites, rapprochées, puis déchirées et éloignées pour se retrouver quelques années plus tard.

Après avoir regardé le générique de fin jusqu'à la dernière ligne, Ariane s'étire et prend Alix par le bras :

« Tu as envie d'aller boire un verre ?

- *Oui bien sûr mais pas trop tard, j'ai une audience tôt demain matin. Si tu veux bien allons plutôt rue Saint-Nicolas, je n'aime pas trop l'ambiance sur cette place avec tous ces types qui rodent à l'affût d'un mauvais coup. Tu sais qu'il est prévu de gros travaux sur la Place du Commerce ? Le projet vise non seulement à rénover la place mais aussi à la réhabiliter en vue de supprimer les trafics en tous genres et notamment de drogue qui gangrènent le lieu.*

- *Tu me l'apprends, c'est une bonne nouvelle, c'est vrai que tout est à revoir la Place et ses pavés défoncés, le Cours devant avec ses abris de tram qui servent de refuges aux dealers… Ce que ce lieu peut être glauque, en plein centre-ville tout de même, il était temps d'y remédier ! «*

Le début du mois d'avril est glacial cette année, en marchant vite elles se pressent l'une contre l'autre, le nez emmitouflé dans leur écharpe de laine. Ariane butte contre un pavé disjoint et manque de tomber, Alix la serre plus fort, elle est si menue, elle a parfois l'impression qu'elle pourrait se volatiliser en un battement de cils.

Le bar comme chaque jeudi soir, traditionnelle soirée étudiante à Nantes, est plein à craquer. Alix qui a vite repéré une table libre tout au fond, y entraîne son amie. Elle parle un peu fort pour couvrir le brouhaha ambiant :

« Alors Ariane, tu t'acclimates bien à Nantes, et Eva ? Ce déménagement n'a pas de conséquences fâcheuses pour votre couple ?

- *Pour l'instant ça va. Eva a demandé sa mutation parce que le poste à Nantes l'intéresse plus que celui qu'elle occupait à Paris. Je l'ai suivie à condition que cela ne dure pas une éternité. Elle devrait pouvoir trouver un poste équivalent en région parisienne dans deux ou trois ans. Tu le sais, mes revenus ne sont pas bien fameux, Eva tient là une solide évolution de carrière, nous n'avons pas eu de mal à nous décider. Elle ne le regrette pas, moi non plus, ce n'est pas si mal de vivre ici et puis tu y es aussi. Mais dans l'absolu je préfère vivre à Paris et nous y retournerons. Toi c'est différent, tu étouffais à Paris et voulais ouvrir un cabinet dans une ville à taille humaine, pas trop loin de la mer. Moi je m'en fiche de Nantes et de la mer, j'ai besoin de respirer Paris, même si elle est de plus en plus défigurée, sale et fatigante, sans parler de tous ces pauvres hères qui hantent ses rues et portes cochères. Paris peine désormais à faire rêver mais toutes les villes sont touchées, Nantes n'est pas épargnée non plus ! «*

Ariane soupire, son regard passe sur les jeunes visages animés qu'elle observe avec curiosité, puis se perd dans le verre qu'elle n'a presque pas touché. Elle est si frêle, Alix s'inquiète parfois mais elle est aussi bien placée pour savoir que ce n'est qu'une apparence, Ariane est plus vaillante qu'il n'y paraît. Elle pense que choisir un lieu de vie est rarement simple et souvent le fruit du hasard, elle le dit à Ariane :

> *« Tu sais Paris me manque aussi, ce n'est pas si simple, partir implique de trancher dans le vif et choisir un lieu c'est regretter tous les autres. Tu pouvais aussi ne pas suivre Eva et la retrouver le week-end ? Vous n'auriez pas été le seul couple à vivre ainsi.*
>
> *- Et prendre le risque de la perdre si elle avait fait une rencontre ici à Nantes ? Je n'ai pas passé toutes ces années à la chercher pour risquer de la perdre. «*

Alix ne répond rien. La chaleur et le bruit les enveloppent, chacune se laisse absorber par ses pensées. Alix se souvient de leur rupture en dents de scie. Ariane s'était vite attachée à Alix qui lui inspirait confiance et la sécurisait avec son regard bienveillant et son écoute attentive. Alix n'avait pas résisté bien longtemps, touchée au cœur par Ariane qui avait parfaitement compris comment l'attendrir.

Elles aimaient faire l'amour ensemble mais la tendresse n'était pas le fort d'Ariane, Alix qui avait compris pourquoi n'en était pas moins frustrée. Après une courte période harmonieuse, tout était devenu compliqué entre elles, Ariane pédalait en arrière toute, submergée par ses névroses. Alix n'y comprenant rien perdait pied, l'alchimie de leur rencontre avait implosé sans qu'elle ne parvienne à comprendre pourquoi. Il faut dire que les raisons invoquées par Ariane n'étaient pas vraiment rationnelles, syndrome d'abandon mais peur de la perdre dans le quotidien, besoin de la garder toujours mais peur de s'oublier dans sa force de caractère, incapacité à vivre en couple... Alors Alix avait pris ses distances, soupçonnant que l'analyste d'Ariane n'était pas étranger à son revirement. Mais quand Ariane avait rencontré Eva et qu'elles s'étaient prestement mises en couple, Alix n'avait pas compris. Puis quand Ariane et Eva s'était mariées, Alix avait beaucoup ri se souvenant des théories d'Ariane, diamétralement opposées sur la vie de couple et le mariage. Elle s'était demandé si Ariane n'avait pas tout simplement choisi une compagne plus jeune et malléable. Mais elle était alors fort dépitée et son jugement manquait sûrement de clémence. Elles vivaient encore dans la même ville, il leur arrivait de se croiser alors elle avait fini par pardonner, après tout elle devait avoir sa part de responsabilité dans leur échec amoureux. Au début de leurs retrouvailles, elle se protégeait, ne la laissait pas entrer dans son intimité, puis lorsqu'elle avait senti qu'elle ne la désirait plus, elle avait baissé ses défenses et elles étaient redevenues proches.

En revanche, elle ne tenait pas à fréquenter Eva, elle ne l'appréciait pas, tout simplement. Elle ne l'avait croisée que deux ou trois fois, mais elle ne lui avait trouvé aucune présence et l'air accablé qu'elle affichait en public l'agaçait. Alix n'avait pas eu envie de faire d'effort pour en savoir plus sur elle, après tout pourquoi l'aurait-elle dû ?

Alix avait appris de leur histoire, elle se disait maintenant que l'amour dont on faisait grand cas, se résumait peut-être à peu de chose, le désir lui ne ment jamais mais ne se manifeste pas toujours de manière opportune, la vie de couple quant à elle est un contrat social. Trouver le ou la partenaire compatible et le présenter au monde entier, pour certaines personnes, c'était le graal d'une vie. Tant pis si rapidement les habitudes s'installaient et si l'amour devenait une association, un partenariat. C'est ainsi que beaucoup de gens continuent de vivre en couple avec un être qui ne leur convient plus vraiment mais sur lequel ils ont un jour, projeté leur idéal amoureux. D'ailleurs pourquoi ne se demande-t-on pas pourquoi les personnes séparées recouvrent la vue et s'accablent l'une l'autre, devenues étrangères à ce qu'elles éprouvaient jadis. Rien de bien nouveau me direz-vous, c'est même vieux comme le monde et pourtant la plupart des gens continuent de reproduire le même schéma sans se poser trop de questions. Peut-être n'y-a-t-il rien de mieux en fin de compte ? Elles deux ne se marieront jamais, pourtant... Mais elle s'égare, revenant dans le présent elle les sort de leur torpeur :

« Tu ne veux pas la perdre ? En effet, je pense que tu serais incapable de le surmonter après ces années de mariage ; combien exactement, sept ans ? Déjà ? Ce n'est pas toi qui m'as dit un jour que toute vie de couple est vouée à l'échec ?

- *Alix qu'est-ce qui te prend ?! L'eau a coulé sous les ponts...*
- *Oui et d'ailleurs il est tard, je vais rentrer. Tiens, j'irai faire un tour à Pornic samedi, la météo prévoit enfin un week-end ensoleillé, je t'emmène si tu veux, ça te ferait le plus grand bien de faire une petite balade sur le sentier côtier, tu prendrais quelques couleurs ?*

- *C'est tentant et Eva sera prise toute l'après-midi avec des cours d'alphabétisation, tu sais, elle s'est engagée auprès de cette association qui cherchait des bénévoles...*
- *Parfait, habille-toi chaudement il fera beau mais froid ; allez on y va, je vais régler c'est mon tour. »*

A cette heure tardive le bar n'a toujours pas désempli, elles se frayent un passage vers la sortie et vont attendre leur chauffeur de VTC respectif sur le cours des Cinquante Otages tout proche.

Alix a hâte d'arriver chez elle, le commentateur du match de foot qui vocifère dans l'autoradio de son VTC lui porte sur les nerfs. A l'arrière de la voiture, elle voit défiler des vitrines cassées, des abris-bus vandalisés et des graffiti stupides qui recouvrent les murs du centre-ville martyrisé le samedi précédent, comme désormais chaque samedi. Depuis la mobilisation des zadistes contre le projet d'aéroport à Notre-Dame-des-Landes, le centre-ville de Nantes, est défiguré presque chaque fin de semaine par des groupes qui profitent des manifestations pour saccager tout ce qu'ils peuvent et provoquer la police. La population a pris l'habitude de se replier à l'écart des gaz lacrymogènes. Les manifestations des Gilets Jaunes qui ne manquent jamais de dégénérer, n'impressionnent plus vraiment les Nantais. Comme tant d'autres français, ils sont de plus en plus nombreux à se détourner du mouvement, ne voulant plus cautionner les exactions des zadistes, black-blocs et autres groupuscules d'autonomes et de gauchistes mais aussi de nationalistes d'extrême-droite. Comme Alix qui s'était intéressée au mouvement à ses débuts, beaucoup constatent désormais que les manifestants sont radicalisés à l'extrême et que les alliances entre extrêmes de gauche et de droite agrégées en milices factieuses, ne peuvent être que funestes. Nantes a une tradition de luttes sociales, la ville au passé industriel est nettement marquée à gauche, mais les Nantais ne sont pas stupides, ils ne veulent pas d'une ville détruite ni d'une détresse économique. Ils comprennent le désarroi des commerçants confrontés à la destruction de leurs vitrines, contraints de baisser le rideau chaque samedi pour protéger leur clientèle et leurs marchandises. Et puis, ils commencent à en avoir plus qu'assez de devoir contourner le centre-ville, d'interrompre ce qu'ils ont à y faire pour fuir les affrontements entre les casseurs et la police. Alix sature de voir la ville saigner de toute cette violence gratuite et vaine, elle en veut à la majorité municipale qui n'a jamais pris un vœu en conseil municipal pour la dénoncer.

Alix qui plus jeune, s'était engagée pour un monde plus égal et plus juste, pardonne leur radicalisme aux plus jeunes, mais pas aux politiques aguerris qui les manipulent. Elle était sortie des mouvements politiques quand elle avait compris que les meneurs une fois installés au pouvoir, oubliaient leurs principes mais pas leurs intérêts. Il ne lui avait pas fallu des années pour observer que les idéologies révolutionnaires n'avaient produit que des régimes autoritaires et avaient échoué à sortir les gens de la misère. Alors, l'utopie révolutionnaire l'avait quittée, elle avait repris sa liberté et jugeait au cas par cas si elle devait se mobiliser ou pas, pour une cause. Elle s'informait beaucoup et se tenait prête à s'engager à nouveau corps et âme, si jamais le pire devait se produire. Mais elle se méfiait des jugements à l'emporte-pièce et des extrêmes simplistes, son esprit critique était aiguisé, elle était aussi très pragmatique. Surtout, elle était intransigeante sur le respect des valeurs républicaines, défendait inconditionnellement la laïcité et en féministe universaliste convaincue, était soucieuse d'aider au mieux les femmes qui la sollicitaient.

« Nous y sommes madame, douze euros s'il-vous-plait.

\-   *Voici, merci et bon courage ! «*

Alix se brosse les dents ne pensant plus qu'aux draps qui l'attendent quand la tête sur l'oreiller, elle se plongera dans le livre en cours qui lui tiendra compagnie avant qu'elle ne plonge dans un profond sommeil réparateur.

Il est 19h et dans la vaste cuisine aux meubles laqués de blanc, Léa ouvre les emballages des plats commandés chez son traiteur favori. Rentrée d'Ouganda deux jours plus tôt, elle a hâte de savoir comment se passe le stage d'Arthur. Il n'habite plus avec eux, l'année dernière, ils lui ont loué un studio proche de l'université, mais il n'a que vingt-ans aussi veillent-ils à ce que leurs liens ne se distendent pas trop. Arthur est assez mûr pour son âge mais il se cherche encore et au plan économique, il n'est pas autonome.

Dans un tram de la ligne 2 qui descend vers le centre-ville, Arthur pense à sa mère qu'il n'a pas vue depuis un mois. Plus jeune il s'était beaucoup interrogé sur l'amour qu'elle lui portait. Comment pouvait-elle le laisser avec son père aussi souvent et continuer d'exercer un dangereux métier si elle l'aimait autant qu'elle le disait ? Et si elle était tuée ? Avait-elle seulement pensé à son chagrin ? Si elle tenait tant à sa liberté pourquoi avait-elle voulu un enfant ? Puis à la veille de ses 15 ans, il s'était dit que si le photographe de guerre était son père et non sa mère, il ne se poserait pas toutes ces questions et il avait cessé de se tourmenter. Il savait qu'à sa façon, elle les aimait lui et son père. Il avait aussi récemment compris que sa mère, avant d'être la femme de son mari et la mère de son fils, était la fille de son père, c'était à lui qu'elle prouvait encore et toujours sa valeur. Mais quand il comparaît sa famille avec celle de ses potes, il ne trouvait pas de raison de se plaindre. Il n'était pas, comme certains d'entre eux, confronté à une incompréhension mutuelle ou pire encore à de l'indifférence. Il était même chanceux d'avoir une famille aimante qui l'entourait du mieux qu'elle le pouvait.

Il a sa clé, laissant tomber son sac à dos dans l'entrée, il se rend directement à la cuisine d'où proviennent des odeurs alléchantes.

« Coucou, ça sent bon, tu nous as cuisiné quoi ? «

Ça le fait rire Arthur, il sait bien que sa mère ne cuisine guère et fait appel à des traiteurs, selon elle, c'est bien meilleur. Elle n'a surtout pas le temps de faire les courses encore moins de préparer les aliments pour un repas élaboré. Malo cuisine de temps à autre, mais depuis que leur fils a quitté la maison, ils se font souvent livrer de bons petits plats ou vont au restaurant. Arthur prend sa mère dans ses bras, esquisse quelques pas de danse puis la tenant à bouts de bras.

> *« Voyons-voir, quelque chose a changé ? Tu sors de chez le coiffeur non ? Il n'y est pas allé de main morte dis-donc !*
>
> *Alors ce dernier reportage, pas trop périlleux ? Tu me montres tes photos ? «*

Léa n'aime pas qu'on lui parle de ses cheveux mais elle sait que cela amuse Arthur qui lui, porte fièrement ses bruns cheveux frisés.

> *« Mon chéri, aide-moi plutôt que de dire des bêtises, emporte la bouteille de vin dans la salle à manger et débouche-là, j'arrive avec les plats dans quelques minutes. Tu attendras le dessert pour les photos. »*

Ces trois-là ont plaisir à se retrouver autour de la table et les discussions vont bon train. Pressée de questions sur son voyage en Ouganda, Léa raconte à Arthur leur difficulté à entrer dans les vastes camps, la promiscuité, la saleté, les maladies, les regards interrogateurs des enfants, la souffrance, parfois aussi l'animosité dans les yeux des adultes. Malo qui a déjà entendu le récit de Léa, les couve du regard tout en se délectant des goûteuses entrées. Il n'y a pas à dire, ce traiteur mérite sa réputation !

« Je te montrerai mes photos préférées tout à l'heure, pour le prochain numéro du magazine ils n'ont sélectionné qu'un petit nombre de clichés, pas forcément les plus intéressants selon moi. Si tu viens avec nous rendre visite tes grands-parents le week-end prochain, je leur ai aussi promis une projection.

- *Ah désolé, j'ai une compétition d'aviron ce week-end, je viendrai la prochaine fois c'est promis, là c'est trop tard pour me faire remplacer.*
- *D'accord, tu sais comme ils t'aiment et attendent de te voir...*

Maintenant raconte-nous, comment se passe ton stage ? Que penses-tu du métier d'avocat ? Et Alix Hélias, comment est-elle avec toi ?

- *Tu sais maman, j'ai commencé la semaine dernière et pour l'instant j'ai surtout fait des photocopies et du classement pour aider la secrétaire du cabinet. Marc, l'associé d'Alix, je ne l'ai croisé que deux ou trois fois en coup de vent, il est souvent au tribunal. J'en retiens surtout une ambiance, un rythme, et je commence à avoir une idée des affaires dont ils s'occupent. Je comprends qu'il y a des avocats spécialisés dans tout un tas de domaines, il y un monde entre des avocats pénalistes, constitutionnels ou civilistes… Ce stage peut m'aider à savoir si je veux être avocat ou pas, et si oui dans quelle branche. Mais je me demande tout de même si je ne préférerais pas la magistrature ou le droit européen ? »*

Malo sort de son silence.

« Finis ton stage, dans trois mois tu feras le point, si tu dois écarter cette profession, alors tu t'intéresseras aux autres branches du droit, mais après.

- Oui papa, tu as sans doute raison, de toute façon je peux toujours être avocat et tenter la magistrature ensuite… »

Mais Léa insiste, elle veut en savoir plus sur la manière dont Alix se comporte avec Arthur.

« Comment est Alix avec toi, elle est disponible et te consacre assez de temps ? Elle est sympa ?

- Alix ? Alix est débordée, elle reçoit des femmes qui sont en situation de détresse, prépare leur défense et plaide au Palais.

Elle est aussi sollicitée par des associations de lutte contre les violences conjugales et contre le viol. Je me demande comment elle fait pour gérer tout ça ?

- En effet, mais je te demande si elle s'occupe bien de toi et si elle est sympa avec toi ou pas ?

- *Oh oui ne t'inquiète pas, elle m'a même invité à déjeuner hier midi ! Elle a pris du temps le premier jour pour me parler des principaux dossiers en cours et elle a l'intention de me faire un topo chaque semaine sur sa stratégie de défense pour une affaire en particulier. »*

Malo pense que Léa se demande si elle a bien fait de solliciter Alix et se montre rassurant comme à chaque fois qu'elle doute du bien fondé de ses actes. Il la rassure :

« Léa, si Alix Hélias a accepté qu'Arthur effectue un stage chez elle, c'est qu'elle y voit aussi son intérêt, elle n'a pas accepté que pour faire plaisir à Gabriel ou parce qu'elle n'a pas osé te dire non.

- *Je ne m'inquiète pas, mais nous ne la connaissons pas alors je me renseigne, je préfère qu'Arthur effectue ce stage dans de bonnes conditions. La qualité de l'accueil est déterminante pour la réussite d'un stage.*
Nous pourrions l'inviter à dîner un de ces jours, ce serait tout de même la moindre des choses, non ?
- *Bien sûr, mais il n'y a pas d'urgence, laisse-les faire connaissance.*
Allez, je vais nous chercher la suite, j'ai faim moi !
- *Tu sais maman, Alix a un compte Facebook sur lequel elle poste régulièrement des informations sur les violences faites aux femmes… tu devrais lui faire une demande d'amie, de son côté elle pourrait s'intéresser à tes photos.*
- *Tu crois que je peux la demander en amie ?*

Le repas terminé, ils continuent leurs discussions au salon. Léa et Malo souhaitent que leur fils les accompagne la prochaine fois qu'ils iront voir ses grands-parents paternels dans le Finistère mais Arthur leur rappelle que ce n'est pas le moment, il préfère profiter pleinement du stage chez Alix. Ils approuvent, ravis de le trouver aussi consciencieux.

La soirée est bien avancée, le dernier tram pour le quartier de l'université est passé depuis un moment, Arthur reste dormir dans son ancienne chambre où son lit est toujours fait.

Malo peine à s'endormir, sa femme marmonne dans son sommeil, elle rêve déjà. Depuis cinq ans maintenant Léa et lui dorment dans deux lits juxtaposés ainsi ils se gênent moins la nuit et quand l'un des deux est malade ou ronfle un peu trop fort, l'autre dort dans la chambre d'amis.

Malo qui s'inquiétait pour l'avenir professionnel d'Arthur est rassuré. Il pense être la poutre maîtresse de leur cellule familiale et cette place personne n'a intérêt à la lui contester. Il s'est toujours appliqué à être fiable, à anticiper, à assurer, à protéger. Il n'a jamais essayé de passer pour original ou brillant, de toutes les façons aucun homme jamais n'égalerait son beau-père aux yeux de Léa qui a grandi en le vénérant. Et puis Arthur n'a pas besoin d'un père extraordinaire mais d'un père présent lorsqu'il en a besoin. Élever son fils avait longtemps été son atout majeur, Léa partait l'esprit tranquille sachant leur fils en sécurité. Il soutenait aussi sa femme dans ses projets, après tout n'était-elle pas une reine ? Elle était l'héritière, le nom de son père lui collait à la peau, elle n'en avait d'ailleurs pas changé en se mariant. C'était un peu comme si elle, avait un destin et lui, s'effaçait pour lui permettre de l'accomplir. Leur couple était basé sur ce pacte implicite qu'ils avaient enrobé de son lot de romance. Cela convenait à Malo, heureux d'avoir trouvé sa place dans le clan familial de sa femme. Il était fier d'avoir décroché un précieux sésame pour accéder à un milieu social qui n'était pas le sien et s'employait à ce que cela ne change jamais.

Malo sait que si Léa est une bonne photographe, elle n'a toutefois pas le génie de son père. Ses parents lui avaient tant et tant rabâché qu'elle était géniale, elle faisait parfois preuve de suffisance, pourtant, il y avait toujours au fond d'elle une insécurité, et lui le savait. Ce paradoxe ne la rendait pas toujours agréable, elle avait du mal à s'évaluer et à se situer parmi ses paires qui la jugeaient privilégiée et pistonnée. Elle s'était en effet servie du nom de son père pour se faire connaître, mais la profession ne lui avait pas fait de cadeaux et elle avait fait ses preuves. Malo racontait souvent que tout le monde finirait par admettre qu'elle était la meilleure dans son domaine.

Il lui arrivait d'être jaloux, mais il ne le montrait pas. Du reste, il gardait ses émotions pour lui. Il ne l'ignorait pas, Léa aimait plaire, il lui arrivait de flirter ou d'avoir un coup de cœur pour un homme rencontré dans le cadre de ses activités professionnelles ou artistiques. Intelligent, il savait comment dissuader Léa de succomber, comme elle craignait par-dessus tout de souffrir par amour, il lui était facile de la ramener à lui. Une seule fois il s'était senti en danger, lorsqu'en à l'étranger pour quatre longs mois, elle avait eu une liaison. Il ne lui avait pas demandé de rompre, mais de rentrer en France, la situation empirant dans le pays où elle se trouvait. Il s'était arrangé pour qu'Arthur l'appelle plus souvent et comme il pleurait, demandant à sa mère qui lui manquait, de rentrer enfin à la maison, elle était rentrée laissant tomber son amant. Lui-même n'avait pas été irréprochable à l'époque, mais persuadé que contrairement à elle, il maîtrisait ses sentiments et ne laisserait personne l'évincer et briser leur couple, il ne se sentait pas coupable.

Juste avant de plonger à son tour dans le sommeil, il se demande pour quelle raison Léa est si curieuse de l'avocate Alix Hélias.

Assise à son bureau Léa classe ses photos. Parmi celles que le magazine n'a pas sélectionnées, certaines seront exposées dans une galerie, d'autres seront vendues au profit de populations déplacées. Comme elle, d'autres célèbres photographes ont accepté de participer à cette action de générosité. Son portable sonne, c'est Camille, elle décroche.

« Comment vas-tu ma belle ?

- Mieux. Dis, avant que tu ne t'échappes de nouveau, j'espère que l'on va pouvoir se voir ?

- Pas dans l'immédiat, nous partons quelques jours au Conquet chez les parents de Malo, et cette fois-ci je n'y coupe pas ! »

Camille sourit, elle sait que Léa, même si elle apprécie la compagnie de ses beaux-parents, préférait s'envoler pour d'autres horizons.

« J'aimerais avoir ton avis, voilà, ils ont retrouvé le type qui m'a agressée…

- Non, mais c'est incroyable ! Et tu ne le disais pas tout de suite !

- Je l'ai identifié et j'ai porté plainte, il va y avoir un procès, je ne connais pas d'avocats… »

Léa pense immédiatement à Alix Hélias, oui bien sûr Alix, il faut que Camille la prenne comme conseil.

« Écoute, je connais une avocate spécialisée dans les violences faites aux femmes, Arthur est actuellement en stage chez elle.

- *Tu veux parler d'Alix Hélias que connaît bien Gabriel ?*

- *Oui, c'est lui qui nous a mis en relation.*

- *Je l'ai croisée à différentes occasions... Tu as raison, je vais l'appeler, je ne sais pas pourquoi je n'ai pas pensé à elle, cette histoire me chamboule...*

- *C'est bien compréhensible, tiens-moi au courant et je te fais signe pour que l'on se voie dès que nous sommes rentrés du Conquet.*

- *Je doute que nous trouvions un moment avant l'invitation de Gabriel, tu te souviens qu'il nous a invités pour son anniversaire à la fin du mois ? Tu avais déjà oublié ? Léa ! Il te faudrait un secrétariat...*

Léa a raccroché en se demandant comment elle va tenir tous ses engagements. Laissant en plan le tri de ses photos, elle se connecte à son compte Facebook pour consulter le profil public d'Alix Hélias. Trente minutes plus tard elle y est toujours, elle passe tout en revue. Elle se décide enfin à lui adresser une demande d'amie. Elle s'inquiète, et si Alix trouvait cela intrusif, et si elle ne lui répondait pas. Puis elle se raisonne, c'est stupide, pourquoi ne répondrait-elle pas ? C'est à ça que sert Facebook à demander en ami des personnes qui ne le sont pas mais peuvent le devenir. D'un autre côté, pourquoi a-t-elle besoin de s'en faire une amie ? Des amis elle en a, et des collègues, des connaissances aussi. Elle n'a déjà pas le temps d'entretenir correctement tous ces liens comme elle le devrait alors à quoi bon ? A quoi rime de vouloir se faire de nouveaux amis à son âge ? Et pourquoi Alix Hélias ?

Léa ne peut contrôler ces moments de doute et de questionnements que d'autres trouveraient absurdes. Pourquoi a-t-elle si peu confiance en elle ? Elle n'est pourtant pas n'importe qui, on le lui assez répété. Elle est Léa Thomson, la fille du célèbre Paul Thomson. Léa se demande pourquoi elle a craint de déranger alors qu'elle appartient au gratin culturel ? A-t-elle peur de décevoir, de n'être pas légitime ? Elle a été élevée par des parents brillants et exigeants qu'elle ne devait pas décevoir, aussi se contrôlait-elle en permanence. Elle comprend confusément qu'elle ne se défera jamais de cette éducation.

La nuit est tombée, Léa s'est perdue dans ses pensées et n'a guère avancé dans ses travaux, consternée elle se lève et regarde par la fenêtre les gens déambuler sur la place Graslin. Eux semblent vaquer sereins à leurs occupations, sans se torturer inutilement. Les bienheureux. Bip. Elle sursaute, une notification, Alix vient d'accepter sa demande d'amie. En une poignée de secondes Léa change d'humeur, elle exulte.

Fin prêt, tout est sous contrôle se dit Gabriel. Depuis le matin il est sur le pont. Il a de la chance, ce n'est que le début du mois d'avril mais la journée s'annonce ensoleillée ; il ouvrira la véranda sur le jardin, la quarantaine d'invités conviée à son cinquante-cinquième anniversaire sera plus à son aise. La maison de Gabriel est sur les bords de l'Erdre, l'élégante rivière navigable aux rives boisées qui traverse Nantes pour se jeter dans la Loire. Au fond du jardin, Gabriel dispose d'un ponton privatif où est amarrée une jolie vedette en bois vernis. Il la pilote souvent jusqu'au pittoresque marché de Talensac où il fait ses courses alimentaires. Il l'amarre sur le quai face à la préfecture puis il ne lui reste qu'à gagner le marché couvert en quelques minutes de marche. De la véranda et du jardin légèrement en pente jusqu'à la rive, la vue sur l'Erdre est de toute beauté. En face, légèrement sur la droite il y a un club d'aviron où s'entraîne son filleul Arthur et à gauche, on aperçoit au loin les arbres remarquables du Parc Floral. Les promeneurs fréquentent toute l'année les sentiers aménagés sur les deux rives et les promenades en bateau sur l'Erdre sont prisées des Nantais. Gabriel est un privilégié.

Jérémy et Camille sont venus plus tôt que les autres invités pour l'aider à tout mettre en place, d'odorants bouquets dans les vases, des guirlandes, bougies et lumignons dans le jardin, des magnums de champagne au frais, et le buffet vient d'être livré par le traiteur.

Les invités sont conviés à partir de dix-sept heures pour profiter du jardin et la fête devrait se prolonger tard dans la nuit. Il est maintenant temps que Gabriel aille se doucher et se changer, dans une heure ils commenceront à arriver. Sous la douche il songe que quarante personnes au moins seront présentes ce soir mais que la seule personne dont la présence lui est indispensable, c'est Léa. Si elle avait été à l'étranger, il aurait changé la date de la fête. Il tient aussi à la présence de Camille et Jérémy auxquels il est maintenant attaché. Gabriel tient son rang, acteur majeur de la vie culturelle locale, son anniversaire doit être un événement dont on parlera et n'oubliera pas de sitôt. Non sans un certain cynisme, Gabriel songe qu'il ne sert à rien d'avoir une situation enviable si ce n'est pas pour l'exposer de temps à autres aux yeux des autres.

Il est à peine redescendu qu'arrivent Léa, Malo et Arthur. Arthur est emballé à l'idée de piloter la vedette et d'emmener les invités qui le souhaitent faire un tour sur l'Erdre. Gabriel a anticipé la demande de son filleul qui ne manque jamais de se précipiter sur le petit bateau dont il raffole, aussi a-t-il fait le plein d'essence et rempli à ras-bord la nourrice. Il accepte volontiers de confier sa luxueuse vedette à Arthur auquel il a offert le permis bateau à l'occasion de son dix-huitième anniversaire. Il ne peut rien refuser au fils de Léa. Il lui rappelle toutefois de respecter la limitation de vitesse qui à cet endroit était de 8 km/h. Il s'en doute, Arthur ira un peu plus vite, d'ailleurs lui-même n'est pas toujours bien attentif au compteur de vitesse. Il sait pourtant que cela endommage les berges, il risque d'ailleurs une forte amende mais il a toujours du mal à se limiter, sur des skis ou en voiture, c'est pareil.

Un heure plus tard, presque tout le monde est arrivé et s'égaye joyeusement dans la maison et le jardin. Tous se connaissent plus ou moins, c'est l'avantage des villes à taille humaine. Le revers de la médaille c'est que vous passez un moment embarrassant si parmi les invités se trouve une personne que vous préféreriez éviter !

Alix arrive seule, en même temps que les derniers retardataires. Elle connaît Gabriel depuis longtemps, c'est le frère cadet de

Julien, un de ses camarades de lycée. Une fois installée à Paris, elle avait gardé des liens avec Julien qui s'y était aussi installé. Un jour il avait eu un grave accident de moto et n'avait pas survécu. Lorsqu'elle était revenue vivre à Nantes, Gabriel avait été l'une des premières personnes avec lesquelles elle avait repris contact. Même s'ils n'étaient pas intimes, ils étaient liés par la mémoire de Julien. Alix avait du mal à cerner Gabriel, elle le trouvait souvent en représentation, manquant de naturel mais sa culture l'intéressait et son humour décalé l'amusait.

N'étant pas très mondaine, ayant parfois un peu de mal à sortir de sa bulle, elle s'est un peu forcée à venir mais maintenant qu'elle est là, elle entend passer une bonne soirée. Elle aperçoit Camille dont l'agresseur a été arrêté au grand soulagement des Nantais et surtout des Nantaises. L'homme était recherché depuis des mois pour avoir commis des agressions sexuelles et des viols dans le quartier de la butte Sainte Anne. Elle sait que l'instruction avance bon train. Elle est contente de la voir là, elle l'apprécie, lorsqu'elle l'a entendue la première fois à son cabinet, elle a été impressionnée par son courage et sa détermination.

Si elle avait voulu arriver discrètement c'est fichu, Gabriel qui l'a aperçue s'exclame avec fougue :

« Alix tu me fais un tel plaisir, merci d'être là !

Je n'ai pas eu l'occasion de te remercier pour avoir pris Arthur en stage, tu verras, il est charmant, il faut juste le canaliser un peu et n'hésite pas à être exigeante avec lui, c'est un enfant gâté, ça lui fera le plus grand bien ! »

En riant il embrasse Alix, la prend par l'épaule et la présente à un petit groupe qui sous la pergola, s'est lancé dans une discussion animée sur la délinquance devenue un problème préoccupant à Nantes.

> *« Voici Alix, mon amie avocate qui n'ignore rien de ces violences qui rongent notre belle ville... «*

Jean-Paul, professeur en sociologie à la fac de Nantes et dont c'est la dernière année d'exercice avant une retraite qui l'inquiète, répond :

> *« Tu sais Gabriel, cette ville a toujours été agitée, jadis elle accueillait un certain nombre de repris de justice interdits de séjour ailleurs, le quai de la Fosse et les bars à marins étaient plutôt malfamés, les bagarres et agressions de prostituées fréquentes ; comme dans de nombreux ports du reste, aussi je me demande si c'est vraiment nouveau ou si l'information très diffusée amplifie tout et nous donne cette impression ? »*

Sa fille Manon, infirmière aux urgences du CHU s'empresse de le contredire :

> *« Aux urgences nous sommes bien placés pour voir les effets de la délinquance, des trafics, de drogues notamment... Le deal à Nantes c'est tout de même un sport local, ils vendent en centre-ville au nez et à la barbe des autorités et bien des cités sont devenues des zones de non-droit. Les règlements de compte sont violents, les blessures sont toujours graves. Les mineurs isolés marocains notamment sont coutumiers d'une grande violence, ils n'ont pas de limites et pour survivre n'hésitent pas à jouer du couteau, même pour voler un sac à mains ou un portable ; ils sont aussi sans pitié entre eux. Et puis il y a tout un tas de gens qui zonent, ils arrivent de Paris et d'ailleurs, et c'est sans compter ces*

dernières années les filières de passeurs. On ne sait pas ce que ces gens ont fait dans une autre vie, ont-ils été impliqués dans des conflits armés, de quelle manière ? Certains sont psychotiques et présentent un réel danger pour la population. Il faut voir les urgences certains jours, la nature des blessures, à l'arme blanche, au tesson de bouteille… Et tous ceux qui auraient besoin d'une prise en charge psychiatrique générale. Je me demande qui prend toute la mesure du problème ? Parfois je doute que les autorités aient encore le moindre contrôle sur tout ceci ; elles espèrent qu'il n'y aura pas plus de drames… La faute à pas de chance si ça tombe sur toi ! »

Gabriel sait qu'ils se chamaillent facilement alors pour éviter que ne s'installe une joute familiale, il prend Alix à témoin :

« Vous devez avoir raison tous les deux, ce que vous dites n'est pas si contradictoire, tu en penses quoi toi Alix ? »

Alix qui a longtemps été pugnace, défendant ses opinions avec vigueur, a compris depuis quelques temps déjà, que personne ne s'écoute vraiment, tout le monde cherche plutôt à imposer son avis en fonction de son cadre de référence. Alors maintenant elle dit toujours ce qu'elle pense mais n'insiste plus et fuit les discussions interminables. A quoi bon ?

« D'après mon expérience la petite délinquance devient plus violente et les autorités sont démunies. Ils sont désormais très jeunes, ne reculent devant aucun interdit : conduire une voiture à quatorze ans, se lancer dans de mortels rodéos urbains, voler aggravés, armes blanches, agressions sexuelles aussi… Quant au grand

banditisme, il est très organisé, ils utilisent des armes de guerre et bénéficient parfois d'appuis haut placés. Les trafics en tous genres, drogues, armes, êtres humains sont de véritables économies parallèles ; aucune ville, aucun endroit n'y échappe ; je crois comme Manon que tout ceci est en augmentation et de plus en plus violent. »

Pendant ce temps-là, tranquillement assis dans un moelleux fauteuil de cuir cognac, Jérémy est absorbé dans un recueil d'aquarelles marines de William Turner.

Malo est patron d'une société de conseil en communication, spécialisée dans la réputation Internet des entreprises. Sa société qui compte une quinzaine d'employés en CDI, réalise notamment des vidéos promotionnelles et Malo s'est taillé une belle réputation dans la région. Cela fait un moment qu'il pensait proposer son aide à Jérémy, il s'assied dans le fauteuil à côté et lui demande s'il s'en sort avec son magasin de cycles. Jérémy qui n'aurait jamais osé lui en parler s'empresse de lui répondre :

« *Je ne m'en sors pas mal, mais il me faudrait plus de visibilité, des magasins de cycles ne cessent d'ouvrir. C'est une activité très concurrentielle, le vélo a le vent en poupe !*

- *Je peux t'aider Jérémy et je te ferai un prix d'ami, si tu veux je passerai au magasin voir ce que je peux faire ?*
- *Volontiers, je n'osais pas te le demander, je sais que tu es très demandé*
- *Oui, mais les amis d'abord !*
- *Super, merci Malo !*

Et dis-moi, ce séjour au Conquet, en avez-vous profité pour naviguer un peu ?

- *Non, tu sais je ne suis pas un fana de voile, content quand l'occasion se présente sans plus, et Léa n'aime pas ça, elle a le mal de mer.*

Et puis mes parents ont besoin d'attention, ma mère est toujours en convalescence et mon père fatigué, alors nous avons peu bougé. Léa en a profité pour bosser mais moi je me suis coltiné les corvées de bricolage et de jardinage. Ils pourraient payer des gens pour s'en occuper mais je pense que mon père le vivrait comme un aveu de faiblesse. Il faudra pourtant bien qu'il se rende tôt ou tard à l'évidence. Bah, tu n'as pas encore ce genre de problèmes toi, tu es jeune et tes parents aussi, profites-en, ça ne durera pas...

- *Je ne connais pas mon père Malo, c'est ma mère qui m'a élevé, d'après ce qu'elle me dit, je n'ai pas perdu grand-chose et tu vois elle s'est bien débrouillée et je ne me plains pas. Ma mère n'a que cinq ans de plus que toi, elle est en pleine forme, mais oui cela finira bien par nous rattraper.*

- *Camille a l'air d'aller mieux je trouve ?*

- *Elle va mieux mais c'est dur tu sais, cette agression l'a durement marquée. L'arrestation du violeur l'aide à aller de l'avant et son avocate l'aide beaucoup. Elle ne tarit pas d'éloges à son égard.*

- *La fameuse Alix ! Tu sais qu'Arthur est en stage chez elle ?*
- *Oui, Camille m'en a parlé, ça lui fait le plus grand bien paraît-il ?*
- *Oui et c'est un soulagement, je craignais qu'il n'arrête ses études de droit.*
  Parlons plutôt de vous, Camille et toi, toujours pas de mariage en vue ?
- *Oh tu sais, nous n'y tenons pas plus l'un que l'autre, peur de briser le charme de notre histoire peut-être ? Ça nous va comme ça, et puis tu images mes trois vélos et toute ma collection de vinyles dans son appartement ? Je suis très bien dans le deux pièces au-dessus du magasin et c'est trop petit pour nous deux... alors non, ce n'est pas d'actualité, mais il n'est pas question non plus de nous séparer...*
- *Si vous êtes heureux comme ça, c'est tout ce qui compte...*
  Bon je vais faire un tour au buffet, tu n'as pas un petit creux toi ? «

Malo a du mal à s'imaginer vivre comme le font Camille et Jérémy, il a toujours voulu une vie de famille, une femme et des enfants, au moins un. Se dirigeant vers le buffet avec Jérémy, il cherche Léa des yeux, où est-elle passée ?

Gabriel aidé de Jean-Paul et de Manon, reviennent de la cuisine les bras chargés de bouteilles et de mets plus appétissants les uns que les autres. Alix qui ne participait plus à la discussion depuis quelques temps déjà avait profité de cet interlude pour s'éclipser, attirée par l'Erdre et ses rives en contre-bas nimbées d'une douce lumière de soleil couchant.

Arthur rassasié après un bref passage au buffet, est déjà sur la berge ; il a convaincu sa mère d'embarquer pour un tour sur l'eau et Léa s'installe sur la banquette arrière, une couverture sur les genoux.

Arthur voit Alix qui s'approche de la berge.

> *« Il reste une place, vous voulez venir Alix ? Allez, ne restez pas plantée là, la nuit est claire, la lune est pleine, le spectacle est fantastique ! Si vous voulez bien vous donner la peine de monter... »*

Amusée par le naturel d'Arthur, Alix lui sourit et s'assoit aux côtés de Léa. Arthur jubile :

> *« Chouette, je vous emmène jusque Sucé-sur-Erdre, vous allez adorer !*
>
> - *Mais mon chéri, nous serons partis des heures, c'est trop loin !*
> - *Nous verrons, si vous voulez faire demi-tour, demandez-le au capitaine ! «*

Dans un ciel bleu-nuit des étoiles brillent entre les nuages épars, et la lune éclaire les bateaux à quai, les berges où roseaux et herbes hautes se balancent doucement dans la brise. Des cormorans et des hérons cendrés fendent l'air de la nuit et se posent sur les branches qui dépassent des berges. Le décor est féerique.

Arthur est concentré sur la navigation. Elles se rapprochent un peu pour partager la couverture, la fraîcheur est montée avec la nuit. Autour d'elles dansent des ombres, le ronronnement du moteur n'étouffe pas les sons de la nuit, le clapotis des vaguelettes sur la coque, les cris des oiseaux de mer. Elles sont ailleurs, hors du temps. Elles ne se parlent pas, elles n'auraient su que dire, du reste il n'y a rien à dire, juste écouter et laisser les sensations les envahir.

Alix se dit que c'est extraordinaire de se trouver là. Cette promenade en bateau est inattendue et elle a un charme fou. Elle ferme un instant les yeux et sent la chaleur de Léa contre son flan, elle aurait voulu que le temps s'arrête, là maintenant.

Arthur se retourne furtivement :

« Ça vous plait, je ne vous entend plus ? Maman, tu n'as pas mal au cœur tout de même, c'est calme plat ici !

- *Non, je n'ai mal nulle part, c'est divin Arthur pas de demi-tour !*
- *Il y a un moment que nous avons fait demi-tour et dans 10 mn nous serons de retour à quai, cela fait plus d'une heure que nous sommes partis, une heure trente-cinq pour être précis ! »*

Elles ne s'en étaient pas rendu compte, elles se regardent furtivement, Léa rompt le silence la première.

« Ce que tu postes sur Facebook est intéressant, j'apprends plein de choses grâce à toi, ces sujets m'intéressent mais je n'y connais pas grand-chose. Je vais suivre tes suggestions de lecture pour combler mes lacunes…

    -   *Et moi, j'ai parcouru plusieurs de tes albums, tes photos sont captivantes, j'aime beaucoup le regard que tu portes sur tes sujets. Et tu ne recules devant rien pour certains de ces clichés, tu n'as pas l'air comme ça, mais tu es une sacrée baroudeuse en fait ! »*

Léa ne répond pas, il fait nuit, Alix ne peut pas voir qu'elle rougit légèrement.

Alors que la vedette approche du ponton, Alix songe que Léa a une personnalité étonnante, parfois avenante parfois sauvage, presque bourrue et son allure aussi l'intrigue. Elle n'est pas féminine au sens d'apprêtée et il y a quelque chose de robuste en elle. Elle ne semble pas se conformer aux modes et sur les photos d'elle qu'elle a pu voir, elle l'a trouvée mal-à-l'aise habillée de manière plus féminine pour des occasions particulières, un peu comme si elle était déguisée. Une bien intrigante personne.

Sur le ponton, Malo attrape au vol les amarres que lui lance Arthur et prenant la main de sa femme pour l'aider à descendre.

    « Tu es partie sur l'eau tout ce temps, toi qui rechignes tant à naviguer ? Tu dois être gelée ?

    -   *Tu exagères, nous ne sommes pas partis bien longtemps et l'Erdre n'est pas l'Atlantique ! Maintenant j'ai froid, je ne l'avais pas senti jusqu'ici, je vais rentrer me réchauffer un peu à l'intérieur.*

    -   *Je vous rejoins, je vais bâcher le bateau d'abord. Merci chères passagères pour cette agréable croisière fluviale ! »*

Tous les quatre gagnent la maison où la fête est lancée, Jérémy aux platines fait danser l'assistance avec un plaisir non dissimulé.

Gabriel, au centre des danseurs se déhanche joyeusement ; il ne compte plus les coupes de champagne et ses yeux brillent, il rit beaucoup. Aux premières mesures d'un vieux rock, il attrape Léa par le bras et l'attire à lui ; il ne va certainement pas laisser passer l'occasion. Tous les deux sont bons danseurs, Malo quant à lui est un peu pataud et plutôt content d'échapper aux tentatives de Léa pour le traîner sur la piste.

Adossée à la bibliothèque, Alix ne danse pas, elle parle avec Olivier et Jérôme du régime de leur contrat de mariage ; après vingt ans de vie commune, ils vont se marier cet été. Du regard elle suit Léa et Gabriel qui semblent nés pour danser ensemble. Quelque chose dans l'attitude de Gabriel l'intrigue, il a beaucoup bu et n'est pas sur ses gardes ; il lui semble qu'il dévore sa partenaire des yeux. Jérémy a déjà enchaîné avec un autre tube, Léa abandonne Gabriel, se retourne brusquement et son regard se cogne à celui d'Alix. C'est comme si une décharge électrique lui avait traversé le corps, Olivier lui demande si elle se sent bien, peut-être devrait-elle s'asseoir et manger quelque chose ? Jérôme va aussitôt lui confectionner une assiette au buffet. C'est vrai qu'elle n'a encore rien mangé, mais elle identifie parfaitement ce qu'elle a ressenti à l'instant.

A l'autre bout de la pièce, Camille remercie Manon qui lui recommande une thérapeute spécialiste du stress traumatique mais ce soir, elle a l'intention d'oublier et de passer un bon moment avec ses amis. A son tour, elle entraîne Léa sous la boule à facettes que Gabriel a suspendu pour la soirée :

« Je ne t'ai pas beaucoup vue ce soir, tu as disparu un moment dis-moi ?

- J'étais sur l'eau avec Arthur et Alix…

- Oui je sais, j'ai d'ailleurs rassuré Malo qui s'inquiétait, raconte !

- Il n'y a rien à raconter, c'était sympa, l'Erdre est si belle la nuit

- C'est quelqu'un Alix hein ? Moi j'aimerais la connaître mieux, c'est une guerrière, théoriquement elle en connaît un rayon sur le féminisme et c'est aussi une femme d'action. Je me sens en phase avec elle. Nous avons discuté, elle non plus n'en peut plus des » nouvelles féministes » qui nous conduisent dans des impasses. Quand elles ne se joignent pas aux censeurs woke elles font la promotion du voile, de la Gestation Pour Autrui ou veulent légaliser la prostitution ! Ce besoin d'essentialiser les femmes, de permettre que leurs corps soit mis au service des hommes dans la sexualité ou la reproduction, c'est vraiment pénible. Comment osent-elles se prétendre féministes et en même temps, réduire les femmes à des commodités ? Et ça ne va pas s'arranger avec cette vague de « cancel culture » qui nous arrive des États-Unis ! Oh pardon, me voici lancée, je ne voulais pourtant que m'amuser ce soir ! «

Léa rit, elle aime bien quand Camille lui parle de féminisme, elle apprend et elle a beaucoup à découvrir dans ce domaine. Elle a des intuitions et quelques lectures lui ont apporté un peu de matière mais ça s'arrête là, elle manque de références théoriques et de repères.

« Ne parlons plus Camille, dansons ! Moi aussi j'apprécie Alix, et dans le bateau…

- *Quoi dans le bateau ?*
- *Je ne sais pas… c'était… j'étais… comme remuée, probablement du fait de la nuit, du silence… je ne sais pas…*
- *Toi, troublée par une autre femme ? Ça ne te ressemble guère. Mais comme disait ma grand-mère « il ne faut jamais dire fontaine, je ne boirais pas de ton eau »*
- *Bien sûr que non, je t'ai dit que c'était la nuit, la proximité à cause de la couverture…*
- *« la couverture « ?*
- *Malo en approche, parlons d'autre chose, tu veux bien ? »*

A cause de la couverture, mais bien sûr ! Camille éclate de rire et entraîne Léa dans une danse endiablée.

La fête n'est pas là de finir, les choix musicaux de Jérémy font l'unanimité et tout le monde s'amuse de bon cœur.

Alix, après avoir embrassé Gabriel, s'est éclipsée discrètement et a retrouvé non sans un certain plaisir, la tranquillité de l'habitacle de sa voiture. Arrivée devant son domicile, elle est restée un moment immobile derrière son volant, à se remémorer la promenade sur l'eau avec Léa et les sensations qui l'ont alors envahie. Elle les reconnaît mais se demande pourquoi Léa. Des femmes, elle en rencontre beaucoup et depuis Ariane, aucune n'a éveillé en elle le moindre trouble. Elle avait fini par se convaincre que c'était bien ainsi et qu'elle ne voulait plus être amoureuse, seulement vivre sereinement et se consacrer à son métier et à ses engagements. Il lui fallait bien reconnaître que le bilan de ses relations amoureuses, n'avait rien d'extraordinaire ! Oh elle avait aimé et la première fois de manière inconditionnelle, absolue, à vouloir en mourir quand elles avaient rompu. Oui, elle avait aimé et avait été aimée et plusieurs fois. Elles la voulaient tellement, elles se jetaient à sa tête, elle leur disait oui ou non. Elles voulaient vivre avec elle pour toujours, mais la vie en décidait autrement. Les torts étaient sûrement partagés, elle était facile à vivre, généreuse, mais entière et peut-être un peu trop exigeante. Elle était sentimentale et quand elle était attachée, souffrait des ruptures. La dernière fois, elle en avait eu marre, en était venue à douter de l'amour même. La première fois qu'elle avait aimé mise à part, qu'avait-elle éprouvé pour ses compagnes à part un attachement ? Le désir comme la tendresse se manifestent de manière tangible et indiscutable. Le coup de foudre aussi, elle l'avait expérimenté au moins une autre fois avant ce soir. L'attachement était affaire de répétition et d'habitude. Mais l'amour ? Qu'était-ce d'autre sinon une construction sociale utile à la survie de l'espèce humaine ? Elle aurait préféré y croire, aimer la même personne de tout son être et toute sa vie, mais ça ne s'était pas passé comme ça. Maintenant, que pouvait-elle espérer ? Une nouvelle histoire que l'on dit d'amour ?

Elle sort brusquement de ses pensées, une histoire, mais quelle histoire, il n'y a aucune histoire, avec qui d'ailleurs ? Léa ? Mais Léa est mariée, il ne s'est rien passé avec elle et il ne se passera rien. Une promenade romantique au clair de lune et voilà qu'elle se fait des films !

Elle se souvient qu'elle est attendue pour un brunch avec des copines le lendemain midi sur la côte, sort de sa voiture et entre chez elle pour une courte nuit de sommeil.

Gabriel a refermé le portail sur Camille et Jérémy arrivés les premiers et partis les derniers, il a éteint les lumières et est monté se coucher. Il a trop bu, il s'accroche fermement à la rampe. Dans la salle de bains, il ne s'attarde pas sur le visage que le miroir lui renvoie, des poches amenuisent ses yeux couleur noisette et les rides creusées autour de la bouche se font amères. Son coiffeur a trop forcé sur la teinture, cela durcit les traits, la prochaine fois il faudra l'éclaircir. Il s'est affalé sur son lit et dans des draps de soie noire, il se remémore la soirée. A n'en pas douter, la soirée était réussie mais une fois de plus il finit seul une soirée d'anniversaire. Il a encore flirté avec Sophie, elle lui plait bien, douce et élégante elle est à trente-sept ans, violoncelliste dans l'orchestre régional. A chacune de leurs rencontres il se dit qu'ils iraient bien ensemble, pourtant il ne tente jamais d'aller au-delà d'un vague flirt mondain avec elle.

Mais la pensée de Léa chasse déjà Sophie. Il se la rappelle dans ses bras quand ils dansaient, son parfum, ses cheveux indomptables. Il laisse échapper un gémissement, ce crétin de Malo ne connaît pas son bonheur, s'il avait la chance d'être à sa place il ferait de leur vie un enchantement. Elle n'est pas vraiment heureuse avec lui, il en est sûr. L'alcool aidant, tout selon lui atteste ce soir de la platitude et de l'insignifiance de l'amour entre Léa et Malo. Le sommeil lui tombe dessus interrompant un flux étourdissant de pensées insensées.

Alix est au cabinet depuis quelques minutes, elle s'est préparé un café et le boit rapidement, une cliente attend déjà dans la salle d'attente. Elle n'a pas beaucoup de temps à lui consacrer, elle plaide au Palais ce matin. A la Cour d'Assises s'ouvre un procès pour viol, et la journée sera consacrée à l'audition des témoins. Elle est prête, ayant longuement mûri les questions qu'elle entend leur poser. Le tribunal judiciaire et la Cour d'assises sont réunis dans le Palais de justice dessiné par Jean Nouvel et construit en 2000, sur l'île de Nantes. De son cabinet face au Palais des Congrès, il ne lui faut qu'une quinzaine de minutes pour s'y rendre mais elle prévoit large, au moins trente minutes, on ne sait jamais, l'affaire est trop importante, il n'est pas question de stresser sa cliente en risquant un retard. Le Palais de justice est spectaculaire, sa silhouette de nuit comme de jour attire le regard, mais il est difficile à éclairer et à chauffer. Il y a des problèmes d'étanchéité, la toiture prend l'eau obligeant par temps d'orage le public comme le personnel judiciaire, à slalomer entre des sceaux dans la salle des pas perdus. En hiver, il vaut mieux s'habiller chaudement pour ne pas geler sur place. Alix fait toujours passer le confort d'abord, un pantalon agréable à porter, la chaleur et la douceur d'un cachemire et des chaussures dans lesquelles elle est parfaitement à son aise. A la mi-avril il y a déjà de belles journées, le printemps s'invite doucement, mais Alix reste prudente, elle emmène un vêtement chaud avec elle. Elle se dépêche de préparer sa sacoche, il ne lui restera plus qu'à décrocher sa robe et filer. Elle peut maintenant aller chercher la cliente dans la salle d'attente pour une premier et bref entretien.

Dans le hall, elle croise Arthur et le salue de quelques mots, elle ne peut pas trop s'attarder. Elle aime bien ce garçon sensible et dynamique, elle n'a pas eu beaucoup de temps à lui consacrer ces jours-ci, mais il semble s'en sortir et avoir l'air content de son sort. Il faudra tout de même qu'elle trouve le temps de voir où il en est, une quinzaine de jours s'est écoulée depuis la soirée d'anniversaire de Gabriel. Ce que le temps passe vite, les jours, les mois, les années défilent, à peine a-t-elle le temps de s'habituer à une année qu'une autre la pousse déjà dehors.

Arthur est content d'avoir croisé Alix même seulement quelques instants. Il se plait au cabinet, la bonne ambiance qui y règne lui convient, il y a de l'action mais pas trop d'agitation. Les deux associés et la secrétaire sont accueillants et le mettent à l'aise. En ce moment il aide Marc, l'associé d'Alix du mieux qu'il le peut, Alix n'a pas le temps de s'occuper de lui alors Marc a provisoirement pris le relais. Arthur archive des dossiers quand il reçoit un SMS de sa mère. Elle sera dans le quartier en fin d'après-midi et lui propose de passer le chercher pour aller boire un verre. Il lui répond qu'il est partant et se replonge dans son travail. Ce stage lui plait beaucoup, la semaine prochaine il accompagnera les avocats du cabinet aux audiences, l'univers judiciaire est de plus en plus concret pour lui.

Le chauffeur de VTC dépose Alix devant le cabinet. Elle revient du Palais où tout s'est déroulé au mieux. Un dernier rendez-vous ce soir, puis elle pourra souffler un peu. Le procès ne reprendra que la semaine prochaine.

Elle règle sa course et levant les yeux, aperçoit Léa sur le trottoir à trois mètres devant elle. Elle est parcourue d'un frémissement, elle n'est décidément pas insensible à sa présence. Elle masque pourtant son émotion, d'ailleurs c'est sûrement Arthur que Léa est venue voir. Léa vient à sa rencontre.

> *« Bonsoir Alix, comment vas-tu ? J'ai pensé t'appeler mais depuis l'anniversaire de Jérémy je suis débordée, je prépare une exposition, je fais des allers-retours à Paris… »*

Alix qui ne l'a pas appelée non plus, pense qu'elles ne se sont rien promis et qu'il est inutile qu'elle s'excuse mais elle sait que l'on dit ce genre de mots dans de telles circonstances. La douceur qui les avait enveloppées lors de la promenade en bateau n'est plus qu'un lointain mirage. Le stage d'Arthur leur donne toutefois des raisons d'être en contact.

> *« Tu passes chercher Arthur ?*
>
> – *Oui, je l'emmène boire un verre, nous sortons de temps à autre dans un de ces bars d'étudiants du Bouffay, Arthur y est à son aise et se laisse aller plus facilement aux confidences…*
> *En parlant de sortie, ça te dirait que l'on prenne un verre toutes les deux un de ces jours ?* Léa s'étonne elle-même de son audace.

- *Volontiers...*

- *A la fin de la semaine prochaine, vendredi soir tu serais libre ? Tu as un endroit préféré ? Sinon, dans le quartier Graslin j'en connais plusieurs...*

- *Le quartier Graslin me va bien. Bonne soirée à tous les deux et à vendredi prochain alors. »*

Alors qu'Arthur a rejoint sa mère et qu'ils s'éloignent en riant dans le soleil déclinant d'une fin d'après-midi printanière, Alix se demande si Léa regarde tout le monde avec ce regard un peu froid et distant ou s'il lui est réservé. Son regard est comme un écran protecteur qui interdit l'accès à son être profond. Mais c'est bien Léa qui lui a proposé d'aller boire un verre, pas l'inverse. Elle doit bien lui reconnaître ça et attendre de voir avant de se faire des idées sur elle.

Elle doit passer à autre chose, alors chassant Léa de sa tête, elle se prépare à recevoir une cliente qu'elle assiste depuis quelques temps déjà. Une femme qui a trouvé le courage de se battre pour ne pas que son ex-conjoint violent et instable n'obtienne la garde alternée de leurs très jeunes enfants, mais seulement un droit de visite. Une femme qui mérite assurément son attention et sa compétence professionnelle.

Camille et Jérémy ont attaché leurs vélos aux barrières métalliques qui bordent la Loire dans le Parc des Chantiers. Ils vont boire un verre et dîner dans un restaurant flottant sur une grande barge amarrée sur le fleuve. C'est un de leurs endroits favoris à Nantes. Le site des anciens Chantiers de l'Atlantique a été réhabilité et la vaste esplanade plantée remporte un vif succès auprès des Nantais comme des touristes qui visitent nombreux les automates animés des Machines de L'Île et le Carrousel des Mondes marin. Un bestiaire géant articulé a été construit dans les grands ateliers par François Delaroziere et ses équipes, un grand éléphant de nombreux autres automates, adoptés par d'autres villes, comme Long Ma le cheval dragon... La promenade se prolonge le long de la Loire jusqu'au bout de l'île de Nantes avec des bars, des boîtes de nuit, une galerie d'art et un théâtre, quelques boutiques aussi. Dans ce vaste espace de loisir, on circule à vélo ou à pied et la vue sur la ville de l'autre côté du fleuve, est imprenable. On distingue notamment l'église Notre-Dame de Bon Port, l'éperon rocheux de la butte Sainte-Anne et le musée Jules Verne. De la station de ferry tout au bout de l'île on embarque pour le village de maisons de pêcheurs colorées de Trentemoult ou pour la grue grise et les brasseries de Chantenay. Le fleuve invite à la rêverie et au voyage. Le soir venu, les anneaux de couleurs fluorescentes conçus par Buren et Bouchain, illuminent le Quai des Antilles et se reflètent dans les eaux sombres du fleuve jusqu'au bout de la nuit. Le lieu est fréquenté toute l'année mais à partir du mois d'avril, il ne désemplit plus.

Camille a passé une semaine à Paris où elle a décroché des contrats pour ses protégés. Ce soir, c'est elle qui invite Jérémy à dîner en tête à tête pour se retrouver.

« Contente d'être rentrée ? Raconte, c'était comment ?

Camille écoute Jérémy lui donner des nouvelles des amis avec lesquels il est sorti pendant la semaine. Elle voit de temps en temps derrière lui, un bateau glisser sur la Loire dont l'odeur limoneuse monte jusqu'à eux. Elle regarde s'animer ses yeux sombres, ses lèvres ourlées, presque comme celles d'une fille, songe-t-elle attendrie. Un peu contrite aussi. A Paris, elle a couché avec un journaliste qui lui a accordé une interview pour le couple d'artistes dont elle assure la promotion. Ils s'étaient déjà rencontrés ; s'ils n'ont pas vraiment d'affinités, il y a entre eux une attraction sexuelle et cette fois, quand il lui a proposé de passer du bar de l'hôtel à l'une des chambres, elle a répondu oui. En se remémorant la scène, elle se demande si improviser de la sorte n'avait pas été plus excitant que l'acte lui-même. Il l'avait pénétrée trop vite, concentré sur son plaisir à lui. Elle n'avait pas particulièrement aimé faire l'amour avec lui et n'en garderait que peu de souvenir. Elle n'en parlerait pas à Jérémy, ça n'avait aucune importance. Elle ne se l'expliquait pas mais coucher avec ce journaliste l'avait aidée à repousser le désarroi qui l'assaillait depuis son agression, un peu comme si elle avait repris le contrôle de sa vie.

Ils ont fini leur repas et commandé des cafés.

« Je vois Alix demain, elle veut m'informer de l'évolution du dossier. D'autres femmes ont porté plainte et des associations se constituent partie civile. Le type est un récidiviste qui était censé être sous contrôle judiciaire, on voit l'efficacité du dispositif ! Le laxisme de la justice dans ce domaine est révélateur du degré d'acceptation des violences sexuelles dans nos sociétés. Cette affaire va faire du bruit et je suis de plus en plus disposée à affronter tout ça. C'est aussi grâce à Alix je pense.

- *Je pense, et moi je serai là pour te soutenir, tu peux compter sur moi. Nos sociétés sont encore trop indulgentes avec les violeurs, comme si être une femme et être violée cela allait de pair ! C'est tellement ancré dans nos cultures patriarcales !*
- *Oui. Je sais que tu seras là, j'ai de la chance de t'avoir Jérémy.*
- *Et comment ! Allez rentrons, je t'invite dans mon nid douillet. Tu veux ?*
- *Laisse-moi réfléchir… Oui, je le veux, tellement ! »*

Alix est en avance, elles ont rendez-vous à 19h, dans un quart d'heure donc. Rapidement, elle dépasse le bar et tourne au coin de la rue. Elle a de la chance il ne pleut pas ce soir, habituellement fin avril, il arrive que la pluie s'invite plusieurs jours de suite. Dans la vitrine de jouets une bonne centaine de nounours braquent leurs yeux sur elle. Elle les ignore et fixant son reflet dans la vitre, ajuste ses cheveux ébouriffés par le vent ; ses traits défaits après une nuit sans beaucoup de sommeil l'inquiètent. Elle qui dort habituellement si bien s'était retournée dans son lit le plus clair de la nuit.

Entrée dans le bar, elle la cherche du regard et ne la trouvant pas, s'assied à une table un peu isolée. Léa arrive enfin avec un bon quart d'heure de retard et de manière quelque peu abrupte, lui propose de changer de place ; elle est une habituée du lieu et connaît les meilleurs places, alors de bonne grâce Alix se lève et la suit.

La serveuse apporte leurs boissons et s'éloigne, elles sont seules. Elles se connaissent à peine mais ont des centres d'intérêt et des connaissances en commun. Elles devraient s'en sortir ! Et si elles sont ensemble dans ce lieu c'est parce qu'elles ont envie de mieux se connaître. Elles vont se détendre et tout ira bien songe Alix quelque peu étonnée de l'accueil distant de Léa qui engage la conversation sur le stage de son fils.

« Le stage d'Arthur lui fait un bien fou, je ne te remercierai jamais assez pour ça, tu penses qu'il peut devenir avocat ?

- Difficile de répondre à cette question, le stage est court mais c'est une expérience qui devrait l'éclairer sur ce métier. De mon côté, je ne vois pas d'obstacle à priori. Tu sais, il peut devenir avocat en droit international, en

propriété intellectuelle, pénaliste… Arthur est intelligent et motivé, il n'y a pas de raison qu'il ne trouve pas sa voie. »

Les questions de Léa s'enchaînent rapidement et portent sur des sujets impersonnels. C'est elle qui a proposé de boire ce verre, pourtant Alix la trouve sur la défensive. Son regard est fermé et tout dans sa posture exprime une défiance. Pourtant Alix ne ménage pas ses efforts pour tenter de rompre la glace. Il s'éloigne de plus en plus loin le charme qui les avait doucement enveloppées sur le bateau de Gabriel. Alix se demande si elle n'a pas rêvé ce moment.

Alors que le silence tombe entre elles, une connaissance de Léa entre dans le bar, Léa saute sur l'occasion comme sur une bouée et l'apostrophe.

« Stéphanie ! Quel plaisir ! Joins-toi à nous, je te présente Alix, une connaissance, elle est avocate et Arthur fait un stage chez elle. »

Stéphanie les salue mais ne s'assoit pas.

« Je ne vais pas vous importuner, je vous laisse à votre conversation, j'attends une copine qui ne va pas tarder…

- Mais non, vous ne nous dérangez pas du tout, vous êtes les bienvenues, je vais chercher deux autres chaises. »

Léa se lève et va chercher des chaises aux tables vides alentour.

Alix fait mine de s'intéresser à la conversation qui les occupe toutes les trois maintenant que Stéphanie et sa copine les ont rejointes. En fait, elle s'en fiche un peu, elle est là pour partager un moment privilégié avec Léa qu'elle veut mieux connaître. Elle trouve l'attitude de Léa indélicate, elle ne l'a pas consultée pour lui demander si elle avait envie de passer la soirée avec deux inconnues.

Stéphanie est galeriste et Léa exposera prochainement ses dernières photographies chez elle. La galerie comporte deux salles et la moins grande des deux convient parfaitement. Alix essaye de se concentrer sur la conversation mais relâche son attention fréquemment et le sentiment de ne pas être à sa place grandit en elle. Bientôt elle n'a plus qu'une envie, quitter ce bar et rentrer chez elle, mais ce ne serait pas bien poli. De temps à autre, elle sent le regard de Léa l'effleurer. La teste-t-elle ? A quoi rime ce comportement ? Alix a le sentiment de perdre son temps, elle voudrait ne rien ressentir d'autre qu'ennui et indifférence, pourtant elle est blessée.

Stéphanie qui a fini par percevoir l'embarras d'Alix, annonce qu'elles vont dîner et les laissent continuer leur soirée en tête à tête. Mais Alix, mue par un sentiment d'amour-propre déclare alors qu'elles peuvent dîner ensemble toutes les trois, elle n'a pas faim, elle s'en va. Elle se dirige vers le comptoir pour régler sa consommation. En passant devant leur table, elle bafouille un vague au-revoir et quitte le bar sans se retourner.

Une fois dans la rue pour se calmer, elle respire à plein poumons, mais elle a beau faire, elle reste oppressée. Elle n'attendait rien de précis de cette soirée si ce n'était de mieux connaître Léa, peut-être de comprendre la nature de son intérêt pour elle. Comment aurait-elle pu s'attendre à un tel mépris de sa part ? C'était comme si Léa ne lui accordait pas la moindre importance, le moindre respect. Peut-on imaginer un tel camouflet ? Submergée de tristesse elle dévale la rue Royale, le regard embué. Elle en veut à Léa, elle s'en veut aussi, comment une femme qu'elle connaît à peine parvient-elle à lui faire mal ? Il est indigne de se laisser maltraiter de la sorte. Elle doit y mettre un terme et vite, il n'y aura pas de seconde fois.

La porte de sa maison refermée, elle se sent mieux, ici c'est son refuge, personne ne peut l'y blesser se rassure-t-elle. Léa n'est pas digne de son intérêt, voilà tout. Une privilégiée, au centre des attentions, égocentrique et qui manque de savoir vivre. Elle revoit son regard verrouillé qui signifiait qu'elle devait rester à distance. Fort bien, elle n'aura plus l'occasion de lui infliger un tel affront, c'est terminé. Alix se demande si Léa n'a pas perçu qu'elle est attirée par elle et ne lui a pas signifié une fin de non-recevoir ? Si c'est le cas, c'est pathétique se dit-elle, mon attirance naissante est plutôt vague, elle aurait probablement disparu en la connaissant mieux. Dans tous les cas, elle ne risquait rien, je ne lui aurai jamais sauté dessus, je n'envisage pas les femmes de la sorte ! En effet, Alix aimait prendre son temps pour découvrir les rares femmes qui la touchaient par leur personnalité, leur intelligence, leur charme...

Léa est une idiote prétentieuse ! Tendue à l'extrême, elle se prépare une petite collation et engloutit une bonne moitié de tablette de chocolat devant les deux derniers épisodes d'une série TV captivante qu'elle n'a pas eu le temps de finir de regarder. Calmée, elle va se coucher blâmant sa sensibilité et son sentimentalisme qui une fois de plus, lui a joué un mauvais tour. Léa n'est pas là de la revoir, ça non. Heureusement, le stage d'Arthur prendra fin et elles n'auront plus de raison d'être en contact. Quant à Gabriel c'est la dernière fois qu'elle consent à ses requêtes. Mais elle révise immédiatement son jugement songeant qu'Arthur n'y est pour rien et qu'elle l'aime bien, et à bien y regarder, Gabriel non plus n'y est pour rien.

Elle ne s'endort pas rapidement contrairement à son habitude, pourtant, elle a une nuit de sommeil à rattraper. Son cerveau jongle avec ses histoires d'amour passées comme pour la narguer, à un moment il se lasse, la lâche, elle peut enfin s'endormir.

Une grosse averse s'abat sur la ville, le début du mois de mai est orageux cette année, Camille qui n'achète plus de parapluie parce qu'elle les oublie derrière elle, accélère le pas pour ne pas être trempée. Ce samedi, elle a promis à Léa de passer la voir après le déjeuner. Elle se demande ce que son amie peut avoir de si urgent à lui dire ; au téléphone, elle lui a semblé agitée et pressée de lui parler. Dans la rue Crébillon, les passants s'agglutinent devant les vitrines des jolies boutiques, la capuche de son ciré baissée sur les yeux, elle en bouscule certains dans sa course. Parvenue à destination, elle délaisse l'ascenseur qu'un résident retient dans les étages et monte quatre à quatre les deux étages aux marches fraîchement cirées.

Dans l'appartement Léa s'impatiente :

« J'ai bien cru que tu m'avais oubliée !

- *Mais enfin Léa, il n'est que 15h, nous n'avions pas arrêté une heure précise. Je suis allée au marché de Talensac ce matin, le temps de rapporter mes courses à la maison, de manger et me voici. Que t'arrive-t-il ?*
- *Entre, débarrasse-toi et installe-toi je vais te chercher une serviette pour te sécher les cheveux, maintenant nous avons les giboulées de mars en mai ! »*

Camille sèche ses cheveux puis s'assied confortablement dans le joli canapé de couleur crème de l'appartement de la place Graslin. Dans ce beau logement bourgeois tout respire l'aisance et la quiétude.

« Tu veux boire quelque chose ? Thé, café ?

- *Je veux bien un thé s'il te plait. »*

Attendant sa boisson, Camille feuillette un magazine qui affiche en première de couverture, une saisissante photo du dernier reportage de Léa.

« Tu repars quand et où ?

- *Pour l'instant je mets au point une exposition simultanément dans deux galeries, ici et à Paris ; ensuite je pars en reportage au Tchad mais pas avant quelques semaines.*
Il faut absolument que je te parle de ce qui s'est passé avant-hier avec Alix, j'ai l'impression d'avoir fait une bourde. »

Camille écarquille les yeux, elle s'attendait à tout sauf à ça.

« Avec Alix ?! Mais qu'as-tu fait ? »

Léa croise et décroise les jambes, elle souffle, hésite puis se lance.

« Je ne comprends pas bien moi-même, je lui ai proposé de boire un verre et puis j'ai tout gâché.

- *Tout gâché, mais gâché quoi ? C'est quoi cette histoire ?*
- *Je t'explique et tu me dis si tu penses que je peux rattraper le coup ou si c'est mort. »*

Camille n'en croit pas ses oreilles, elle regarde son amie, cette femme d'âge mur, mariée et mère de famille mais qui en cet instant se comporte comme une collégienne.

« Raconte, je m'attends au pire. »

Léa se sent rougir, elle rougit facilement, elle a si chaud, elle se sent comme encombrée d'elle-même, se tord les mains, porte ses ongles en bouche comme une enfant nerveuse.

> *« Je suis arrivée en retard alors que j'habite à côté, en guise d'excuses je lui ai demandé de changer de place ; je n'étais pas chaleureuse du tout et lorsqu'une galeriste de ma connaissance est entrée dans le bar, je l'ai invitée ainsi que son amie à se joindre à nous ; ensuite je lui ai à peine adressé la parole et quand elles nous ont laissées pour dîner, Alix s'est levée elle aussi et ne m'a lancé qu'un vague au revoir… »*

Camille est abasourdie, elle s'exclame :

> *« Non ?! Tu as invité d'autres personnes à votre table sans même lui demander son avis ? Mais pourquoi as-tu fais ça ? Alix est une femme fort sympathique et qui a tant de qualités, elle ne mérite pas ça. A-t-elle eu un comportement déplacé à ton encontre ?*
>
> *- Pas le moins du monde. Si seulement je savais ce qui m'a poussée à agir ainsi… Ai-je voulu l'épater avec des connaissances qui me mettent en valeur, lui en imposer ? Ou ai-je eu peur d'elle, de nous et voulu la tenir à bonne distance ? Dans tous les cas je crains avoir été maladroite et même grossière. Je ne sais plus où me mettre, je regrette si tu savais et je ne sais pas comment réparer ça.*
>
> *- Si tu en as conscience c'est déjà ça ! »*

Camille ironise mais elle est étonnée de découvrir chez son amie un aspect de sa personnalité qu'elle ignorait, maladroite voire malveillante, elle n'aurait jamais cru cela possible d'elle.

« Ne sois pas trop sévère avec moi, ça fait deux nuits que je ne dors pas en repensant à cette soirée. Je pense que j'ai eu peur.

- *Peur ? Mais de quoi, de qui, d'Alix ?!*
- *Ou de moi ? Cette femme m'intéresse, mais ce que je ressens en sa présence m'inquiète peut-être. Une manière de me protéger ?*
- *Mais c'est toi qui l'as invitée !*
- *Justement, je ne voulais pas qu'elle se fasse un film, tu comprends moi je ne suis pas lesbienne.*
- *Léa ! Mais qu'est-ce tu racontes ? Tu la prends pour qui ? Qui te dit qu'elle s'intéresse à toi de cette manière et même si c'était le cas, tu crois qu'elle te sauterait dessus? Toi tu ne sautes pas sur tous les hommes, elle non plus ne saute pas sur toutes les femmes, ton comportement est lesbophobe.*

Quelle maladresse tout de même, cela m'étonne de toi. A sa place j'aurais fait comme elle, je t'aurais laissée en plan. Tu l'as humiliée, elle l'avocate qui défend les femmes et en plus qui a accepté pour vous rendre service de prendre ton fils en stage ! Mais Léa, tu as perdu la tête ! »

Camille n'en revient pas. Elles sont plongées dans un silence qui se prolonge. Léa boit son thé, il est froid et amer, elle repose la tasse, les durs mots de Camille l'ont atteinte, elle se fait honte. Camille est affligée, elle pense à Alix qu'elle apprécie tant, elle est désolée pour elle et pressent que la maladresse de Léa éloignera Alix de leur groupe amical. Elle-même est amenée à la voir fréquemment pour préparer sa défense aux assises et aimerait en devenir amie, Alix lui apparaît être une personne rare. Sortant de ses pensées, elle réalise que Léa, au bord des larmes est désemparée et a besoin de réconfort.

« Réfléchissons, tout n'est peut-être pas perdu, tu vas te racheter.

> *– Oh tu rêves là, j'ai vu sa tête quand elle est partie, je l'ai terriblement fâchée c'est évident, elle doit me détester et ne m'adressera plus jamais la parole. »*

Léa s'enfonce de plus en plus dans le canapé, Camille a l'impression qu'elle va éclater en sanglots, alors elle se lève et entourant ses épaules de ses bras, lui parle plus doucement :

> *« Je crois qu'il faut avant tout que tu saches pourquoi tu t'es comportée de la sorte avec elle. Si c'est parce que tu as eu peur de tes émotions, le mieux c'est que vous en parliez, elle peut sûrement le comprendre. Si tu ne lui donnes aucune explication, elle va te classer dans les personnes exécrables et à éviter. Tu dois absolument savoir si tu tiens à elle ou pas et agir en conséquence.*

> *– Tu te rends compte de ce que tu me demandes, ça m'engagerait terriblement, je ne suis même pas certaine de mes sentiments, que va-t-elle s'imaginer ?*

> *– Rien, si ce n'est que tu es une émotive et que vous devez apprendre à vous connaître. »*

Camille se dit que Léa exagère et fait toute une montagne de pas grand-chose en définitive. Elle est émue en présence d'Alix ? Ne sais pas comment le gérer ? La belle affaire, c'est banal de s'enticher d'une personnalité comme celle d'Alix. Du reste, ça pourrait bien lui arriver à elle aussi. Léa est trop conventionnelle, pas assez libre.

« Tu dramatises, tu ne vas pas lui dire que tu veux te marier avec elle mais que tu l'apprécies, tu n'as pas su gérer tes émotions et tu le regrettes. Tu finiras en lui disant que tu voudrais la revoir pour t'excuser et vous donner une seconde chance.

- *Je doute être capable de faire ça. Plus je réfléchis à cette histoire plus mes fragilités émotionnelles me sautent aux yeux. Je les ai enfouies toutes ces années, mais elles sont bien là. Je l'avais oublié parce que je vis en sécurité dans le mariage, nos habitudes avec Malo font rempart. En général, je ne laisse rien ni personne mettre en péril mon équilibre mais en présence d'Alix, j'ai l'impression de ne plus rien maîtriser. Je me demande si je ne ferais pas mieux de l'oublier.*

- *Ah c'est intéressant, tu admets qu'elle te déstabilise. A ta place je ne lui fermerais pas la porte tout de suite. Tu ne sais pas vraiment quelle est la nature de vos sentiments, tu n'as donc pas de raison de t'affoler, tu devrais au contraire saisir l'opportunité de faire le point sur ton couple. Parce que cette histoire dit aussi beaucoup de ton couple. Accepter de se confronter à la situation plutôt que de faire l'autruche, ce serait sain.*

Moi, par exemple, il m'arrive d'être attirée par quelqu'un d'autre que Jérémy et même de coucher et pour autant je ne le quitte pas. C'est bien lui que je préfère. Tu ne sais même pas ce qui va se passer avec Alix ni même ce qu'elle ressent pour toi, alors pourquoi en faire toute une histoire avant d'en savoir plus ?

- *Toi c'est ce que tu ferais, mais tu es jeune et tu n'es pas mariée.*

- *Et alors ? Tu en déduits quoi, que tu es un dinosaure sclérosé qui n'aura plus jamais le droit de se sentir vivante ?*

- *A ma place tu ferais quoi ?*

- *Je viens de te le dire.*

- *Oui mais je me sens tellement stupide, je doute de tout, et puis je n'ai pas envie de mettre mon couple en péril...*

- *Tu t'embrouilles Léa. Si tu tiens à Alix, tu trouves le moyen de t'excuser et de la revoir pour vous donner une autre chance. Ensuite tu verras bien ce que donne votre relation et s'il te faut ou pas remettre en question ton couple, tu n'en es pas là. Mais si tu ne tiens pas plus que ça à elle ou si tu as trop peur, attends, ne précipite rien, laisse faire le hasard, il y aura d'autres occasion de vous revoir, tu pourras même plus tard demander à Gabriel d'organiser quelque chose...*

- *Je voulais avoir ton avis, j'avais besoin d'en parler, tu comprends ? Tu me trouves nulle, non ?*

- *Mais non, je ne m'attendais pas du tout à ça mais tu n'es pas nulle, perdue plutôt, écoute, si tu veux je peux glisser deux mots à Alix... »*

Paniquée, Léa la coupe :

« Ah non, ne lui dis rien, tu n'es au courant de rien !

- *Bon, d'accord, je ne dirai pas un mot. Allez, ça va s'arranger, tu as du ressort, je te fais confiance ma belle. Il va falloir que je te laisse, nous emmenons ce soir à l'opéra la mère de Jérémy, Madame Butterfly est son cadeau d'anniversaire et je ne peux pas être en retard ! »*

Elles se lèvent du canapé, Camille serre Léa dans ses bras et ramasse ses affaires éparpillées dans l'entrée. Son ciré est sec et il ne pleut plus, elle se rendra directement chez la mère de Jérémy où il passera les chercher toutes les deux, elle n'a plus le temps de repasser par chez elle avant.

Gabriel s'est garé sur le parking de la Faculté des Lettres et traverse la route pour rejoindre les terrains de tennis qui jouxtent l'Erdre. Les courts n'y sont pas les meilleurs de la ville, mais Gabriel aime cet endroit nature. L'environnement est idyllique avec l'Erdre et des espaces verts boisés où sont aussi disséminés les bâtiments de l'université et de grandes écoles. Un complexe sportif qui a aussi l'avantage d'être proche de chez lui. Malo arrivé avant lui, l'attend de pied ferme, raquette en mains. Gabriel ne recherche pas plus que ça la compagnie de Malo, mais pour être proche de Léa, il lui faut entretenir une relation cordiale avec son mari.

« En forme Malo ? Tu as l'air soucieux ?

- J'ai surtout besoin de me défouler un peu, on y va ? »

Malo n'est pas un grand bavard, Gabriel ne saura pas tout de suite pourquoi il est si sombre. Bien décidé à lui tirer des confidences, il a l'intention de l'emmener ensuite boire un verre dans le centre-ville. Ils se rendent dans les vestiaires.

Malo a cinq ans de moins que Gabriel et il est en bien meilleure forme que lui ; ce n'est guère difficile, Gabriel est peu porté sur le sport, friand de bons restaurants, d'alcools forts et autres substances festives. Il a la chance d'être svelte de nature.

Après deux sets gagnés haut la main par Malo, ils regagnent fourbus, des vestiaires mal aérés où stagnent une odeur âcre de transpiration.

« Quelle vigueur dis-moi, tu m'a tué, je n'en peux plus !

- Ça m'a fait du bien, j'avais bien besoin de me bouger.

- Tu as des soucis ? Ça te dit de venir boire un verre à la maison ou au pub si tu préfères ?

- *Ça me dit d'aller dans un des pubs du Bouffay, je m'enverrais bien quelques bières !*
- *En route, on passe par chez moi pour que j'y laisse ma voiture, on pourra garer la tienne dans le Parking Decré et je rentrerai avec un VTC. »*

Ils ont eu une semaine de chaleur mais le temps a changé, il est maussade pour la mi-mai. Dans la petite rue piétonne, les tables à l'extérieur du pub sont pourtant toutes occupées ; à cette heure-ci, la salle n'est pas encore bondée et ce soir, il n'y a pas de match. Ils s'installent contre les vitres teintées et Gabriel se rend au comptoir commander la première tournée de pintes.

Malo épuisé par le tennis, après quelques gorgées de bière commence à se détendre. Il apprécie de se retrouver là en compagnie de Gabriel, ce n'est pas si souvent qu'il sort seul, en compagnie d'un pote. Gabriel engage la conversation avec un sujet que Malo affectionne :

« Comment va mon filleul ?

- *Arthur va bien, il est content de son stage qui se termine la semaine prochaine. Enfin !*
- *Pourquoi « enfin », ça s'est mal passé ?*
- *Non, je crois que ça lui a plu et que ça va l'aider à s'orienter, il envisage désormais de préparer le certificat d'aptitude à la profession d'avocat...*
- *Bon, mais alors ?*
- *Non c'est... Alix. Il est temps qu'elle sorte de nos vies.*

- *Que vous a-t-elle fait ? Je la connais depuis longtemps, c'est plutôt une personne agréable Alix, pas toujours consensuelle, mais honnête et généreuse ; que lui reproches-tu donc ?*
- *Je n'ai pas trop envie de parler de ça maintenant… »*

Coupant court à la conversation Malo se lève et à son tour va chercher deux nouvelles pintes de bière. Vingt minutes plus tard, alors que le pub commence à se remplir d'habitués et de touristes en quête d'un lieu chaleureux pour boire un verre, Gabriel revient à la charge :

« Je n'ai pas de nouvelles de Léa depuis mon anniversaire, c'est plutôt inhabituel, elle est très occupée j'imagine ?

Quand son exposition sera calée, je ferai circuler l'information dans mes réseaux ici comme à Paris, si ça peut lui attirer plus de monde…

- *Merci pour elle, tu sais bien que tu seras le premier informé. Chaque jour elle me dit qu'elle doit t'appeler… ça ne devrait plus tarder.*
- *Elle repart bientôt ?*
- *Pas tout de suite, pour l'instant elle est à fond sur l'expo, le prochain reportage est programmé dans trois semaines.*
- *Du temps pour vous deux, c'est sûrement appréciable. Ce n'est pas trop dur de la voir partir si souvent ? Ça n'affecte pas votre relation, c'est vrai que vous avez l'habitude…?*

- C'est curieux comme question…

- Je te trouve préoccupé comme rarement, tu n'es manifestement pas malade vue l'énergie que tu as déployée pour gagner les parties de tennis et si tout va bien avec Arthur…

- Psychologue notre Gabriel ! »

Malo après deux pintes de bière est moins dans la retenue et se montre plus volubile. Gabriel fait la moue pour la forme mais il sent bien que Malo est plus disposé à se confier qu'en début de soirée. Avec empathie, il l'encourage :

« Je n'ai aucunement l'intention de te forcer à parler si tu n'en as pas envie, mais si tu veux un avis, je suis là.

- Il n'y a rien de grave, c'est juste un peu pénible… Tu connais Léa, tu sais comme elle peut être absente par moments, toute focalisée sur un sujet, un reportage photos à préparer, un catalogue à éditer, une exposition à organiser et que sais-je encore, son père à honorer, sa mère à rassurer, Arthur à conseiller, et puis ses sautes d'humeur, ses hauts et ses bas… Pas toujours facile à vivre ma Léa, mais bon c'est Léa quoi… De temps en temps je sature un peu, j'ai un peu l'impression de passer ma vie à l'écouter, la sécuriser, l'encourager et l'admirer.

- Tu dois être fatigué toi, tu dramatises, Léa t'est tout acquise et vous avez toujours fonctionné ainsi tous les deux.

- *Ce qui est nouveau, c'est qu'elle n'est pas comme d'habitude, elle a récemment passé une soirée avec Alix et depuis, elle est ailleurs, fuyante, mais elle n'en parle pas. Tout ce que je sais, c'est que ça ne s'est pas bien passé. Je ne vois pas pourquoi nous devrions en subir les conséquences. Je n'aime pas quand l'harmonie entre nous se dégrade.*

- *Oui je comprends, mais c'est bien normal qu'elle soit préoccupée par une soirée qui s'est mal passée, toi aussi quand tu t'embrouilles avec quelqu'un ça t'affecte et tu cherches à arranger les choses, non ?*

- *Vu comme ça, oui tu as raison, disons que je n'aime pas trop que cette femme tourne autour de Léa.*

- *Je peux me tromper bien sûr, mais je ne vois pas du tout Alix comme ça, ce n'est pas son genre, ce n'est pas une séductrice et je ne pense pas qu'elle s'immiscerait au sein d'un couple, tu te fais de la bile pour rien. Vous ne pouvez pas vous parler ?*

- *Elle s'est fermée comme une huître, ce n'est bien sûr pas la première fois que nous avons un petit passage à vide, mais… je ne sais pas, disons que c'est de l'ordre de l'intuition.*

- *Je connais bien Léa, avant qu'une femme ne la perturbe, il coulera de l'eau sous les ponts, allez, une dernière tournée et tu me ramènes. Malo, à vos âges, après toutes ces années de complicité, tu imagines Léa s'éloigner de toi à cause d'Alix ? »*

Gabriel rit fort, pourtant il n'a pas aimé ce qu'il vient d'entendre. Il se souvient de sa soirée d'anniversaire et de leur petite balade en bateau. Serait-il possible que… ?

Mais à son étonnement, Malo se range à son avis :

> *« Bon sang Gabriel, tu as raison, je suis dingue de me faire de la bile, si Alix était un bel homme aux tempes argentées ou chauve, elle a toujours trouvé les chauves sexy, je pourrais m'inquiéter, mais là… »*

Il rit, et secoue sa tête à l'abondante chevelure bouclée, désormais poivre et sel.

> *« Allez, on se prend une assiette charcuterie-fromage à grignoter et je te raccompagne quand l'alcool est suffisamment dissipé. »*

Malo est de sortie ce soir, Léa veut profiter de la soirée pour passer quelques coups de fil et finir l'un des nombreux livres empilés sur son bureau. Elle devrait aussi appeler Alix pour s'excuser. La soirée est déjà bien avancée et Malo ne va pas tarder à rentrer. Depuis des heures elle tergiverse sans parvenir à se décider à l'appeler. Pourtant, elle n'arrive pas à se concentrer sur autre chose. Toute la semaine elle a tenté d'interagir avec elle sur Facebook mais Alix a ignoré ses commentaires. D'un coup elle se décide et compose son numéro en retenant son souffle. A la cinquième sonnerie seulement, Alix décroche :

« Bonsoir ?

- *Bonsoir Alix, c'est Léa, je ne te dérange pas, il est un peu tard, je…*
- *je t'écoute…*
- *J'aurais aimé te parler de notre soirée qui ne s'est pas passée comme… euh… ce serait plus facile si nous pouvions nous voir, qu'en dis-tu ? »*

Léa entend les battements de son cœur cogner jusque dans ses tempes, sa respiration s'accélère, elle est suspendue aux mots qu'Alix ne prononce pas. Après un long silence, la voix claire d'Alix lui parvient.

« Que peut-il y avoir à en dire ? Il y a des rencontres qui ne se font pas, un peu comme lorsqu'on prend la mauvaise route. Nous ne nous sommes pas trouvées. Rien de bien grave, bonne fin de soirée Léa. »

De longues minutes après qu'Alix a raccroché, Léa pose enfin son téléphone sur la table devant elle. Elle avait beau s'y attendre, elle est bouleversée par la réaction d'Alix. Elle se mettrait des claques si cela pouvait tout effacer et leur permettre de repartir de zéro, au lieu de cela elle se tord les mains d'impuissance.

La porte d'entrée claque et Malo entre dans le salon, il s'avance vers elle et la prend dans ses bras.

« J'ai passé une bonne journée avec Gabriel, mais tu m'as manqué, je suis heureux de te retrouver. »

Léa n'est pas du genre démonstrative, et ce soir déconcertée par l'échange avec Alix, elle n'est pas le moins du monde réceptive aux élans de Malo. Cela ne lui a pas échappé, il a le regard légèrement brillant, elle se dégage doucement et pour donner le change, lui demande des nouvelles de Gabriel. Malo, lui raconte les parties de tennis qu'il a gagnées et la soirée au pub, se gardant bien de mentionner la conversation avec Gabriel au sujet d'Alix. Puis à son grand soulagement, elle le voit, fourbu par l'effort et trop d'alcool, gagner leur chambre à coucher.

Léa le rejoint un peu plus tard, certaine qu'il a sombré dans le sommeil. Après avoir enfoncé des bouchons d'oreille, les yeux au plafond, elle se reproche encore sa maladresse relationnelle. C'est bien la peine d'être aussi à l'aise avec tout un tas de gens pour être paralysée par quelqu'un qui l'intéresse. Elle se doute de la raison, mais a du mal à l'accepter, pas facile à son âge d'admettre être dépassée par ses émotions. Quand elle était jeune, ses parents n'aimaient pas qu'elle soit trop solitaire, ce n'était guère toléré dans son milieu où faire preuve de sociabilité est un art, alors elle avait dompté sa timidité. Une fois lancée dans sa carrière et engagée dans un statut de femme mariée et de mère de famille, tout avait été plus facile. Cela faisait longtemps que de telles questions ne l'avaient plus préoccupée, ce soir elles revenaient la hanter et l'empêcher de s'endormir.

Jérémy raccompagne Léo sur le pas de la porte. Le jeune coursier à vélo le sollicite souvent pour un coup de main, un prêt de matériel ou pour réparer sa bécane, et Jérémy n'a pas le cœur de le lui refuser. Il sait que Léo bosse dur pour un salaire dérisoire. Il peine à suivre ses études à l'École de Design Nantes Atlantique tant il doit enchaîner les courses. Pour remercier Jérémy, Léo qui habite lui aussi au-dessus du magasin, lui apporte à l'occasion une part de quiche ou de tarte au déjeuner. Les ingrédients ne varient guère chèvre-tomates pour le salé et pommes ou poires pour le sucré, mais Jérémy apprécie le geste et dévore sa part sans se faire prier.

Maintenant il a terminé la part de tarte, avalé un expresso et entre deux clients, passe des coups de fil pour inviter des amis à l'anniversaire de Camille. C'est une surprise, elle ne se doute de rien ; il a pensé qu'un pique-nique dans le Parc de Procé les changerait des soirées d'anniversaire habituelles. Le dernier week-end de mai, avec un peu de chance, il fera beau. Il a tout de même prévu un plan B en cas de pluie. Et le soir venu, les plus vaillants prolongeront la fête dans une boîte du Hangar à Bananes sur l'Île de Nantes. Jérémy raye le dernier nom sur la liste et se demanda s'il a oublié quelqu'un. Bien sûr, il a oublié Alix, l'avocate qui défend Camille et qu'elle apprécie tant. Il cherche son numéro sur Internet et le trouve au moment où il voit arriver sur le trottoir d'en face, le client qui a rendez-vous pour récupérer un bi-porteur électrique commandé la semaine précédente. Il remet son smartphone dans sa poche, se promettant d'appeler Alix le soir même, après la fermeture.

A 19h, la dernière cliente partie avec une belle sacoche fleurie, Jérémy appelle Alix.

« Bonsoir Alix, c'est Jérémy, le compagnon de Camille, c'est son anniversaire bientôt et je sais que cela lui ferait plaisir si

vous pouviez vous joindre à nous pour un pique-nique dimanche 31 mai ?

- *C'est gentil de m'inviter Jérémy, je consulte mon agenda…*
- *Vous pouvez aussi me rappeler si vous préférez… »*

Alix voit que le dimanche 31 mai elle n'a rien de prévu, cela lui ferait le plus grand bien de s'aérer en compagnie de gens sympathiques dans l'un des plus beaux parcs de la ville. Elle aime le Parc de Procé sa perspective sur la ville, ses arbres remarquables et la Chézine, le cours d'eau qui le traverse puis poursuit son cours pendant quelques kilomètres, offrant aux nantais des promenades bucoliques en pleine ville. Surtout, elle est contente de participer à l'anniversaire de Camille, plus elle la connaît plus elle apprécie sa compagnie.

« Merci Jérémy, je suis libre le 31, je me joindrai à vous avec plaisir, vous me direz s'il y a un cadeau collectif et ce que je dois apporter, boissons, desserts, autre chose ?

- *Ne vous inquiétez pas, nous savons que vous êtes très occupée, et comme d'habitude il y aura beaucoup trop à manger ; j'apporterai l'essentiel, venez avec une bouteille de votre choix. Il y aura une enveloppe sans aucune obligation de participer, c'est libre…*
- *C'est parfait Jérémy je me réjouis à l'avance de ce pique-nique, à bientôt.*
- *A bientôt Alix. »*

Jérémy sourit, il sait que la présence d'Alix fera grand plaisir à Camille. Il jette sa liste dans la poubelle, range son comptoir et ferme son magasin. Il fait beau, il a le temps de faire une bonne heure de vélo et de revenir prendre une douche avant de rejoindre des copains dans un bar de la rue Kervégan qui accueille ce soir un groupe de folk qui marche bien. Il grimpe sur son vélo sifflotant d'aise, Jérémy est un homme heureux.

Ce dimanche matin, Camille traîne un peu au lit où Jérémy lui a apporté un plateau de petit-déjeuner agrémenté d'un bouquet de pivoines, ses fleurs préférées. Aujourd'hui elle a trente-deux ans. Elle voudrait rester un peu au lit, réfléchir à sa vie qui passe, c'est peine perdue, il l'enlace, l'embrasse, lui répète pour la énième fois qu'il faut qu'elle se lève parce qu'il a une surprise pour elle et que cela ne peut plus attendre. Attendrie elle finit par céder, se douche et enfile une tenue légère et colorée, il fait grand soleil et l'air est doux, la journée sera belle.

« Je suis prête ! Je me doute que tu as dû organiser une soirée pour mon anniversaire, mais il fait si beau j'ai envie que nous allions au Parc de la Beaujoire qui est en fleurs et une petite balade le long de l'Erdre, les voiliers seront de sortie...

- Bof, il y aura du monde et j'y ai fait du vélo cette semaine, j'aimerais bien changer un peu d'endroit et j'ai quelque chose à te faire voir.

- Ah bon, et quoi donc ?

- C'est dans le Parc de Procé, mais chut tu verras...

- Parce que tu crois qu'il n'y aura personne à Procé un beau dimanche de printemps ?

- Si mais... Camille, s'il te plait, fais-moi confiance, tu ne seras pas déçue. »

Il sourit de toutes ses dents avec ce petit air espiègle et enfantin qu'elle aime tant chez lui. Camille sait que Jérémy a parfois de drôles d'idées mais elle ne veut pas gâcher la surprise.

« Je ne trouve plus mon casque de vélo ?

- *Il est sous la chaise dans l'entrée, mais nous y allons en voiture*
- *Mais il fait si beau ! Nous avions décidé de ne plus prendre la voiture que pour sortir de Nantes.*
- *Oui mais aujourd'hui c'est différent, nos vélos vont se reposer un peu, pour eux c'est relâche. »*

Pendant qu'elle dormait encore, Jérémy a passé une bonne heure à remplir le plus discrètement possible, le coffre de la voiture de victuailles. Dix minutes plus tard, ils quittent l'appartement de Camille et se dirigent vers le Parc de Procé.

Jérémy demande à Camille de garer sa voiture dans le haut du parc pendant qu'il adresse un SMS à Benoît qui doit récupérer les sacs dans le coffre de la voiture. Il l'entraîne vers le côté gauche du parc, là où l'on aperçoit de grandes nappes posées sur le sol entre de superbes cèdres du Liban, des lampions et des ballons multicolores flottent au vent. Camille pousse un cri de joie en reconnaissant des amis, elle a compris et émue se blottit dans les bras de Jérémy. Tous se lèvent pour embrasser la reine de la fête. Bientôt, les nappes sont recouvertes de plats simples et appétissants, salades, quiches, tartes, salades de fruits et de boissons rafraîchissantes. Les musiciens ont apporté leur instrument et l'assistance ne se fait pas prier pour donner de la voix. Du haut du parc ils ont une vue plongeante sur la ville qui dans des tons pastel s'étend alanguie dans une douce brume de chaleur.

Léa, Malo et Arthur arrivent ensemble, ils ont attendu Arthur qui n'est jamais très matinal. Après avoir embrassé Camille et salué un peu tout le monde, ils s'assoient à côté de Gabriel déjà en grande conversation avec des connaissances communes.

Camille après être passée d'un groupe à l'autre, a fini par s'asseoir au milieu de copines qu'elle retrouve souvent au centre féministe *Simone de Beauvoir*, un centre dans lequel se montent des projets, se réunissent des groupes et se tiennent des conférences. Il y a là Mathilde, Djemila, Sofia, Clara et Sarah.

Des équipes se forment pour jouer aux quilles suédoises, Camille est sollicitée mais elle leur répond qu'elle jouera plus tard, pour le moment elle préfère continuer à discuter, allongée dans l'herbe fraîchement coupée d'où s'échappe un enivrant parfum de chlorophylle. L'équipe des plus jeunes est pour l'instant opposée à celle des moins jeunes pour laquelle Gabriel a recruté Léa, Malo, Jean-Paul et quelques autres. Ensuite ils ont prévu une manche de bretons contre non-bretons, puis de femmes contre hommes, puis d'hétérosexuels contre homosexuels, puis de couples contre célibataires, les quilles vont les occuper un bon moment !

Son bras est ankylosé Camille change de position quand elle aperçoit Alix qui franchit la grille d'entrée du parc tout en bas. Elle progresse lentement dans la pente tout en devisant avec une autre femme qu'elle n'a jamais vue. Ce que le hasard faisait bien les choses, elle se lève et va à leur rencontre pour les inviter à la fête :

« *Bonjour Alix...*

- *Bonjour Camille, je te présente Ariane, une amie de longue date, nous vous cherchions justement.*
- *Jérémy t'a invitée ! Je pensais que c'était une coïncidence et j'allais te proposer de te joindre à nous,*

comme je suis contente, que tu, pardon vous soyez là, venez je vais vous présenter à quelques personnes.

Alix, tu connais déjà Gabriel... et sûrement les copines qui fréquentent le Centre Simone de Beauvoir... »

Camille les guide vers le petit groupe de militantes féministes où la conversation s'est orientée sur la difficulté grandissante pour les féministes de travailler ensemble et de définir des priorités. Les groupes se divisent et se multiplient jusqu'à l'absurde. Chacun son objectif et son identité, le problème étant qu'ils s'affrontent dans une surenchère victimaire, chaque groupe se considérant plus discriminé que les autres.

Les premières années, Camille ne percevait pas distinctement ces divisions, elle avait juste ressenti le besoin de s'engager. Elle ne voulait pas prendre part aux divisions, juste être utile et avancer sur le chemin de l'égalité femme-homme et de la fin du patriarcat. Peu à peu, avec l'aide de Djemila qui avait une culture féministe plus solide et comprenait ce qui se tramait derrière les discours et revendications des unes et des autres, elle avait fini par y voir plus clair. Elle savait Alix contestée parce qu'universaliste, elle défendait la laïcité et refusait que des préoccupations identitaires ou essentialistes affaiblissent les luttes féministes. Les « nouveaux féminismes » quant à eux inspirés par la culture américaine, l'intersectionnalité des luttes, l'identitaire, le wokisme et la cancel culture avaient la préférence des médias. Djemila et Sarah partageaient le point de vue d'Alix. Souvent mises en minorité, elles étaient soudées par une complicité de longue date. Sofia et Clara n'étaient pas sur cette ligne mais restaient ouvertes à la discussion. Clara qui venait d'un milieu altermondialiste croyait que le multiculturalisme était l'avenir de l'humanité, défendait le communautarisme et l'affichage des distinctions religieuses, enfin surtout du voile islamique parce que personne ne se souciait trop des signes ostentatoires des autres religions. Malgré tout, elles parvenaient encore à échanger sans trop s'invectiver. Mathilde était plus neutre, elle essayait de comprendre le point de vue des unes et des autres et de maintenir un semblant d'unité. De plus en plus souvent, Camille prenait parti pour les universalistes, elles n'étaient peut-être plus au goût du jour mais leurs arguments lui semblaient plus crédibles et compatibles avec ce qu'elle savait du féminisme.

Camille se lève pour se servir un verre et voit que son amie Léa ne joue plus aux quilles, elle semble être en contemplation devant la ville en contre-bas. Camille ne lui trouve pas bonne mine, elle est pale, les plis de sa bouche sont crispés et elle rabat vers l'arrière de manière brusque et répétée, les mèches rebelles qui lui tombent sur le visage. Elle porte un robe ample qui au lieu de cacher ses formes un peu replètes, la fait paraître plus imposante qu'elle ne l'est. Les couleurs beige et rose ne l'avantagent pas non plus. Camille la préfère en mode baroudeuse, une paire de jeans et une chemise, cela lui va beaucoup mieux, enfin c'est son avis.

Léa qui se sent observée, tourne la tête et croise le regard de Camille qui lui fit alors signe de les rejoindre. Elle se lève lourdement, s'avance vers le petit groupe et se fige quelques secondes, surprise de découvrir Alix allongée dans l'herbe, la tête sur les cuisses d'une autre femme. Elle devait jouer aux quilles quand elle est arrivée et ensuite, le dos de Mathilde l'a dissimulée à sa vue. Elle se reprend, affiche un air dégagé et s'assied après avoir salué à la cantonade le petit groupe de femmes. Camille a perçu l'hésitation de Léa et s'est souvenu une poignée de secondes trop tard, de la situation entre Léa et Alix.

Léa ne prend pas part à la conversation, elle écoute tout en observant Ariane à la dérobée. Est-elle la compagne d'Alix ? Elle réalise qu'elle ne sait rien de sa vie privée. Elle a l'air d'être plus jeune, Léa la trouve trop maigre, elle s'exprime peu mais aux mots qu'elle prononce, elle comprend que cette femme est perspicace. Alix quant à elle, évite son regard ; il est vrai qu'elle est prise par la conversation, souvent sollicitée par les protagonistes pour donner son avis.

Léa est impressionnée par Alix qui s'exprime avec aisance, employant toujours les mots adéquats d'une voix posée et claire ; elle ne peut détacher son regard de ce visage fin aux angles bien définis avec ses pommettes hautes, ses lèvres ourlées et ses yeux d'un bleu éclatant. Elle n'est pas belle, pas selon les critères traditionnels, elle est magnétique de sincérité et d'authenticité. Mais elle l'a repoussée, humiliée. Se souvenant de la manière dont Alix l'a rabrouée au téléphone, elle rougit. D'ailleurs, elle a de plus en plus chaud, elle n'a rien de spécial à dire et trouve la situation inconfortable.

Le féminisme est pour elle un concept un peu abstrait, elle est pour l'égalité bien sûr et entend vivre librement sa vie mais elle n'a qu'une vague idée des sujets complexes abordés dans le groupe, elle manque de références théoriques. Pourtant, elle accorde aux femmes plus de place qu'avant dans son travail photographique. Plus jeune, elle avait eu peur d'être cataloguée à cause de son sexe. Elle est aussi spontanément plus portée sur les sujets et personnages masculins. Alors elle a négligé les femmes, mais les temps ont changé et désormais les goûts vont vers plus de mixité. Opérer ce tournant ne lui a pas coûté, elle a senti grandir son intérêt pour les femmes qui partout dans le monde ne sont plus seulement des victimes mais résistent et s'engagent. Elle en a rencontré plusieurs qui l'ont épatée au point de regretter de ne pas leur avoir accordé plus d'importance plus tôt. Elle veille désormais à s'afficher féministe et tache de rattraper le temps perdu, mais novice en la matière elle est parfois maladroite. Dans son empressement à redresser la barre, elle n'accorde pas toujours sa confiance à bon escient, il faut dire que tout le monde ou presque se dit féministe maintenant, aussi est-il difficile de s'y retrouver. Alix elle, semble nager dans le féminisme comme un poisson dans l'eau, elle aurait pu en apprendre beaucoup avec elle, seulement voilà, elle a tout gâché.

Alix s'est tue. Relevant la tête, elle accroche le regard de Léa qui l'espace de quelques secondes vacille. Elle baisser les yeux et se concentre sur sa respiration. Respirer lentement, se maîtriser, ne rien laisser paraître, mais ses mains se serrent à lui faire mal.

Alix a vu défaillir le regard de Léa et elle aussi a intensément ressenti l'onde de choc, alors pour se donner une contenance, elle passe ses mains dans les boucles brunes d'Ariane qui somnole. Elle entend comme dans un brouillard la voix de Sarah demander à Clara :

« Tu cautionnes la démarche de ce collectif improbable constitué de groupes antagonistes, des « féministes » musulmanes, des « travailleurs du sexe » et des « sorcières révolutionnaires » qui revendiquent d'occuper la tête de la prochaine Marche #NousToutes au prétexte que leur quotidien serait « marqué par l'expression quotidienne du racisme, de l'islamophobie et de la négrophobie » ?

- *Oui absolument, ce sont des réalités qu'on ne peut nier.*

- *Si on le peut, tout d'abord parce que la loi d'abolition de la prostitution a notamment pour effet de ne plus importuner les prostituées, seulement de sensibiliser la population et de pénaliser les clients consommateurs. Ensuite, parce qu'il n'existe pas de discrimination légale ou d'État contre les musulmans en France, ni contre les personnes de couleur, au contraire, l'état subventionne des programmes et des associations de lutte contre le racisme et il existe tout un arsenal répressif pour condamner le racisme, le sexisme, l'homophobie, etc. Bien sûr, il y a des personnes racistes, ça oui, mais c'est très différent et l'état ne les cautionne pas du tout. Alors je ne vois pas bien à quelles réalités tu fais référence. La surenchère victimaire est contraire à la solidarité entre féministes. C'est de la domination masculine dont nous devons nous libérer, nos ennemis ne sont pas d'autres femmes, opprimées elles-aussi. »*

Camille pense que Sarah a raison et elle sait que Clara ne lâchera pas l'affaire, elle n'a pas envie d'entendre la suite, elle la connaît par cœur. C'est son anniversaire, assez discuté pour aujourd'hui elle rejoint les joueurs de quilles.

Alix a entendu ces arguments tant de fois, elle n'est pas venue à une fête d'anniversaire pour cela. Elle se lève à son tour et demande s'il y a des toilettes quelque part dans le parc. Sofia qui habite le quartier et connaît l'endroit comme sa poche, lui répond que le plus simple, c'est d'utiliser les toilettes du café-restaurant à l'entrée du parc. Alix descend vers le manoir, une main sur le ventre comme pour se protéger de l'émotion qui l'a saisie lorsque Léa et elle se sont regardées. Elle a ressenti un tel bouleversement deux fois auparavant dans sa vie mais elle se dit qu'à son âge, éprouver un coup de foudre pour une femme qui ne lui plait pas, est tout à fait ridicule.

Une partie de quilles suédoises se termine et Gabriel remonte vers les nappes délestées de pas mal des victuailles apportées par Jérémy et les invités, il reprendrait bien une part de tarte. Il croise Alix qui descend vers le manoir et s'arrête pour échanger avec elle quelques banalités. Alors qu'elle s'éloigne, il apostrophe discrètement Jérémy :

« C'est toi qui a invité Alix ?

- *Oui, je savais que Camille serait ravie de la voir, tu sais elles s'apprécient beaucoup, c'est un peu grâce à toi d'ailleurs*
- *C'est une bonne avocate, mais… Je me demande s'il n'y a pas un souci entre elle et Léa ?*
- *Je ne crois pas, Arthur a fini son stage chez elle, il en est enchanté et ses parents aussi ; Léa et elle semblent proches, non ? Il y a quelque chose dont je ne suis pas au courant ?*
- *Hum… faut voir… J'ai cru comprendre qu'il y avait un problème mais Malo ne s'est pas étendu.*
- *Écoute, Camille et moi apprécions beaucoup Alix, alors j'espère que non.*
  Il reste de cette tarte aux abricots ou tu l'as finie ? »

Léa qui se désintéresse complétement de la discussion depuis qu'Alix l'a désertée, se lève à son tour et après avoir bu un verre de citronnade, se dirige elle aussi, vers le bas du parc. Peut-elle laisser passer l'occasion de lui parler ? Bien sûr que non. Elle n'est pas rassurée, pourtant elle accélère le pas. Parvenue au manoir elle voit quelques personnes attablées sur la terrasse, la salle de restaurant est vide et les WC sont libres. Elle traverse la terrasse et se retrouve au dos du manoir face à un petit bassin d'ornement. Alix est là, lui tournant le dos, elle semble contempler les détails de la sculpture au centre du bassin. D'où elles se tiennent, le groupe de pique-niqueurs ne peut les voir, l'imposant manoir les dérobe à sa vue. Léa s'approche doucement d'elle, en allongeant la main, elle pourrait la toucher.

« Alix, je… je sais que tu m'en veux, mais s'il-te-plait laisse-moi t'expliquer… »

Léa est si proche, Alix ne se retourne pas, elle fait quelques pas et s'éloigne dans l'allée bordée d'arbres centenaires et d'exubérants massifs d'azalées. Léa la suit, c'est comme si elle avait de nouveau dix ans et que sa vie dépendait du pardon d'une fillette dont l'affection comptait plus que tout.

Léa prend la main d'Alix pour arrêter sa marche et l'attire à elle. Manquant de trébucher, elle s'appuie contre un magnifique séquoia qui a l'élégance de se trouver là. Surprise par l'audace de Léa et des sentiments ambivalents, Alix ne recule pas. Léa dans un élan désespéré l'étreint, Alix ne la repousse pas, au contraire, elle referme ses bras sur elle. Enlacées, elles se laissent emporter par le désir qu'elles ont l'une de l'autre. S'il se mettait à neiger elles ne s'en rendraient pas compte. Quand l'une des deux desserre son étreinte, l'autre la presse plus fort. Léa tressaille quand Alix, le visage enfoui dans son cou, embrasse sa nuque. Des enfants passent en courant, criant d'excitation, elles s'écartèrent, Alix prend le visage de Léa entre ses mains, il est baigné de larmes qu'elle essuie tendrement. Léa sourit et fermant les yeux cherche ses lèvres, mais Alix la repousse doucement.

« Léa … que faisons-nous ?

-   Pourquoi me repousses-tu, tu sais maintenant pourquoi je me suis comportée étrangement avec toi, j'avais peur de ce que je j'éprouve pour toi, peur de moi surtout... »

« Maman ! Mais où es-tu ? Maman ? »

La voix d'Arthur qui cherche Léa leur parvient, il n'est pas loin d'elles, elles s'écartent l'une de l'autre.

« Mais tu es là ! Alix aussi... Cela fait un moment que nous te cherchons, papa voudrait rentrer, il a une grosse journée demain... et ton amie te cherche aussi Alix. Quelque chose ne va pas, vous en faites une tête ?!

-   Si mon chéri, tout va bien, nous n'avons pas vu le temps passer, je te demande quelques instants, remonte, je te suis. »

Léa aurait tant voulu que rien n'interrompe ce moment, mais elle ne peut pas ignorer son fils.

« Alix, je pars mardi en reportage pour deux semaines, promets-moi que nous nous verrons très vite à mon retour.

-   D'accord. Nous ferions mieux de rejoindre les autres maintenant ».

En retrouvant Léa, Malo n'est guère accueillant, il l'a observée pendant qu'elle remontait la pente, précédée d'Arthur et suivie d'Alix. Il a dévisagé les deux femmes et n'a pas aimé le masque qu'elles portaient. Elles étaient donc ensemble tout ce temps.

Une demi-heure plus tard, ils déposent Arthur chez lui, et pendant le trajet jusqu'à leur appartement de la place Graslin, il ne desserre pas les dents feignant d'être absorbé par la conduite. Léa aussi est murée dans le silence, tout son être imprégné d'Alix, elle ne peut pas parler, pas tout de suite.

Ariane qui faisait les cent pas impatiente de partir, a enfin vu Alix remonter du bas du parc, elle salue l'assemblée désormais clairsemée et la suit vers l'arrêt de bus. Elles ont de la chance, dix minutes d'attente seulement, le bus précédent a dû passer il y a une éternité.

« Tu es partie longtemps, j'en avais un peu marre, c'était sympa ce pique-nique mais ce n'est pas comme si je connaissais tes amis et je serais bien rentrée plus tôt.

- Je te prie de m'excuser, nous n'avons pas vu le temps passer...

- Nous ? Tu étais avec Léa c'est ça ? Je n'arrive pas à suivre, tu ne m'avais pas dit que cela s'était mal passé avec elle et que tu ne voulais plus la voir ?

- Si, mais ça nous est tombé dessus.

- Quoi donc ?

- Nous sommes tombées dans les bras l'une de l'autre et...

- Non ? Ben ça alors ! Ça ne te ressemble pas pourtant, toi qui maîtrises toujours tout ou du moins essayes.

- *Tu exagères, tu sais bien que ce n'est pas vrai, avec toi par exemple, tu m'as séduite et puis tu as rompu, tu parles d'une maîtrise…*
- *D'accord, alors raconte !*
- *Je ne m'attendais pas du tout à ça, je n'y comprends plus grand chose… Elle est mariée… Elle fuit, elle revient…*
- *Tu sais, les plus belles histoires sont souvent les plus surprenantes. Tu te poses trop de questions, vis ce qu'il y a à vivre et tu verras bien. Depuis, le temps que tu n'as pas vécu de relation amoureuse, cela te ferait le plus grand bien. Alix, c'est comme ça la vie ! »*

Alix ne répond pas. Elle doute de ses sentiments et de ceux de Léa, cette histoire lui paraît si compliquée. A cinquante-sept ans, elle pensait que les histoires d'amour c'était fini pour elle. Plus exactement, elle ne voulait plus vivre d'histoires compliquées qui ne menaient nulle part. Elle n'avait pas totalement exclu la possibilité d'une rencontre, mais à la condition qu'elle coule de source. Avec Léa, une femme mariée et changeante, on ne pouvait pas dire que le cahier des charges était respecté ! Pourtant, elle lui manquait déjà. Le désir se joue tellement de la raison, il fait comme bon lui chante. Histoire de phéromones soi-disant ? En tous cas c'est bien assommant !

« Je descends au prochain arrêt Alix. N'oublie pas la représentation jeudi soir, je te laisserai un billet à l'entrée, tu vas aimer cette pièce j'en suis certaine ! »

Alix sourit et l'embrasse tendrement :

« Je serai là et je t'applaudirai à tout rompre ! »

Elle vient de passer les portes du hall des arrivées à l'aéroport
Charles De Gaulle. Comme à son habitude, Léa trace son chemin
vers la station de taxis quand elle entend Malo l'appeler :

« Bon vol mon amour ? Donne-moi ton sac.

- *Je ne t'attendais pas, tout va bien ? Pourquoi es-tu là ?*
- *Tu m'as manqué, j'avais hâte de te voir.*
- *Pour une surprise, c'est une surprise ; tu me sors du
  cauchemar que je viens de quitter, si tu savais ce que
  vivent ces gens... »*

Le chauffeur du taxi rejoint Paris en se fiant à son GPS pour
éviter les plus gros embouteillages de fin de journée. Malo
regarde par la vitre les bas-côtés de la route jonchés
d'encombrants et autres déchets.

*« Une poubelle à ciel ouvert, entrepreneurs comme
particuliers n'ont pas de scrupules à se débarrasser de
leurs gravats et équipements hors d'usage n'importe où.
Les déchetteries c'est bon pour les autres ! Ils ne sont
pas pris sur le fait alors ils continuent, tout ça pour
gagner quelques dizaines d'euros. »*

Cela le révolte mais il n'insiste pas, c'est sûrement pire encore
au Tchad. Il est venu pour la réconforter, lui dire combien il
l'aime, pas pour lui imposer des récriminations. Il se rapproche
d'elle et lui prenant la main, lui demande ses impressions. Est-
elle contente des photographies qu'elle rapporte ? Alors elle
raconte les obstacles dressés par les autorités, la dureté des
rebelles qu'ils ont pu approcher et à la fin, les adieux déchirants
avec les victimes d'une guerre atroce, sans oublier le fixeur
qu'on laisse derrière soi. Des scènes qui la hanteront longtemps,

qu'elle les aient photographiées ou pas. Et cette désespérante certitude que le reportage n'intéressera pas grand monde. Qui veut vraiment savoir ? Une guerre de plus et dont tout le monde finira par se détourner tôt ou tard. Une série de guerres et de conflits qui ne semble jamais vouloir prendre fin. Une grande partie de notre planète est toujours en guerre, quand on pense qu'elle est la seule habitée dans notre univers, on a envie de hurler de désespoir.

Cette nuit-là elle s'endort contre Malo et réconfortée par sa présence, ne fait pas de cauchemar.

Léa est seule dans l'appartement, attablée à son bureau elle trie les photos qu'elle a rapportées. Le magazine a reçu quasiment en direct celles qui illustreront le reportage de son collègue journaliste, elle sélectionne celles qui ont les qualités requises pour figurer dans un nouveau recueil ou être exposées. Mais devant son ordinateur, elle est tentée de consulter la page Facebook d'Alix. Elle a souvent repensé à leur étreinte dans le parc, et se réfugiait dans ce souvenir pour s'endormir chaque soir. Elle ne pense plus aux conséquences de leur histoire, comme si tout cela n'était pas vraiment réel mais se passait dans une vie parallèle. Un peu comme si ses sentiments pour Alix flottaient dans une parenthèse imaginaire.

Sur le mur Facebook d'Alix, elle *like* un statut par ci par là, puis n'y tenant plus, lui envoie un texto pour lui demander si elle a envie de la voir. Son portable sonne, les battements de son cœur s'accélérèrent mais c'est sa mère. La santé de son père qui approche les quatre-vingt-dix ans, est préoccupante, il s'affaiblit rapidement et ne sort plus de chez lui. Ses facultés intellectuelles sont en revanche intactes, il s'intéresse toujours autant à l'état du monde et contribue autant qu'il le peut à une rétrospective de son œuvre organisée par le musée de la photographie à Paris. Sa mère étonnée qu'elle ne les ait pas appelés à son retour de voyage, lui rappelle qu'il compte sur elle pour l'aider.

> *« Deux heures de train, ce n'est pas comme si c'était le bout du monde où tu te rends si souvent. Tu sais, il peut partir d'un moment à l'autre et si tu ne l'as pas vu avant, tu le regretteras toujours… »*

Léa qui ces jours-ci a un peu la tête ailleurs trouve sa mère injuste.

« *Maman, je suis rentrée hier, j'ai à peine eu le temps de me poser, je n'ai même pas encore vu Arthur... Je viendrai vous voir le week-end prochain, je te rappelle dès que j'ai mes horaires de train, embrasse fort papa pour moi.* »

Léa est l'enfant unique de bourgeois intellectuels de gauche. Elle aime ses parents, être enfant unique a bien des avantages qu'elle ne nie pas mais leurs attentes l'étouffe parfois et il lui arrive d'envier les fratries. A cinquante ans passés, bien que reconnue dans son travail, elle n'est pas célèbre. Son père en revanche avait été distingué jeune. Sa mère qui avait pourtant des dons d'illustratrice très prometteurs, s'était consacrée à la carrière de son mari. Léa savait que son choix de carrière qui impliquait de fréquents voyages loin d'eux, n'était pas un hasard. Sa mère lui reprochait parfois de prendre des risques inconsidérés, Léa aurait préféré qu'elle s'intéresse davantage à son travail. Un jour elle lui avait dit qu'il n'était pas nécessaire qu'elle risque sa vie pour gagner l'estime de son père, Léa lui avait répondu que ce n'était pas ce qui l'animait, elle aimait son métier pour tout ce qu'il lui apportait. Parfois pourtant elle en doutait, avait-elle fait le choix du danger pour gagner le droit de porter son nom ? Elle ne niait pas que son patronyme paternel lui était utile et d'ailleurs, il lui arrivait de s'en servir pour ouvrir les portes qui lui résistaient mais elle voulait être estimée pour ses talents et qualités propres. Au début de sa carrière, un confrère furieux parce qu'elle avait été choisie à sa place lui avait jeté au visage que le talent héréditaire n'existait pas. Il n'avait pas prononcé le mot imposture mais elle l'avait entendu. Depuis, elle ne s'était pas ménagée pour convaincre. Elle ne pourrait jamais gommer qu'elle avait grandi dans le bon milieu,

profitait d'un célèbre patronyme et de précieux soutiens, mais
ils allaient voir ce qu'ils allaient voir ! Non seulement, elle serait
digne de ce patronyme mais elle allait lui imprimer sa propre
marque.

Alix relit pour la cinquième fois le texto de Léa qui, pendant deux semaines de reportage, ne lui a donné aucun signe de vie. Certains jours, elle l'excusait, se disant que Léa tenait le coup pendant ses reportages en s'immergeant dans son travail. A d'autres moments, elle se disait qu'elle méritait mieux que ce lourd silence. Elle lui manquait et ça l'agaçait. Alix est indépendante et son célibat ne lui pèse pas, elle n'a pas besoin d'être en couple pour exister ni donner un sens à sa vie. Elle est heureuse seule comme elle l'était quand elle vivait en couple. Parfois elle ressent l'envie d'une relation intime, pas forcément une grande histoire d'amour, mais une relation privilégiée, même une amitié amoureuse. Seulement voilà, c'est la vie et le hasard des rencontres qui en décident et en plus, elle n'est pas facilement séduite. Mais voilà que Léa avait fait irruption dans sa vie.

Il était inutile de tourner autour du pot, elle avait une envie folle de la voir et qu'elle l'ait ignorée quinze jours durant n'y changeait rien. Sans plus réfléchir, elle lui répond :

« Oui, voyons-nous, je serai chez moi samedi après-midi, je t'attends vers 15h ?

- A samedi, j'ai hâte »

Ils ont choisi un italien pour dîner ensemble ce mercredi soir et Gabriel est arrivé le premier. Depuis le pique-nique d'anniversaire de Camille il n'y tient plus, persuadé que quelque chose se trame entre Léa et Alix. Dans l'optique de lui tirer des aveux il a invité Alix à dîner. Pour cela, il a prétexté rencontrer un problème juridique et avoir besoin de ses conseils. Il n'ose pas interroger Léa, il pense qu'elle se taira de peur qu'il ne se trahisse devant Malo. Avec Alix c'est différent, il espère parvenir à la faire parler de ses sentiments pour Léa.

Alix est un peu confuse de son retard :

> *« Je te prie de m'excuser, la circulation ce soir est terrible, la voiture est restée bloquée un moment sur le Quai de la Fosse...*
>
> - *Ce n'est rien, j'ai pris un Prosecco en t'attendant, je te remercie vivement d'avoir accepté mon invitation. Alors dis-moi, comment va la vie ?*
> - *Oh la vie va bien, moi j'ai un peu de mal à la suivre ! »*

Gabriel rit de bon cœur. Il tâche de se détendre, elle se méfiera moins et ce n'est pas difficile, Alix est d'une compagnie agréable.

La soirée avance gaiement, Gabriel a exposé son souci, un problème de hauteur de clôture avec son voisin, mais Alix qui n'a qu'une vague idée de comment régler ce litige de mitoyenneté, lui a rappelé que ce n'est pas vraiment son domaine de compétence et que s'il ne parvient pas à régler le problème à l'amiable, il lui faudra s'en remettre à l'un de ses confrères.

« C'était sympa ce pique-nique à Procé, mais nous n'avons pas vraiment eu l'occasion de discuter, tu es venue avec une amie parisienne, c'est ça ?

-   Ariane vit ici désormais, nous avons eu une histoire amoureuse à Paris il y a une bonne dizaine d'années et sommes restées proches, mais tu l'avais déjà vue, non ?
-   Peut-être, j'ai dû la croiser brièvement, je ne connaissais pas son prénom...
-   Elle joue dans une troupe de théâtre amateur, il y a une représentation demain soir, si ça t'intéresse c'est à 20h...
-   Demain, je serai à l'Opéra, mais une autre fois peut-être ?
    Dis-moi, il paraît qu'Arthur envisage de passer le CAPA, bravo pour avoir suscité une vocation chez ce jeune homme indécis. Malo et Léa te doivent une fière chandelle ! »

A l'évocation du nom de Léa, Gabriel le jurerait, le visage d'Alix a tressailli.

« Ce n'était pas grand-chose, c'est un garçon agréable et sérieux qui a su se rendre utile.

-   Du coup ça vous a rapprochées avec Léa, vous semblez bien vous entendre, vous avez fait une ballade de votre côté au parc de Procé, on vous a cherchées un bon moment ? »

Alix se demande où il veut en venir, elle sent qu'il cherche à savoir ce qui l'unit à Léa mais elle ne veut rien trahir de leurs sentiments naissants. Léa n'est pas libre, et d'ailleurs elle-même ne sait pas où tout ceci les mènera. Elle se demande pourquoi Gabriel n'a pas interrogé Léa alors qu'ils sont intimes.

« *Nous nous sommes trouvées en même temps dans le bas du parc et avons fait quelques pas tout en devisant, nous n'avons pas vu le temps passer.*

- *Hum… Et comment la trouves-tu ? Spéciale non ? Un peu braque, mais plus sensible qu'il n'y paraît tu sais, une excellente photographe. Elle est douée, elle a fait ses preuves. Elle est très entière, un peu orgueilleuse. Elle se protège plus que ne le faisait son père, ils ne savent jamais pourquoi les gens s'intéressent à eux, par intérêt, pour profiter de leurs réseau relationnel… ? Ses parents l'ont souvent mise en garde, lui répétant qu'elle serait approchée pour de mauvaises raisons. Mais elle est généreuse et spontanée avec ses amis. Il faut la connaître. »*

Alix s'étonne de cette logorrhée soudaine, pourquoi lui dit-il tout ça ? Et quel étrange portrait il fait d'elle ! Mais elle n'a pas le temps de réagir que déjà il lui pose déjà d'autres questions.

« *Je ne lui connais pas beaucoup d'amies femmes, vous êtes si différentes je n'aurais pas parié sur une telle complicité entre vous.*

- *Une telle complicité ? Comme tu y vas ! Nous nous connaissons à peine. Toi, tu connais Léa depuis longtemps et tu es très protecteur avec elle, je me trompe ?*

- *Lorsque je vivais à Paris nous fréquentions tous deux les mêmes cercles et sommes devenus proches. Quand ils sont venus vivre ici, il y a une quinzaine d'années déjà, ils voulaient élever Arthur ailleurs qu'à Paris, j'étais déjà intégré à la vie locale et je leur ai servi de guide. Notre amitié n'a cessé de se renforcer. Arthur est mon filleul et je suis très attaché à cette petite famille.*
- *Et tu ne voudrais pas qu'il lui arrive quoi que ce soit, je comprends bien.*
- *Mais que pourrait-il bien lui arriver d'ailleurs ? Un couple si solide, vingt-cinq ans de mariage, tu te rends compte ? »*

En prononçant cette dernière phrase, Gabriel réalise qu'il est bien mal parti et n'obtiendra rien d'Alix de cette manière, il change de sujet de conversation. Une vingtaine de minutes plus tard alors que leur sont servis un café pour lui et un décaféiné pour elle, il revient à la charge pour parler des vacances d'été qui approchent :

« Malo est fatigué ces temps-ci, de petites vacances tranquilles avec Léa leur feraient le plus grand bien, c'est important ces moments d'intimité dans un couple, tu ne trouves pas ?

- *C'est ce que l'on dit oui, mais quand un couple a des problèmes, en bougeant ils ne font que les déplacer alors mieux vaut régler les problèmes que les trimbaler.*

- *Des problèmes ? Quelque chose que j'ignore, à voir avec toi ?*
- *Mais Gabriel, c'est toi qui décrits Malo comme perturbé ! Je parlais en général, je ne suis pas au fait de leur intimité, je les connais à peine, je n'ai même jamais parlé avec Malo. »*

Elle est redoutable, soit il n'y a rien du tout entre Léa et elle, soit elle n'est pas disposée à en parler avec lui. Gabriel se tait, c'est un échec, elle ne dira rien.

Alix trouve Gabriel ennuyeux et bizarrement intrusif ce soir. Elle se souvient de l'impression qu'elle a eu en le regardant danser avec Léa. Est-il amoureux d'elle, jaloux ? Se doute-t-il de quelque chose, essaye-t-il de la faire parler ? La soirée qui avait bien commencé ne va pas s'éterniser, les silences se font plus nombreux alors une fois bu son déca, Alix met rapidement un terme au dîner en demandant à la serveuse de bien vouloir leur apporter l'addition.

Ariane a validé le bon à tirer adressé par son éditeur. Il y aura bientôt un guide de plus à son actif et un peu plus d'argent sur son compte bancaire. C'est son conseiller qui va être content ! Ça n'a beau être qu'un petit guide de presque rien, comme à chaque fois qu'elle finit un ouvrage, elle traverse un passage à vide. Écrire un livre c'est un rendez-vous quotidien ; après le point final, elle erre sans but jusqu'à la commande suivante.

L'envie lui prend de vouloir passer quelques jours de vacances à la montagne. Puis tous comptes-faits non, elle est aussi bien ici. Elle n'aime pas voyager, elle a l'impression que les trains et les avions n'attendent qu'elle pour tomber en panne et son appartement est autrement plus confortable et sécurisant que n'importe quelle location ou chambre d'hôtel. D'ailleurs elle appréhende qu'Eva ne revienne vite à la charge, elles n'ont toujours rien prévu pour l'été. Depuis des années c'est un sujet de discorde entre elles, Eva en a marre de partir en vacances sans Ariane et lui reproche de ne guère faire d'effort pour sortir de sa zone de confort. Mais c'est peine perdue, elle finit par partir seule dans sa famille ou plus rarement avec des amis. Ariane l'avait pourtant prévenue lors de leur rencontre, elle lui avait dit qu'il ne serait pas simple de partager sa vie, mais à l'époque Eva n'en avait cure convaincue qu'Ariane était la femme de sa vie. Eva a la fibre sociale et l'état de la planète la préoccupe, mais elle n'est pas aussi liante qu'Ariane. Elle est vétérinaire sanitaire et si elle le pouvait, elle adopterait tous les animaux en mal de soins et d'affection, elle les comprend mieux que les êtres humains.

Ariane ne peut de toute façon par quitter Nantes en ce moment, tant que la pièce est à l'affiche elle ne peut pas laisser tomber la troupe et elle trouvera bien d'autres raisons pour ne pas partir cet été. Elle trouve toujours de bonnes raisons pour cela, la seule destination pour laquelle elle est disposée à sauter dans un train est Paris qu'elle a quitté à regret et à condition que ce douloureux exil ne dure pas trop longtemps.

En ce moment, c'est Alix plutôt qu'Eva qui la préoccupe, elle sait bien qu'Eva finit toujours par renoncer à lui demander ce qu'elle ne peut pas lui donner. Qu'arrive-il à Alix ? Elle a surpris les regards troublés entre elle et Léa pendant le pique-nique et a compris qu'elles sont attirées l'une par l'autre. Rien de ce qui arrive à Alix ne lui échappe. Elle a choisi de vivre avec Eva mais cela n'a pas effacé Alix et si cette dernière ne l'avait pas tenue à distance, elle aurait aimé les deux femmes, chacune de manière différente. Elle se demande pourquoi Léa intéresse Alix, de son point de vue, une élitiste bourgeoise arty, guère avenante, hétérosexuelle et mariée. Elle n'est pas jalouse et souhaite le bonheur d'Alix, mais Léa ne lui plait pas. Elle sait bien que l'attirance entre deux êtres n'a pas grand-chose de rationnel mais tout de même, comment Alix peut-elle se fourvoyer de la sorte ? Elle n'ignore rien de ses fragilités, elle l'a longuement consolée à la fin de leur histoire. Alix a du caractère, de l'énergie, elle est forte mais vulnérable quand elle aime. Comment lui dire qu'elle devrait se méfier de Léa ? Elle n'est pas la mieux placée pour ça, il est probable qu'Alix n'accordera que peu de crédit à ses mises en garde. Elle doit pourtant trouver le moyen de la convaincre, cette histoire, elle ne la sent pas du tout.

Eva ne va pas tarder à rentrer de sa journée de travail et Ariane se dit qu'il est temps qu'elle sorte faire quelques courses pour le repas du soir. Heureusement elle n'a pas bien loin à aller, il y a quelques commerces de bouche au coin de la rue. La proximité des commerces a été déterminante dans leur choix de logement. Elles ont eu du mal à trouver ce qu'elles cherchaient car à Nantes il y a beaucoup de zones résidentielles sans aucune boutique alentour. Ariane et Eva adhérent pour partie aux idées des écologistes mais ne sont toutefois pas radicales, convaincues que la coercition n'a pas d'effet positif et rebute plutôt qu'autre chose. Elles sont d'accord avec le projet de réduire la place de la voiture en ville, d'ailleurs elles n'en ont pas, mais aimeraient que des commerces de proximité et services s'implantent dans tous les quartiers qui en sont dépourvus. Elles ont été soulagées de trouver cette location dans un quartier calme, pas trop éloigné de l'hyper-centre, bien fourni en commerces indispensables et avec un marché deux fois par semaine. Elles ont adhéré à un réseau d'autopartage et l'utilisent de temps à autres pour faire le plein de courses dans une coopérative bio en périphérie de la ville, mais le plus souvent, elles emmènent leur chienne Réglisse courir dans les parcs ou sur les plages du côté de Pornic, au sud de Nantes. Réglisse adore se jeter dans les vagues et quand elles rentrent fourbues, les deux chats les regardent toutes les trois avec dédain, l'odeur de la mer ne leur dit rien qui vaille.

La petite chienne qui a compris à l'attitude d'Ariane qu'elles vont sortir, est allée chercher sa laisse toute seule et attend sagement sur le pas de la porte que sa maîtresse enfile ses chaussures.

Alix est fébrile, Léa sera là d'une minute à l'autre et cela fait trois fois qu'elle retourne se coiffer dans la salle de bains. Ses cheveux n'ont pourtant pas bougé d'un millimètre, ils sont trop courts pour ça. Elle a de plus en plus de cheveux blancs mais sa couleur châtain clair domine toujours. Cela ne la tracasse pas d'habitude mais aujourd'hui elle regrette de ne pas avoir teint ses cheveux, elle trouve aussi son teint blafard, elle a trop de taches pigmentaires et les rides se sont sérieusement creusées autour de sa bouche. Reposant son flacon de parfum elle pouffe de rire, non elle ne va pas céder aux injonctions à la jeunesse éternelle. Inexorablement, le temps nous laisse trace de son passage, il est vain de vouloir le fuir comme le font celles qui dépensent des fortunes pour se retrouver avec un visage inexpressif et anonyme. Un nez, une bouche sur catalogue, selon les modes du moment, parfois jusqu'à l'obscénité. Des femmes qui finissent par toutes se ressembler. Le temps court devant nous et nous ne le rattrapons jamais, mieux vaut s'y faire.

Elle cesse de s'observer, se force à respirer profondément pour se calmer et se dit que cette fois, elle contrôle la situation, il n'y aura pas d'effet de surprise. Elle a l'intention de mettre les choses au point.

Alix habite une jolie petite maison de ville qu'elle a rénovée et décorée à son goût. Ce n'est pas luxueux mais confortable. A l'arrière, elle aime rêver, lire ou recevoir ses amis sur la terrasse en bois du petit jardinet. Quand elle a acheté la maison, les biscuiteries LU avaient été délocalisées et les bâtiments réhabilités en lieux culturels et festifs. Le quartier du Champs de mars, ancien marais de Loire asséché, recelait encore de ces petites maisons pour un prix abordable mais c'est terminé, tout désormais est hors de prix. Elle est bien dans ce quartier, elle y habite et y a aussi son cabinet qui fait face au Palais des congrès. Le canal Saint-Felix où elle aime se promener au coucher du soleil n'est qu'à cinq minutes à pieds. Elle se félicite souvent de ce choix, elle profite des avantages du centre-ville sans les inconvénients de l'hyper-centre agité et bruyant.

La sonnette retentit. Elle ouvre la porte, Léa déboule dans l'entrée comme si elle craignait que la porte ne se referme sur elle. Un peu gauche, elle semble encombrée d'elle-même. Alix qui n'est pas non plus un modèle de grâce, sourit en refermant la porte. Ne pas se connaître pourtant être attirées l'une par l'autre, on serait gauche à moins ! Elles sont confrontées à leur désir sans avoir eu le temps de s'apprivoiser, elles n'ont aucun vécu commun auquel se référer. Deux univers différents et deux femmes qui se cognent maladroitement autant qu'elles s'attirent inéluctablement.

« Il fait encore chaud, installons-nous dans le jardin, si tu veux ?

- *Volontiers, c'est agréable chez toi, tu habites ici depuis longtemps ?*
- *Quelques années maintenant, j'ai eu la chance de trouver cette maison deux ans après mon arrivée à Nantes, c'était aussi l'un de mes objectifs en quittant Paris, habiter une maison.*
Thé, café ou si tu préfères une citronnade maison avec de la menthe fraîche du jardin ? »

C'est la saison idéale pour s'installer sur la terrasse, mi-juin quand il fait beau on a la sensation que l'été va durer toujours. Tout en buvant son verre de citronnade, Léa découvre une rangée de framboisiers et cassissiers, un petit bassin agrémenté de quelques nénuphars et poussant à l'abri d'un vieux muret de pierres, quelques plantes condimentaires, mélisse, menthe, basilic, thym et persil. Suivant son regard Alix lui dit que les cassissiers lui rappellent le jardin de ses grands-parents et qu'elle les a plantés le lendemain de son arrivée, avant même de commencer à déballer ses cartons. Mais elle l'a décidé, elle doit aller à l'essentiel, alors elle se lance :

> *« Léa, nous n'allons pas parler de tout et de rien, n'est-ce pas ? Ce n'est pas pour cela que tu es là. Bien sûr nous avons tout à découvrir l'une de l'autre, mais je voudrais que nous parlions d'abord de ce qui se passe entre nous. »*

Elles sont assises côte à côte, Léa cache mal sa nervosité, quand elle ne torture pas ses mains, elle rejette ses cheveux en arrière, elle cherche ses mots :

> *« C'est compliqué… tout ce que je sais c'est que je pense à toi sans cesse.*
>
> - *C'est pareil pour moi, mais nous n'allons pas continuer sans savoir où nous allons comme ça. Ni l'une ni l'autre ne devons souffrir de la situation, sinon mieux vaut tout arrêter.*
> - *Tu as raison, mais tout ceci est tellement inattendu, j'ai du mal à réfléchir.*
> - *Tu résistes et en même temps c'est toi qui provoques les rencontres ? Pourquoi te comportes-tu de la sorte ? De quoi as-tu peur ?*

- *J'ai envie de te voir mais j'ai peur des conséquences que cela aura dans ma vie. Nous ne nous connaissons pas, j'ai peur que tu ne m'aimes plus quand tu me connaîtras mieux... »*

Alix soupire, elles ne sont pas beaucoup plus avancées. Peut-être a-t-elle tort de vouloir maîtriser ce qui ne peut l'être, elles verront bien assez tôt ce qu'il adviendra de leur envie d'être ensemble. Elle pose pourtant la question qui la taraude :

« Léa, tu n'es pas libre, à moins que vous ne soyez un couple ouvert ?... Que vas-tu faire, le dire à Malo ou pas, rompre ou entretenir une relation adultère ? Es-tu capable d'assumer publiquement une relation homosexuelle ? Quelle place lui donneras-tu ?

- *Je ne sais pas Alix, je n'ai pas pensé à tout ça, pas encore.*
- *C'est peut-être trop tôt en effet pour y penser et décider quoi que ce soit. Donnons-nous du temps, nous aviserons plus tard. »*

Léa est soulagée, elle se détend, respire les odeurs du petit jardin et ferme les yeux. La quiétude du lieu, la présence d'Alix à ses côtés, elle ne veut plus penser seulement vivre le moment présent.

Alix tourne la tête et la regarde. Le soleil illumine son épaisse chevelure bouclée, ses lèvres pulpeuses sont entrouvertes. Silencieusement Alix se rapproche d'elle et du bout des doigts caresse doucement son visage tout en lui retirant ses lunettes de soleil qu'elle pose sur la table. Elle se penche et pose ses lèvres sur les siennes. Avec une infinie langueur, leurs bouches se trouvent et se mêlent dans un profond baiser. C'est la première fois qu'elles s'embrassent, éprouvant de puissantes émotions, elles sont absorbées l'une par l'autre et perdent toute notion du temps.

Le soleil a décliné et le petit jardin est désormais à l'ombre.

« Alix, j'ai envie de te sentir contre moi, de m'allonger dans tes bras,

-   La chambre est à l'étage, viens. »

Mais en haut de l'escalier, Léa est prise d'inquiétude en apercevant le lit.

« Je veux t'enlacer, pour autre chose je ne sais pas, je ne veux pas que tu me voies nue…

-   N'aies pas peur, il ne se passera rien que tu ne voudrais pas. »

Allongées sur le lit d'Alix, elles se prennent dans les bras et chavirent dans une affolante étreinte. La passion les transporte, elles perdent toute réserve, bouches scellées et corps emmêlés elles se fondent l'une dans l'autre. Alix la première se détache et ivre de l'odeur du corps de Léa embrasse la peau tendre de son cou, puis lui retire sa chemise et embrasse ses épaules, la naissance des seins. Léa ramène le visage d'Alix contre le sien, impatiente déjà de retrouver sa bouche. Léa s'étonne de ressentir de telles sensations, jamais elle ne s'était ainsi oubliée dans une étreinte. Elle les recouvre du léger drap soyeux et de sa bouche et de ses mains passe et repasse sur le corps d'Alix comme pour imprimer au plus profond de sa mémoire, chaque parcelle de sa peau. Alix a toujours la peau douce et Léa en pleurerait. Bientôt toute à son plaisir, elle a oublié ses inquiétudes et des larmes de jouissance jaillissent sans qu'elle ne cherche à les retenir.

Il y a tant de pudeur dans un véritable abandon.

La sonnerie du portable de Léa les tire de leur enivrement. Elles réalisent qu'il fait nuit, le réveil indique 23h05, cela fait donc bientôt trois heures qu'elles sont sur ce lit. Alix songe que maintenant qu'elles ont fait l'amour, tout devrait être plus facile. Elles restent encore enlacées, Léa a laissé tomber ses défenses et regarde tendrement Alix de ses yeux gris où scintillent de minuscules étoiles vertes. Alix donnerait tout pour prolonger cet instant, pourtant elle lui dit qu'il s'agit peut-être d'une urgence et qu'elle devrait répondre.

Léa remet sa chemise et se lève pour consulter son portable. C'est un SMS de Malo. Ce soir, ils attendent Arthur pour dîner, elle avait dit rentrer vers 20h, ils sont inquiets. Léa revient s'asseoir sur le lit près d'Alix, la réalité se rappelle à elle, elle est mariée et son mari l'attend. Elle ne veut pas faire de mal à Malo et elle ne veut pas quitter Alix mais lâchant sa main, elle ramasse ses effets éparpillés sur le plancher. Alix comprend qu'aimer une femme mariée ne va pas être simple.

Léa passe rapidement sous la douche et après un dernier baiser, fonce rejoindre sa famille. Un pneu de sa voiture aura crevé, le temps de trouver un dépannage d'urgence... C'est l'histoire qu'elle leur racontera. Alix a grimacé mais n'a pas commenté.

Après son départ, elle s'est endormie dans son odeur. A 4h30, elle se réveille brusquement, se demandant si elle a rêvé, mais se souvient que tout est bien réel et se sent heureuse comme elle ne l'a pas été depuis bien longtemps. Elle a faim ce qui l'empêchera de se rendormir alors elle se lève pour grignoter un en-cas dans la cuisine puis remonte se coucher espérant dormir au moins deux heures de plus, elle a une importante audience au Palais dans la matinée.

Ariane a pris le bus jusqu'à la station Palais des Congrès, Alix la raccompagnera chez elle plus tard. Elle pousse la porte laissée ouverte à son attention par Alix.

« Tu es malade ? C'est quoi cette tête de déterrée ?

- Je vais bien Ariane, mais j'ai eu une rude journée. Ma cliente était en retard au tribunal, elle n'a pas suivi mes conseils, alcoolisée, elle s'est emportée contre son ex-compagnon et j'ai eu un mal fou à faire valoir que c'était lui le conjoint violent. Heureusement le dossier est solide, témoignages, plaintes successives et des certificats médicaux.

- De quoi te plains-tu alors ?

- De rien, mais j'ai passé une nuit blanche et je n'avais pas besoin de cela. Mais parlons plutôt de toi.

- Non, attends, une nuit blanche ? Tu es devenue insomniaque ou tu me caches quelque chose ? »

Alix sourit, Ariane est intuitive et elle ne peut pas lui cacher grand-chose.

« Je vais nous chercher de quoi grignoter à la cuisine, installe-toi sur la terrasse, ça risque d'être long ! »

Ariane se doute bien qu'Alix ne se mettrait jamais dans un tel état pour des raisons professionnelles. Elle prend un coussin au salon et le cale dans le fauteuil de jardin dans lequel elle s'assoie. Il fait chaud ce soir et le jardinet exhale une forte odeur d'herbe fraîchement coupée.

Alix revient avec un plateau chargé d'un assortiment de crudités et de fromages et quelques boissons fraîches. Elle n'a pas besoin de demander à Ariane ce qu'elle veut boire, elle le sait.

« Hier Léa est venue ici et voilà...

- Et voilà quoi ?

- Tu as bien compris, nous sommes tombées dans les bras l'une de l'autre. Ce fut très intense.

- « Ce fut très intense » ! Tu ne peux pas parler comme tout le monde ?! Vous avez fait l'amour quoi. »

Ariane est prise d'un fou-rire, Alix lève les yeux aux ciels, attendant que ça lui passe.

« Ok Ariane, nous avons fait l'amour et c'était génial.

- Oh ça je te fais confiance, tu n'es pas une obsédée sexuelle mais avec toi pas de risque de s'ennuyer ! Ceux qui sont fatigués de recourir aux accessoires et scénario sophistiqués pourraient prendre des leçons ! J'espère au moins qu'elle a apprécié ?

- Mais tu t'écoutes ? Elle ?! Nous ! Nous étions transportées, vraiment. »

Ariane rit à gorge déployée devant la mine interloquée d'Alix.

« Je veux bien te croire, c'est seulement que les femmes sont compliquées parfois...

- Hum, c'est parce que tu as une vision performative du sexe ou alors ça doit tenir des femmes avec lesquelles tu

as couché… Et puis, ne parle pas des femmes comme ça…

- *D'accord, et maintenant, qu'allez-vous faire ?*
- *Je ne sais pas… c'est tout récent.*
- *Tu comptes entretenir une relation amoureuse avec une femme mariée ? Je te connais, tu ne pourras pas. Tu te souviens de notre séparation ?*
- *Ça n'a rien à voir, nous étions libres toutes les deux au moment de notre rencontre, puis tu as rejeté notre histoire pour des raisons qui te regardent et tu as noué une relation avec Eva. Aucune de nous deux n'était mariée encore moins hétérosexuelle.*
- *Ne me dis pas que tu n'as jamais eu d'histoire avec des femmes hétérosexuelles ?*
- *Deux fois et cela ne m'a pas menée bien loin…*
- *J'ai des amis des deux sexes qui ont quitté leur conjoint pour une relation homosexuelle et qui depuis sont toujours ensemble. D'ailleurs moi aussi j'étais hétérosexuelle jusqu'à ce que je rencontre une femme dont je suis tombée amoureuse.*

Qui te dit que Léa n'est pas bi et coutumière du fait ? Pour une hétéro, ça ne lui a pas posé de problème de se jeter à ta tête ni de se retrouver dans ton lit. A-t-elle l'intention de quitter son mari ou s'amuse-t-elle avec toi ? Tu ne penses pas que tu devrais te méfier d'elle ? Je ne la sens pas, avec ses airs supérieurs ! C'est une bourgeoise qui se la joue aventurière. Regarde les choses en face Alix, cette femme se sert de toi, elle te lâchera…

Ariane s'emballe comme toujours lorsqu'elle parle de Léa, Alix la coupe avec fermeté :

- *Ariane, je crois que j'ai compris, tu m'as déjà dit tout ça. Je ne comprends pas pourquoi tu joues les moralistes et t'énerves comme ça. Tu ne la connais pas, pourtant tu la juges sévèrement. Tu ne fais jamais ça habituellement, au contraire, tu es ouverte aux rencontres et curieuse des autres, naïve souvent. Tu n'es pas objective. A vrai dire, je ne sais pas si j'ai vraiment envie qu'elle quitte son mari. Et si sur un coup de tête, elle me sacrifiait son mariage et le regrettait ? Nous pourrions vivre notre histoire sans nous mettre de pression, sans rien nous promettre et si elle doit quitter son mari cela se fera naturellement et au bon moment.*
- *Je ne te reconnais pas.*
- *Tu te réfères à notre histoire, elle date de plus de dix ans, le temps a passé, aujourd'hui tout est différent. Pourquoi décider tout de suite et faire des choix définitifs ? Pourquoi ne pas laisser du temps au temps ?*
- *Admettons, mais tu crois que lui va rester les bras croisés ? Son couple, sa famille vont peser sur votre relation et vous éloigner l'une de l'autre. Je ne vois pas cette bourgeoise quitter son confort et sa sécurité pour une femme.*

-   J'ai bien reçu un message d'elle aujourd'hui, elle est bouleversée par notre étreinte d'hier soir.

-   Très touchant, tu veux me faire pleurer ou quoi ?! «

A son tour Alix éclate de rire et embrasse affectueusement Ariane qui intérieurement n'en démord pas, quelque chose ne va pas dans cette histoire, il est inutile d'insister pour le moment, mais elle reviendra à la charge ultérieurement. Elle ne laissera pas Alix entre de mauvaises mains.

Camille est rentrée de Londres la veille. Gabriel lui a téléphoné dans l'heure de midi pour lui demander s'il pouvait passer en fin d'après-midi. En l'attendant elle consulte ses emails, repoussant sans grande conviction le chat affalé de tout son long sur le bureau. Une fois déjà il avait renversé une tasse de thé brûlant, elle s'était jetée sur l'ordinateur portable et l'avait sauvé de justesse !

Gabriel se plie en deux pour l'embrasser, un joli bouquet de pivoines en mains. Comme à son habitude, il est vêtu avec recherche, pourtant elle lui trouve pourtant un petit air chagrin. Après lui avoir servi une bière fraîche, elle lui relate quelques anecdotes de son séjour à Londres, ville qu'il connaît bien pour y avoir vécu dans sa jeunesse. Camille se rend vite compte qu'il n'est pas attentif alors que d'habitude il est intarissable sur cette ville.

« Que se passe-t-il Gabriel, pourquoi voulais-tu me voir si vite ?

- Je suis tracassé, je pense que nous devrions faire quelque chose pour aider Léa et Malo. As-tu vu Léa récemment ? S'est-elle confiée à toi ? C'est sans doute plus facile pour elle de se confier à une autre femme ? »

Lui si désinvolte et léger, Camille ne l'a jamais vu perturbé de la sorte. Nerveux, il croise et décroise ses longues jambes et se mordille les lèvres. Elle est de plus en plus décontenancée par ses questions, ils n'ont jamais jusqu'alors discuté de la vie intime de leurs amis.

« Léa et moi ne nous sommes pas vues depuis mon anniversaire. Elle est très prise par son exposition ; il fallait s'en douter, ce n'est pas simple d'exposer à la fois à Paris et

à Nantes et puis son père très affaibli la réclame souvent à Paris. Elle n'a guère de liberté en ce moment et de mon côté, j'ai enchaîné les déplacements professionnels mais nous avons prévu de nous voir prochainement. Mais Gabriel, je ne sais pas vraiment de quoi tu parles, ni pourquoi tu es si inquiet. Si tu commençais par le début ?

- *Quelque chose ne va pas entre eux, Léa n'est pas comme d'habitude et Malo est très stressé. Si nous pouvions les aider à surmonter ce moment et éviter une rupture... ? Les amis c'est aussi fait pour ça non ?*

- *Mais Gabriel ils sont venus ensemble à mon pique-nique d'anniversaire et tout semblait aller pour le mieux entre eux. Admettons que les choses aillent aussi mal que tu le penses, que pourrions-nous y faire ? Tu sais bien que les passages à vide sont fréquents dans les couples, ils ne rompent pas pour autant. A moins qu'ils ne t'aient confié quelque chose que tu ne dis pas, je ne vois pas de raison sérieuse pour tant t'inquiéter. Je suis convaincue que si Léa et Malo étaient au bord de la rupture, Léa m'en aurait parlé.*

- *Rien, ils ne m'ont rien dit et je ne sais rien de précis, mais je sens qu'il se passe quelque chose. »*

Camille pense que celui qui ne va pas bien, c'est Gabriel. Léa et Malo, elle les connaît, c'est un couple solide. Mais elle se souvient de l'étrange attitude de Léa envers Alix. Elle ne sait même pas si son amie a suivi ses conseils et tenté de rattraper sa maladresse ? Se sont-elles seulement revues ? Elle n'a pas eu l'occasion d'en parler avec Léa. Gabriel ne peut pas être au courant de cela. A moins que… le pique-nique, elles ont toutes les deux disparu quelques temps avant de réapparaître. Mais Pourquoi Gabriel est-il aussi déstabilisé par un rapprochement entre Alix et Léa ?

« Gabriel, si Léa ne t'a rien dit et Malo non plus, tu te fais probablement des idées. Tu veux boire autre chose, c'est bientôt l'heure de l'apéro, un petit verre de blanc ?

- Volontiers, merci. »

Il la suit dans la cuisine, ses traits sont crispés, Léa voit ses pensées tourner dans son regard fixe.

« Et Alix ? Tu as dû voir Alix pour le procès, vous n'avez pas parlé de Léa ?

- Pourquoi voudrais-tu qu'Alix et moi parlions de Léa ?

- Et pourquoi pas, tu les connais toutes les deux et Alix aurait pu te questionner au sujet de Léa qui est ton amie de longue date.

- Non Gabriel, j'ai vu Alix depuis le pique-nique en effet, mais nous n'avons pas parlé de Léa.

- Ne me dis pas que tu n'as pas remarqué qu'Alix a jeté son dévolu sur Léa et fait tout pour la séduire.

- Alix ? Non, je n'ai rien remarqué de tel. Et si c'était l'inverse ? Si c'était Léa qui avait jeté son dévolu, comme tu dis, sur Alix ?

- Je n'y crois pas une seconde, je connais trop bien Léa. Le pire, c'est que tout ceci est de ma faute, je n'aurais jamais dû inviter Alix à mon anniversaire, elle a eu

l'occasion d'approcher longuement Léa lors de cette stupide promenade en bateau... Je vais le saborder ce bateau, je... !

- *Gabriel calme-toi, tu dis n'importe quoi. Ces deux femmes sont adultes, elles font ce qu'elles veulent et je ne vois pas en quoi leur amitié te dérange. Dans tous les cas, ce sont Léa et Malo que ça regarde, pas toi ! Tu te fais des films ! Dis-moi Gabriel, tu t'inquiètes vraiment pour tes amis ? Tu es certain que ce n'est pas toi, qu'une relation entre Léa et Alix fait souffrir ? Pour quelle raison d'ailleurs ?*

- *Où vas-tu chercher de telles idées ? Bien sûr que non. Je culpabilise quand je pense à Malo, c'est mon ami et je ne supporte pas l'idée d'avoir favorisé une relation entre sa femme et une lesbienne. Tu te rends compte ! »*

Gabriel est maintenant hors de lui, Camille ne l'aurait jamais cru capable d'une telle agressivité et sa dernière remarque la heurte violemment. Elle perçoit clairement toute la lesbophobie de ses propos et cela lui déplaît fortement, elle le lui dit :

« Tu as assez bu Gabriel et nous allons parler d'autre chose, ce sont mes amies dont tu parles et je n'aime pas la tournure que prend cette discussion. Ce qui se passe entre Alix et Léa ne regarde qu'elles deux et éventuellement Malo. Si l'un d'eux ressentait le besoin d'en parler, ils nous solliciteraient ; en attendant, nous allons nous occuper de nos affaires si tu veux bien. Pour commencer nous allons sortir dîner parce que j'ai faim et il n'y a rien de frais au réfrigérateur. Toi aussi il faut

Gabriel la suit penaud, s'assied sur le siège passager et lui tend ses clés. Les pivoines sont restées sur la table de la cuisines, Camille ne les a pas placées dans un vase, elles se meurent dans leur cellophane glacée.

Malo rentre d'une journée de travail qui ressemble un peu à toutes les autres. Il dépose sa sacoche dans l'entrée, il n'a pas de bureau dans l'appartement, contrairement à sa femme, lui n'y travaille jamais. Assise sur le canapé, téléphone en main, elle lève les yeux sur lui. Habituellement son énigmatique regard métallique s'adoucit quand elle le regarde et cela le rend heureux. Par-dessous tout il adore son sourire, quand elle lui sourit tout son visage s'illumine. Peu de gens y ont droit, la plupart du temps elle ne sourit que timidement et ne concède qu'un regard froid et distant. Son cœur se serre, il n'a décelé aucune chaleur dans le regard qu'elle a brièvement posé sur lui. Il dépose le courrier sur la grande table.

« Tu n'es pas sortie aujourd'hui, j'ai trouvé la boîte aux lettres pleine ?

- *Si je suis passée rapidement à la galerie, Stéphanie voulait me voir, certaines des photos partent plus vite que prévu, il faut effectuer de nouveaux tirages.*
- *Mais c'est une très bonne nouvelle, tu dois être contente ?*
- *Oui, oui… Je viens d'avoir ma mère au téléphone, je prends le train pour Paris demain, comme je repars en reportage dans une dizaine de jours, je veux voir papa avant, j'ai encore tant de choses à voir avec lui.*
- *Mais tu es rentrée de Paris il y a peine cinq jours ?*
- *Enfin Malo, quand ta mère était malade tu y allais aussi souvent que nécessaire et je t'y ai accompagné autant que j'ai pu, tu ne vas tout de même pas…*
- *Non bien sûr… A quelle heure est ton train ?*

Malo aimerait que seul l'état de santé de Paul préoccupe Léa. Quand elle est soucieuse, c'est auprès de lui qu'elle cherche du réconfort, pas cette fois. Il s'assied à ses côtés sur le canapé, elle ne se rapproche pas, collée contre l'accoudoir et plongée dans son téléphone portable. Jusqu'ici il avait le sentiment que son amour pour lui était inconditionnel et de fait, personne ne s'était jamais glissé entre eux bien longtemps. Pendant leurs longues années de mariage, leurs rares écarts de conduite n'avaient pas menacé ce qu'ils avaient construit ensemble. Elle lui avait raconté avoir eu des gestes furtifs avec un collègue lors d'un reportage dangereux, ils avaient mis ça sur le compte de l'angoisse. Et quand il avait senti qu'elle s'attachait à son partenaire lors d'un long séjour en Égypte, il avait exigé qu'elle rentre, les attentats se multipliaient et elle ne pouvait mettre sa vie en danger de la sorte, il lui avait rappelé qu'elle était mère et mariée. Elle n'avait pas eu le choix et avait rapidement tourné la page.

Lui-même n'avait pas été irréprochable, il lui avait demandé de rentrer en France alors qu'il entretenait une liaison avec une collègue de son entreprise. Entre eux c'était purement sexuel, elle l'excitait comme jamais aucune femme ne l'avait fait, il se sentait formidablement viril avec elle et ils se jetaient l'un sur l'autre dès qu'ils le pouvaient. Ils habitaient encore à Paris à l'époque et avec Hélène ils avaient écumé à peu près tous les hôtels décents de l'arrondissement où était située leur entreprise. Quand Léa était rentrée en France, il lui avait dit que lui aussi avait eu une liaison mais que c'était fini. Il voulait qu'elle sache que lui aussi pouvait mettre en péril leur mariage. Il n'était jamais rentré dans les détails mais quand il était en panne de désir il repensait à ses ébats avec Hélène, ça l'aidait. Après Hélène, il avait couché avec deux autres femmes qui la lui rappelaient, mais pas assez longtemps pour créer de dépendance. Cela n'avait eu aucune importance à ses yeux, il n'avait pas eu l'impression de tromper Léa puisqu'il maîtrisait la situation, rien de sentimental, juste du sexe. Il ne lui en avait jamais parlé, il craignait qu'elle n'en fasse autant. Il ne voulait plus qu'elle ait d'autres aventures, certain que les femmes ne maîtrisent pas les incartades sexuelles aussi bien que les hommes. Il ne se privait pourtant pas de critiquer les hommes qui trompaient leur femme, certain de valoir beaucoup plus qu'eux. Léa était donc convaincue de vivre avec l'homme parfait et il n'avait aucune intention de la détromper.

« Tu as prévu quelque chose pour le repas ? Sinon, nous pourrions sortir dîner ?

-   *Je n'ai aucune envie de sortir ce soir, si tu veux bien commandons quelque chose.*

-   *Bon d'accord. »*

Il s'allonge sur le canapé et pose la tête sur ses genoux, il aime quand elle passe la main dans ses cheveux. Mais elle ne le touche pas, il a même l'impression qu'elle s'est raidie. C'en est trop, il se redresse vivement.

« *Quelque chose ne va pas Léa ?*

-   *Pas du tout, je ne peux pas passer la commande et continuer à te parler en même temps, c'est tout. »*

La commande passée, elle se lève et ouvre grand une fenêtre du salon. Elle doit se reprendre, il n'est pour l'instant pas question que Malo se doute de quelque chose. Elle ne doit pas penser à Alix en sa présence, il sentira son désir rien qu'en la regardant. Elle pense souvent à Alix et à leurs étreintes mais elle aime aussi sa vie avec Malo et ne veut pas rompre son mariage sur un coup de tête. Elle veut mûrir sa décision et tant qu'elle ne sera pas prête, elle cloisonnera, il n'y a pas d'autre solution.

Alix presse le pas, elle franchit la passerelle au-dessus du canal puis remonte la rue qui mène à la gare. De chez elle, il ne faut guère plus de quinze minutes à pied pour rejoindre l'entrée sud de la gare de Nantes. Elle espère que la grève SNCF de la veille est terminée et qu'il n'y aura pas de perturbations sur son trajet. Quand tout se déroule comme prévu, il suffit de deux heures et vingt minutes de TGV pour rejoindre Paris. Les travaux de la nouvelle gare sont presque achevés, il était devenu indispensable d'agrandir et de moderniser l'une des gares les plus importantes à l'ouest. Elle a réservé du côté droit de la voiture pour voir défiler la Loire. Quand elle n'a pas de dossier à étudier, elle se laisse aller à la rêverie en contemplant le fleuve sauvage, les teintes pastel de ses bancs de sable et berges mouvantes. Son regard suit les courbes du fleuve quand l'image de Léa se superpose, elle ferme les yeux et les revoit sur son lit. Depuis, elles se sont retrouvées un midi dans son bureau au cabinet où elles se sont longuement embrassées mais n'ont pas eu beaucoup de temps pour se parler.

Elle traverse la gare Montparnasse et prend le bus 91 en direction de Bastille. Quand elle le peut, elle évite le métro, promiscuité et pollution, interminables couloirs crasseux sentant l'urine et toutes ces marches à monter puis redescendre… ; elle lui avait assez donné de sa personne lorsqu'elle travaillait à Paris ! Les amies parisiennes qui l'hébergent parfois sont en vacances, alors elle a choisi un hôtel confortable entre Bastille et la gare de Lyon. Elle est arrivée un jour plus tôt, la soirée à laquelle elle est invitée n'aura lieu que le lendemain. Elle a l'intention de profiter de ce déplacement pour se faire plaisir, elle a réservé un billet d'entrée à deux expositions, l'une au Musée du Luxembourg et l'autre au Musée d'Orsay.

Installée dans la chambre d'hôtel, elle a envie d'un voyage avec Léa, rien qu'elles deux dans un hôtel de charme, quelque part sur une île grecque, à Istanbul ou en Italie… Non, à Sintra, oui à Sintra, c'est si beau Sintra. « Ma pauvre, tu es une incorrigible romantique » songe-t-elle avec le sens de l'autodérision qui la caractérise. En riant elle se secoue et va dans la salle de bains se rafraîchir avant de sortir dîner.

C'est ici ! Elle a trouvé sans peine l'adresse d'Audray, au cœur du sixième arrondissement de Paris. Audray est une journaliste en vue, spécialiste de la politique et des questions de société. Depuis l'émergence du mouvement #MeToo ou #NousToutes le féminisme est devenu un sujet porteur et le monde des médias s'intéresse à la question des violences sexistes et sexuelles et donne enfin la parole aux victimes. Un jour Audray l'a jointe pour un article qu'elle préparait sur les violences conjugales et depuis, elles sont restées en contact et se suivent sur les réseaux sociaux.

Quand Audray l'a invitée à la soirée privée qu'elle organise à l'occasion de la sortie de son dernier ouvrage, Alix a accepté pensant qu'elle aurait plaisir à mieux la connaître. C'était aussi une occasion de retrouver des connaissance ou de faire des rencontres. Et puis si jamais elle s'ennuyait, elle pourrait toujours s'en aller.

Une personne qu'elle ne connaît pas lui ouvre la porte, l'invitant à entrer dans le grand appartement où se presse une foule de gens. Alix reconnaît dans l'assistance quelques figures médiatiques et repère des personnes qu'elle a déjà rencontrées dans ses activités professionnelle et associative, également Claire une consœur parisienne régulièrement sollicitée par les chaînes d'info.

Audray l'aperçoit de loin et lui adresse un petit signe de tête, elle s'apprête à prononcer un petit mot de bienvenue et un homme qui se présente comme son conjoint élève la voix pour réclamer le silence. Audray expose les raisons qui l'ont conduite à entreprendre l'enquête objet du livre dont elle fête la parution ce soir. Alix espère que la lire est plus convaincant que l'écouter parler, elle est hésitante, emploie parfois un mot à la place d'un autre, manque de fluidité et de spontanéité. Ceci l'intrigue, elle se serait attendue à plus de brio venant d'une éditorialiste en vue. Maintenant, elle bafouille et sa nervosité lui rappelle un peu Léa. Alix se demande si les femmes qui peinent à prendre la parole en public, manquent de confiance en elles ou si à l'inverse elles sont trop imbues d'elles-mêmes pour se laisser aller avec simplicité et authenticité. A moins qu'il ne s'agisse simplement de timidité ? Elles restent nombreuses les femmes qui ne manquent pourtant pas d'expérience ni de reconnaissance, à ne pas afficher l'assurance des hommes lors de prises de parole en public. Une fois de plus elle fait ce constat et quand les applaudissements plutôt convenus retentissent, elle se sent soulagée pour elle.

Claire s'approche d'elle :

> *« Alix, je suis contente de vous voir, je vous connais de réputation et j'avais lu l'article d'Audray où vous témoigniez de votre travail à Nantes.*

> *- Contente également de vous rencontrer en chair et en os. Vous connaissez bien Audray ?*

> *- Pas tant que ça en fait, mais je l'ai croisée plusieurs fois ; elle m'a invitée à cette soirée lors d'un colloque auquel nous assistions toutes les deux.*

- *Son intérêt pour les questions féministes est assez récent il me semble ? A moins que je n'aie manqué quelque chose, je n'avais jamais entendu parler d'elle avant qu'elle ne m'interviewe l'hiver dernier.*

- *Oui, un intérêt récent, depuis la vague #NousToutes c'est comme si toutes les femmes qui tiennent tribune se devaient de traiter ce sujet. Mais cela va dans le bon sens. Une vague de conversion au féminisme, les militantes de la première heure en rêvaient ! Certes un féminisme de surface et qui donne lieu à bien des confusions, mais c'est toujours mieux que l'inverse. »*

Comme Alix la regarde d'un air perplexe, Claire précise :

« Audray comme beaucoup d'autres, cherche à être adoubée par le gotha féministe. Elle navigue à vue, ne comprend pas tout aux différentes tendances féministes, elle approche les femmes qui pourraient lui ouvrir des portes. Elle se met à la remorque de personnalités dont la notoriété et le pouvoir peuvent rejaillir sur elle, pas toujours les plus pertinentes. Elles se renvoient la balle entre elles, retour sur investissement ça s'appelle. Je ne suis pas certaine qu'elles font grand mal au système patriarcal ! »

Claire finit sa tirade en pouffant de rire. Alix la trouve un peu sévère mais son franc-parler lui plait.

« Puisque cela va dans le bon sens, nous ne pouvons que nous en réjouir.

- *Cela dépend Alix, ce n'est pas si simple. Tu vois… Je peux te tutoyer ?*

- *Je t'en prie.*

- *Les néophytes dans le domaine du féminisme improvisent et passent souvent à côté de l'essentiel, elles font parfois plus de mal qu'autre chose…*

- *Tu peux développer ?*

- *Jusqu'où crois-tu qu'une femme comme Audray qui n'a aucune culture féministe, mène une vie de privilégiée engagée dans mariage hétérosexuel conventionnel… peut remettre en question la domination masculine ? Quelle conscience a-t-elle du système auquel elle consent, tout aussi indépendante et forte soit-elle ? Bien entendu elles se révoltent contre tout ce qui est excessif, inadmissible, en particulier tout ce qui touche aux interdits et aux menaces qui frappent les femmes. Les interdits d'ordre religieux ou coutumier leur sautent aux yeux, ils sont tellement flagrants. Mais les subtilités leur échappent et elles s'accommodent de beaucoup de choses, les rôles et stéréotypes sexuels, elles ne les remettent pas vraiment en question, elles les ont intériorisés et les reproduisent sans même s'en rendre compte. Elles ne vont pas au fond des choses.*

  Tu vois, même la manière dont elle parle dans son livre des traumatismes subis par les femmes, manque de profondeur. Elle en fait un récit mais il n'est pas mis en perspective d'un point de vue politique féministe. Une authentique militante féministe en aurait fait tout autre chose, néanmoins son livre a le mérite d'exister.

- *Je vois ce que tu veux dire. Beaucoup de femmes se dressent contre la condition des femmes victimes du communautarisme et du fondamentalisme religieux, mais leur féminisme s'arrête là. Elles ne s'intéressent pas trop aux rôles sociaux de sexe parce qu'il leur faudrait admettre qu'elles concèdent toujours beaucoup à la domination masculine, en particulier dans leur vie de couple et familiale.*

- *Voilà, tant de femmes se disent féministes mais ne vont pas plus loin que dénoncer les violences subies par d'autres femmes. A l'inverse, beaucoup des militantes aguerries #MeToo dans une logique toute victimaire, n'hésitent pas à faire feu de tout bois. Elles bafouent sans vergogne la présomption d'innocence parce qu'à leurs yeux, toutes les femmes sont par essence des victimes et tous les hommes des bourreaux. Ce qui ne les empêche pas, en bonnes intersectionnelles qu'elles sont, d'excuser par avance les hommes racisés violents parce que selon elles, leur violence est la conséquence du racisme qu'ils subissent. Elles ne combattent pas non plus les trans-activistes qui nous menacent et contestent toute réalité biologique, allant jusqu'à mettre sur le même plan réalités scientifiques et ressentis empiriques. La Gestation pour Autrui ne les gêne pas plus que ça, pourtant elles savent bien que des femmes sont exploitées pour satisfaire des commandes d'enfants sur catalogue réservées aux personnes assez riches pour se les offrir.*

- *Nous vivons une drôle d'époque, moi aussi j'ai souvent l'impression de me débattre dans cette tenaille, c'est pourquoi je me concentre sur mon métier d'avocate en aidant les femmes du mieux que je le peux.*

- *Moi de même mais je t'avoue que cette confusion, ces impostures me fatiguent et il y a bien des jours où j'ai tout envie de laisser tomber.*

  Mais pour l'instant, si nous allions nous servir quelque chose à boire et nous asseoir un peu ?

- *Volontiers ! »*

Elles traversent la pièce pour atteindre le buffet. De petits groupes affinitaires où l'on parle et rit fort forment des cercles compacts pas faciles à intégrer. Alix apprécie être en compagnie de Claire, elle ne supporte jamais bien longtemps les entre-soi élitistes. Elle se méfie des gens qui détiennent les codes d'un monde dont le commun des mortels est exclu mais paradoxalement, tiennent sans vergogne des discours altermondialistes inclusifs, elle les trouve condescendants et duplices.

Elles se sont servies au buffet et mangent assises dans un coin plus tranquille du salon quand Anne vient saluer Alix. Anne est une militante laïque qui tient une chronique dans une revue politique. Alix l'a soutenue quand elle a été poursuivie en diffamation par une universitaire identitaire. Elles s'apprécient et se donnent régulièrement des nouvelles. Alix la présente à

Claire et toutes trois se mettent à discuter d'une affaire de harcèlement qui fait alors grand bruit. Un directeur d'établissement universitaire en région parisienne est harcelé par des identitaires proches des Frères musulmans. Une demi-heure plus tard Anne les laisse, elle doit s'en aller.

« *Tu connais bien le milieu des militants laïques Alix ?*

- *Plus ou moins, c'est parfois difficile de s'y retrouver parce que les tendances de cette mouvance se tirent dans les pattes. Entre Européistes et souverainistes notamment.*

- *Oui, ils ne donnent pas toujours une image favorable d'eux-mêmes. Moi j'ai pris mes distances avec les souverainistes, l'Europe est le seul bouclier crédible contre les super puissances et leurs velléités hégémoniques. J'ai parfois l'impression qu'ils ne s'intéressent au féminisme que lorsqu'il s'agit d'islam, de voile, d'oppression communautaire des femmes musulmanes quoi. Sinon, le féminisme, la plupart s'en fiche pas mal.*

- *Néanmoins, le développement de l'islamisme est un problème vital qui doit être combattu sans relâche, la laïcité est notre bien le plus précieux, elle est menacée par les islamistes qui utilisent les femmes pour rendre leur présence visible et montrer à quel point ils progressent. Tu sais, dans tout milieu militant il y a des conflits internes...*

- *Je sais bien, mais ça m'agace quand ils s'expriment au nom des femmes et du féminisme alors que leur féminisme se limite à ça.*
- *Ça me dérange aussi, mais ils ne sont pas tous ainsi, et pour repousser le fondamentalisme religieux, nous avons besoin d'eux.*
- *Tu as sans doute raison mais j'en veux terriblement aux médias de ne donner la parole qu'à ces deux groupes comme s'il n'existait rien d'autre, d'un côté les laïques qui ne parlent que de voile et de l'autre, les #NousToutes victimaires qui rendent jugement sur la place publique ! Quand on sait que l'une de ces égéries féministes laïques est mariée à un homme ancien collaborateur d'un ministre condamné pour viol, aurait procuré des visas à des prostituées étrangères pour pimenter les frasques sexuelles de son ministre… ! »*

Alix bouche bée, écoute Claire qui lui donne des précisions sur cette affaire rapportée à l'époque par le journal *Le Monde*. Elle cherche des raisons d'exonérer la femme du collaborateur du ministre de toute responsabilité dans cette affaire. Elle sait pourtant qu'en politique, les gens s'arrangent avec leur passé pour durer et toujours présenter leur meilleur visage. Elle préfère souvent oublier ce qu'il y a de plus moche chez ses semblables pour ne pas devoir admettre que la face sombre de l'humanité est conséquente et envahissante.

Claire voit bien qu'Alix a du mal à encaisser l'information.

« Parlons d'autre chose. Un colloque international sur le traitement judiciaire des affaires de violences familiales se tiendra à Paris le trimestre prochain, sous l'égide du gouvernement. Je dois intervenir mais je serai à San Francisco pour quelques jours de vacances, ça te dirait de me remplacer ?

- *Je consulte mon planning et je te réponds sans tarder. A priori, ça m'intéresse, je te remercie de ta confiance.*
- *Je t'en prie, tu es la personne tout indiquée. »*

Une heure plus tard, Alix quitte la soirée contente d'avoir rencontré Claire. Elles se comprennent et à l'avenir pourront compter l'une sur l'autre, c'est précieux. Elle réalise soudain qu'elles n'ont pas parlé d'elles, seulement de politique. C'est aussi bien comme ça.

En revanche, elle n'a pas discuté du tout avec Audray, très sollicitée par ses invités. A la toute fin, deux minutes à la volée, pour échanger des banalités. Il est parfois plus facile de communiquer sur les réseaux sociaux où l'impression de se connaître est souvent trompeuse. Dans la voiture qui la ramène à l'Hôtel, Alix trouve ce soir un charme fou aux rues parisiennes éclairées par une pleine lune éclatante. Elle adresse à Léa un bref SMS pour lui dire qu'elle pense à elle et aimerait tant passer quelques jours en sa compagnie, à Paris. Léa ne répond pas, il est tard, elle doit déjà dormir.

Elle se félicite de son choix d'hôtel, la chambre est un douillet et silencieux cocon, elle s'endort rapidement songeant que dans quelques jours elle sera à nouveau dans les bras de Léa puisque maintenant elles sont amantes.

Léa dans sa salle de bains jette un regard furieux au miroir qui décidément ne lui est d'aucun secours ce matin. Elle est pressée, ne peut pas rater son train pour Montparnasse. Ses cheveux sont une catastrophe, ils seront bientôt totalement indomptables, elle n'a pas eu le temps de les faire lisser par son coiffeur.

Elle a vu le SMS d'Alix au réveil et après quelques secondes de plaisir passées à le relire, a éteint son portable au cas où Malo aurait eu la mauvaise idée de le prendre en main et de tomber dessus. Elle n'a pas répondu, elle le fera du train. La priorité est de boucler son sac et de réserver une voiture pour la conduire à la gare. Elle pourrait descendre la rue Jean-Jacques Rousseau et prendre le tram sur le quai, mais à cette heure-ci il est bondé.

Vingt minutes plus tard, confortablement installée dans le TGV, Léa dispose d'un peu plus de deux heures de tranquillité devant elle. A peine quittée la gare de Nantes, le visage d'Alix s'impose à elle. Son regard clair plongé dans le sien la fait tressaillir et son cœur se serre. Est-elle amoureuse ? Elle doute encore, ne s'autorise pas à succomber totalement. Elle rêve du regard d'Alix posé sur elle, de sa bouche sur la sienne, de ses mains sur son corps... Elle est aussi séduite par sa personnalité, Alix n'est pas comme tout le monde, elle en a conscience, pour autant elle ne se sent pas prête à perdre Malo, pas encore. Elle sait qu'elle ne pourra pas repousser éternellement le moment de faire un choix.

Elle se décide à répondre au SMS d'Alix : « Je pense à toi, fort ; Paris ensemble pas cette fois, j'y passe le week-end chez mes parents. Tu dois être rentrée à Nantes, je te fais signe à mon retour. Hâte de te voir, je t'embrasse. L ». Satisfaite elle sourit, c'est beaucoup mieux que le style télégraphique qu'elle adopte habituellement dans ses texto, elle doit beaucoup tenir à elle !

Dans le somptueux appartement parisien de ses parents, Léa est chez elle. Elle y a grandi, tant de souvenirs d'enfance y dorment à l'abri. Pourtant une légère sensation de manquer d'air la saisit, cela lui arrive parfois quand elle est chez eux. Elle a aimé sa jeunesse, elle en a bien profité. Ils ont été bienveillants avec elle, ils l'adoraient, surtout son père, heureux d'avoir une descendance assurée. Quand elle est née, il n'était plus tout jeune. Indulgents, ils attendaient néanmoins qu'elle se conduise avec dignité et réussisse sa vie. Sa mère était un modèle d'abnégation et de discrétion, son père artiste engagé, était porté aux nues par les intellectuels de sa génération, il avait développé un ego écrasant. A côté d'eux elle avait parfois le sentiment de ne pas être à la hauteur. Ils ne se rendaient pas compte de leur niveau d'exigence, Malo lui, n'avait jamais manifesté de telles attentes, elle lui convenait telle qu'elle était. C'était reposant.

Son père s'est réveillé et les retrouve elle et sa mère dans le salon. En le voyant, elle comprend qu'il vit ses derniers mois. Elle l'a toujours connu un peu âgé, en tous cas plus que les pères de ses camarades, mais tel un invincible géant, elle ne l'a pas vu vieillir. Son teint est cireux, ses traits creusés à l'extrême, sa voix étouffée mais sa volonté est toujours intacte.

« Ma fille, ma Léa, j'ai bien cru que je n'allais plus te revoir.

- Papa, tu exagères, j'étais ici la semaine dernière, comment te sens-tu ? »

Il sourit tristement.

« Les antalgiques et diverses substances dont on me gave me donnent l'impression de flotter entre la vie et

la mort… Les jours me sont comptés et j'ai encore bien des choses à te dire avant de partir.

Viens t'asseoir à côté de moi et apporte-moi un verre d'eau avec une paille s'il-te-plait. »

Une heure plus tard, alors que son père a regagné sa chambre, Léa peut enfin laisser échapper les larmes qu'elle a eu le plus grand mal à retenir. Son père lui a dit ce qu'il attendait d'elle une fois qu'il aura quitté ce monde. Ils le savent tous les trois, sa femme est la plus forte, pourtant, il lui a demandé de veiller sur elle. Et surtout, il compte sur elle pour perpétuer son œuvre et la prolonger de son talent à elle. Il souhaite qu'elle s'impose à son tour dans la photographie. Il regrette qu'elle ait hérité de ses complexes de jeune homme, lui qui est pourtant devenu une star incontestée. Il s'est imposé, a gagné une fortune, mais Léa sait que c'est beaucoup plus facile à accomplir pour un homme que pour une femme et puis l'époque a changé, la valeur d'un artiste dépend maintenant totalement de sa capacité à se vendre, du versatile marché de l'art.

Elle l'a écouté sans avoir le courage de lui dire qu'elle n'a pas autant de talent que lui. Elle n'est pas non plus pas taillée pour jouer des coudes et n'a pas son entêtement. Certes, elle ne manque pas d'ego, il lui arrive même d'être suffisante mais quand on la pousse trop dans ses retranchements, elle se défausse et bat en retraite. Elle fera ce qu'elle pourra pour lui rendre honneur.

Elle dîne avec sa mère qui ne s'épanche guère sur son chagrin. Sa mère aime follement son mari auquel elle a sacrifié sa propre carrière, fascinée par son énergie créatrice elle en a oublié la sienne. Plus jeune que lui, elle a toujours su qu'elle lui survivrait, et s'il vivait encore si âgé, c'était pour ne pas la perdre. Léa et sa mère savent qu'à sa mort, il leur échappera, tout le monde cherchera à se l'approprier.

Elles ont fini de dîner et sa mère lui raconte pour la centième fois la joie de son père le jour de sa naissance. Alix revient subitement dans ses pensées, confuse elle rougit légèrement. Que dirait sa mère si elle savait ? Elle a un sens moral élevé mais n'est pas réactionnaire, l'homosexualité n'est pas un problème pour elle qui a toujours accueilli les amis homosexuels de Léa. Mais si sa fille mariée et mère de famille entretenait soudain une relation avec une autre femme et quittait son mari pour elle, qu'en penserait-elle ? Léa oserait-elle seulement lui en parler ? Elle préfère ne plus y penser mais sa mère a perçu sa gêne.

« Tu ne te sens pas bien ? Tout ceci est très éprouvant, je comprends tu sais...

- *Je suis fatiguée, je ne vais pas tarder à me coucher, à moins que tu n'aies besoin de moi pour quelque chose ?*
- *Non, ma fille, il est tard et moi aussi je tombe de sommeil, allons-nous coucher. »*

Elles se souhaitent une bonne nuit. Léa dessert la table et place leurs assiettes dans le lave-vaisselle, le lendemain matin, la femme de ménage s'occupera du reste. Elle retrouve sa chambre à coucher et appelle Malo pour lui donner des nouvelles, puis elle s'endort en pensant à Alix.

Camille et Jérémy sortent d'un bar de l'île Feydeau où ils ont passé la soirée avec des amis. Il ne manque pas de lieux de sortie ni de fêtes étudiantes au cœur des rues pavées de la cité des ducs. Retrouver des copains pour écouter un concert dans un de ces bars est un plaisir qu'ils renouvellent toujours avec grand plaisir. C'est la dernière semaine de juin, une dernière soirée tous ensemble avant qu'ils ne s'éparpillent pour les vacances d'été. Camille et Jérémy ont prévu de partir huit jours ensemble à Corfou où ils loueront un scooter pour sillonner l'île. Ensuite, Jérémy retrouvera Max et Benoît pour une croisière côtière du Croisic à la presqu'île de Crozon, puis il rentrera rouvrir son magasin, il ne peut se permettre de rester fermé trop longtemps. Camille quant à elle ira randonner une semaine dans les Cévennes avec un couple d'amies avec lesquelles elle aime marcher. Elle apprécie leur silence complice pendant la marche et les confidences le soir au bivouac. Plus tard fin août, ils passeront ensemble huit jours à Arcachon, dans *la maison des dunes* comme ils l'appellent. C'est la maison de famille de Sam, le meilleur ami de Camille, elle est immense et tout l'été y défilent des tas d'amis au gré de leur disponibilité. Léa et Malo les y retrouveront aussi pour un long week-end. Jérémy se souvient que le lendemain, ils sont invités chez Gabriel :

> *« On se retrouve directement chez Gabriel demain soir ou nous y allons ensemble ? Tu te souviens, c'est son premier barbecue de l'été ? »*

Camille fait une grimace, hésite, puis répond à Jérémy :

> *« Je n'ai guère envie d'y aller, j'ai du boulot en retard et puis Gabriel en ce moment... Nous nous sommes vus quand je suis rentrée de Londres, il était dans un tel état de tension, d'agressivité même...*

- *Gabriel ? Mais tu ne m'en as rien dit.*

- *Non... Je n'en ai pas eu le temps. Figure-toi qu'il s'est mis en tête qu'Alix avait des vues sur Léa. Il m'a tenu des propos odieux sur elle, prétextant être inquiet pour ses amis.*

- *C'est curieux, saugrenu même venant de quelqu'un qui a plutôt une vie dissolue et ne se prive de rien ni de personne, pour faire court.*

- *Oui, je n'ai pas réussi à cerner les raisons pour lesquelles il se sent à ce point concerné ; il est proche d'eux et aime beaucoup Léa, mais tout de même...*

- *Mais tu crois vraiment qu'il se passe quelque chose entre Alix et Léa ?*

- *Ce n'est pas impossible, Léa m'a confié être troublée par Alix et raconté que dépassée par ses émotions, un soir alors qu'elle l'avait invitée à boire un verre, elle ne s'était pas bien comportée envers elle ; je ne sais pas où elles en sont, nous nous voyons la semaine prochaine...*

- *Ce n'est pas parce qu'elles auraient une histoire que le couple de Léa et Malo serait menacé pour autant, si ?*

- *Ah ça je ne sais pas, ce n'est pas un couple libre, plutôt basé sur la fidélité, alors une histoire entre elles signifierait peut-être qu'ils sont au bout de quelque chose... ? Dans cette hypothèse on peut comprendre que Gabriel soit inquiet pour Malo ou qu'il craigne que Léa ne commette une erreur... Mais j'ai senti autre chose, je l'ai trouvé clairement hostile envers Alix comme s'il se considérait lésé par un lien entre elles, son attitude m'a laissée une étrange impression.*

> — *Je me suis parfois demandé s'il n'était pas amoureux de Léa ?*
>
> — *Non, je ne crois pas, je l'aurais senti, il est protecteur mais amoureux, non.*
>
> — *Hum... »*

Jérémy n'en dit pas plus, mais il se souvient de regards de Gabriel sur Léa, des gestes dont il l'enveloppe, il s'était d'ailleurs demandé avant de mieux les connaître s'ils n'étaient pas d'anciens amants.

> *« Si tu peux m'excuser demain soir, trop de boulot, une urgence à boucler, trouve un prétexte et toi profite de la soirée. Je préfère voir Léa avant de me retrouver face à Gabriel.*
>
> — *D'accord, je t'excuserai et pour ce service, tu me feras le petit-déjeuner demain matin. »*

Ils rient et enlacés, rejoignent le petit appartement de Jérémy à quelques pas de la rue Kervégan, de l'autre côté de la ligne de tramway. Même avec Jérémy à ses côtés, Léa remarque les regards appuyés d'hommes qui traînent toujours le soir dans cet endroit. Elle sait qu'un peu plus tard dans la nuit, des personnes plus vulnérables que d'autres seront agressées par des hommes seuls ou en bandes qui rodent à l'affût de proies faciles à voler. Les femmes n'auront pas intérêt à rentrer seules à pied à moins d'être bien chaussées, de n'avoir pas froid aux yeux et de maîtriser quelques notions de self-défense. C'est devenu un problème récurrent dans la ville jadis plus tranquille et les commerçants des quartiers du centre historique Kervégan et du Bouffay, inquiets de l'augmentation de la criminalité sur les personnes et sur les biens, essayent en vain depuis des années de sensibiliser les autorités. Ces lieux pourtant plaisants, prennent un air menaçant à certaines heures de la nuit, parfois même de la journée, fonction des circonstances et des rencontres. Depuis son agression Camille y pense beaucoup plus souvent qu'avant. Elle sait que personne et à fortiori aucune femme n'est à l'abri. Cette lamentable réalité l'a tout d'abord plongée dans un désarroi qui a fini par se transformer en colère. La menace de violences machistes qui plane en permanence dans l'espace public est une manifestation de la domination masculine qui compromet la tranquillité et la sécurité des femmes et de tous. Les prédateurs qui s'en prennent à plus vulnérables qu'eux, l'insupportent. Elle sert plus fort le bras de Jérémy qui du haut de son mètre quatre-vingt-cinq de jeunesse et de muscles, affiche un calme imperturbable.

Léa sent son cœur s'emballer, elle approche de la maison d'Alix. Elle ne l'a pas revue depuis presque trois semaines, maintenant elle se demande comment elle a pu le supporter ?

Le mois de juillet est bien avancé pourtant elle n'a pas encore répondu aux demandes répétées de Malo désireux d'arrêter les dates de leurs vacances d'été. Comme souvent, ils rejoindront des amis dans leurs lieux de villégiature en France et à l'étranger. Elle restera disponible une bonne partie du mois d'août pour des reportages alors que nombre de ses collègues seront en vacances. A part un séjour fin août dans la *Maison des dunes* de Sam où ils retrouveront entre autres amis, Gabriel, Camille et Jérémy, ils n'ont rien prévu d'autre. Elle a fait valoir l'état de santé de son père mais elle sait que son besoin d'être avec Alix n'était pas étranger au peu d'enthousiasme qu'elle met à programmer des vacances. Maintenant elle vibre d'impatience, Malo est chez sa sœur jusqu'au lendemain soir, elles pourront enfin passer une première nuit ensemble.

Il fait lourd, le temps vire à l'orage et dans sa cuisine, Alix prépare une citronnade maison avec de la menthe fraîche juste cueillie dans le jardinet. Se verront-elles toujours chez elle ? Ne partiront-elles jamais ensemble en week-end ou en vacances comme le font d'autres amantes ? Seront-elles un jour en couple, même chacune chez soi ? Elle ne veut pas que de telles questions parasitent leurs retrouvailles et pourtant elles s'imposent à elle. Elle n'avait jamais pensé entretenir une liaison clandestine à long terme avec une femme mariée. Plaçant la citronnade au réfrigérateur elle se souvient que jeune trentenaire, elle avait rencontré dans un bar de la Place de la Sorbonne, une belle femme brune d'une quarantaine d'années. Après quelques minutes de discussion la femme lui avait dit qu'elle lui plaisait mais aussi qu'elle était mariée. Alix était séduite pourtant elle avait coupé court à la rencontre persuadée que ce n'était pas le type de relation qu'elle recherchait. Ce n'était pas la première fois. Jeune adulte, elle avait vécu à Boston pour y apprendre l'anglais. Elle travaillait dans une grande librairie, un jour, une femme venue chercher son compagnon était passée à la caisse lui demander si elle pouvait l'appeler. La femme était tombée instantanément amoureuse d'elle, un de ces coups de foudre qui vous tombe dessus sans que vous ne sachiez vraiment pourquoi. Elle était repassée plusieurs fois et un soir ils étaient allés tous les trois boire un verre au pub voisin. Alors qu'il s'était rendu aux toilettes, à la vue de tous, elle lui avait pris la main et Alix troublée s'était laissé faire. Ils avaient tous les trois fini la soirée dans l'appartement du couple. Lui était allé se coucher, elles s'étaient longuement embrassées sur le tapis du salon puis l'avaient rejoint dans le grand lit où il ne s'était rien passé de plus, tout le monde s'étant rapidement endormi. Cette fois-là aussi, elle avait mis fin à la relation, cette situation ne lui convenait pas. A bien y réfléchir elle avait peut-être eu tort, vivre une relation sans engagement aurait pu l'aider à mieux gérer ses émotions amoureuses, à dompter ce besoin d'absolu qui l'animait en amour comme pour le reste. En bonne idéaliste, elle avait toujours eu une haute idée des relations humaines. Deux autres femmes lui tournaient autour, elle en avait choisi une avec laquelle elle s'était mise en couple pour de longues années.

Un œil sur son smartphone pour s'assurer que Léa n'a pas de retard ou pire ne décommande pas sa venue, elle réalise que toute sa vie amoureuse, elle s'est laissé choisir. Ça l'a bien arrangée, elle n'a pas eu à se déclarer et risquer un refus, mais en contrepartie, elle était moins amoureuse que ses compagnes ce qui a nécessairement faussé leur relation. Pourtant elle s'était attachée à chacune d'elle et avait souffert à chaque rupture. Elle avait fini par comprendre que les ruptures étaient fréquentes et que ce n'était pas la fin de monde mais elle détestait rompre et comprenait que des couples restent ensemble par habitude et sécurité, préférant s'épargner les souffrances d'une séparation. Bien sûr cela avait bien souvent un coût exorbitant.

Elle fait rapidement le compte, neuf histoires qui valent le coup qu'elle s'en souvienne. Les relations purement sexuelles ne l'ont jamais branchée, ce n'est pas que la sexualité ne l'intéresse pas mais elle a besoin d'être séduite par la personnalité de ses amantes. Mais est-ce bien le moment de penser à ça alors que Léa va arriver ? Au même moment, le coup de sonnette de Léa la tire de ses pensées.

La porte s'ouvre et Léa la regarde à peine, les yeux d'Alix, ses pommettes hautes, sa bouche sensuelle sont imprimés en elle, ce qu'elle veut là tout de suite c'est la serrer contre elle, elle a tant besoin d'étreindre son corps, de le sentir contre le sien. Elle se jette dans ses bras, Alix recule pour fermer la porte sans la lâcher et manque de tomber. Elle referme ses bras sur Léa, les adosse au mur et prenant son visage entre ses mains chavire à son tour du trouble qu'elle voit dans ses yeux. Elle pose ses lèvres sur les siennes, leurs langues se trouvent, leurs bouches se mêlent, comme les fois précédentes, elles s'abandonnent voluptueusement à leur baiser. De longues minutes plus tard elles s'écartent l'une de l'autre, Alix propose de s'asseoir au salon et va à la cuisine récupérer une carafe de citronnade et deux verres.

Assises l'une contre l'autre sur le canapé, mains enlacées elles se racontent un peu de leur vie depuis leur dernière rencontre. Puis Léa s'allonge sur le canapé et attire Alix contre elle, le canapé est étroit, Alix l'ouvre, elles se pressent sur l'étroit matelas. Plus tard, quand la tête lui tourne un peu, Alix propose de manger léger sur la terrasse. Elle redescend de sa chambre un drap frais qu'elle dépose sur le canapé ouvert, choisit un album de Joni Mitchell et leur prépare une appétissante assiette avec du melon, des fraises et du fromage. Léa déjà installée sur la terrasse observe deux mésanges qui s'ébattent et piaillent joyeusement, leur exubérance les fit rire. Léa adore la terrasse ombragée de ce petit jardin qui sent bon, un peu comme la nuque d'Alix à la naissance des cheveux. Une odeur qui l'émeut à pleurer. Elle ne se savait pas si sensible, c'est un peu comme si Alix la révélait à elle-même. Elle est radieuse, tout est parfait ce soir, elle voudrait que le temps leur offre un cadeau et ralentisse pour elles deux, sa course folle.

« C'est délicieux Alix, merci… Je suis si bien, avec toi je… »

Elle s'interrompt, qu'allait-elle dire ? Elle voudrait que ça dure toujours ? Elle l'aime ? Mais aimer c'est sur le temps long, ça ne vous tombe pas soudainement dessus. Pourtant, elle ne contrôle plus grand-chose. Alix perçoit son hésitation et se demande pourquoi l'alchimie du désir opère entre elles. Elle la connaît peu, ne la trouve pas particulièrement séduisante, pourtant elle est bouleversée par ce qu'elle ressent pour elle. Qu'y-a-t-il de plus déconcertant et prodigieux à la fois que le désir amoureux ? A chaque parenthèse enchantée elles s'abandonnent hors du temps et des réalités qu'il leur faudra pourtant confronter un jour. Mais dans l'immédiat, mues par un même élan, elles entrent dans la maison et se laissent tomber sur le canapé ouvert.

On pourrait croire qu'elles se connaissaient dans une autre vie tant leurs gestes s'enchaînent évidents et fluides. Ensemble elles se glissent dans une dimension connue d'elles seules. Elles font l'amour et c'est Léa qui la première se penche sur le corps d'Alix, se délectant de chaque centimètre carré de sa peau. Elle veut tout du corps de son amante, elle ose tout et l'intensité de l'orgasme qu'elle éprouve en découvrant sa vulve douce et humide la stupéfie. Alix est surprise de tant d'audace et habileté.

Elles sont endormies quand le réveil d'Alix réglé sur 7h30 se déclenche et les sort du sommeil. Elles sont toujours enlacées. Léa rencontrant le regard d'Alix lui adresse un magnifique sourire, ce sourire sans retenue aucune qui illumine ses yeux gris de milliers d'étoiles vertes et or. Elles s'embrassent doucement, repoussant encore un peu le moment où il leur faudra s'extraire de la chaleur de leurs corps enlacés. La première Alix se lève en chantonnant et descend dans la cuisine illuminée de soleil leur préparer un petit déjeuner. Dehors, les oiseaux s'égosillent déjà, c'est une superbe journée d'été.

Camille patiente dans la salle d'attente. L'instruction est terminée, la date du procès d'assises est fixée et Alix reçoit les plaignantes qu'elle défend pour les informer d'éléments nouveaux, leur communiquer des pièces, noms de témoins cités à comparaître, etc. Camille est la dernière cliente d'Alix ce soir, ensuite elles ont prévu de dîner ensemble. Leur relation se transforme peu à peu en amitié.

Alix qui s'apprête à faire entrer Camille dans son bureau, sait qu'elle est très proche de Léa, elle doit faire attention à ne pas trahir leur histoire. Le mieux c'est d'éviter de parler d'elle, au moins tant qu'elle ne sait pas si Camille a été informée ou non de leur liaison. A l'évocation de Léa, elle revit un bref instant leur première nuit ensemble deux jours plus tôt. L'abandon, les gestes emprunts de fièvre puis de douceur. Comme elle aimerait la voir ce soir, cela lui fait presque mal. Elle doit pourtant sortir de ses rêveries, c'est avec Camille qu'elle dîne et il lui faut être prudente. Résignée mais aussi contente de passer un moment avec la jeune femme qu'elle apprécie de plus en plus, elle se lève et va à sa rencontre.

Une heure plus tard elles ont commandé leur plat, attablées au restaurant situé le long du canal Saint-Felix, dans le prolongement du Palais des congrès et à quelques pas du bureau d'Alix. Derrière la vitre elles aperçoivent les arbres centenaires qui bordent le canal, les mouettes et les cormorans qui le survolent offrent aux passants un spectacle toujours changeant. Quand le soleil se couchera, immeubles, arbres et lampadaires se refléteront dans l'eau du canal qui prendra des teintes d'or et de feu. Avec un peu de chance elles pourront même observer des hérons cendrés qui de leur vol un peu lourd, iront passer la nuit sous la passerelle de l'écluse. Ils exercent leur talent de pêcheur à l'entrée du souterrain où la rivière Erdre disparaît sous la ville ou en aval à l'écluse sur la Loire et les bancs de sable découverts à marée basse. Camille regarde Alix avec une infinie reconnaissance :

« Le procès sera éprouvant, mais avec toi à mes côtés, je suis rassurée. La peur que j'ai ressentie ce soir-là est toujours tapie au fond de moi, bien que je m'en sois bien sortie. Quand je pense à d'autres victimes qui ont eu moins de chance, il leur faudra des années pour se reconstruire, reprendre le cours de leur vie… Il doit payer. Je témoignerai sans trembler.

- *Je n'en doute pas, tu es courageuse.*

  Une condamnation judiciaire de l'agresseur aide les victimes à se reconstruire, mais pour réussir à dépasser les traumatismes de violences sexuelles, les pires atteintes à l'intégrité d'une personne qui soient, cela ne suffit pas. Le parcours est long et compliqué. Mais c'est certain, leur condamnation est le début de la guérison. La plupart des auteurs de violences sexuelles, de viols, ne sont jamais traduits en justice, leurs victimes vont en souffrir toute leur vie. Je pense que cela pèse sur toutes les femmes, comme si la menace de violences sexuelles nous enserrait toutes dans un filet invisible. Je me demande si nous parviendrons un jour à y échapper. J'en doute et on pourra adopter toutes les mesures envisageables de prévention et de répression, il y aura toujours des prédateurs.

  Mais parlons un peu d'autre chose, as-tu prévu de partir en vacances cet été ?

- Oui, nous partons une semaine à Corfou avec Jérémy, puis j'ai prévu une semaine de randonnée dans les Cévennes avec un couple d'amies et pour finir, nous irons une semaine fin août dans la maison de famille d'un ami à Arcachon. D'ailleurs, si cela t'intéresse, je peux me renseigner pour savoir s'il reste une place, tu pourrais venir avec nous, la « maison des dunes » est immense, Sam serait sûrement ravi de te rencontrer.

- C'est sympa de ta part de me le proposer, pour l'instant j'ai prévu de passer une dizaine de jours à Minorque avec un couple d'amis que je connais de longue date ; nous nous voyons moins souvent maintenant qu'ils vivent à Grenoble, c'est pourquoi nous tenons à ces quelques jours annuels ensemble. Lui n'a pas une grosse santé alors, il y aura beaucoup de farniente ! Des vacances confortables et reposantes, très bienvenues pour me remettre du rythme fou que je m'impose le reste de l'année.

- A quelle période de l'été ce séjour ?

- Les dix premiers jours d'août.

- Super, tu es donc libre fin août, je téléphone à Sam demain pour lui demander s'il reste une chambre de libre ?

  En plus Malo et Léa que tu connais y seront aussi à cette période, ce serait rudement chouette de nous retrouver tous là-bas, tu ne trouves pas ? »

Alix tressaille et demeure muette quelques secondes, feignant d'écarter d'improbables arêtes dans son plat de poisson. Elle s'imagine bien à Arcachon, en maillot de bain, attablée au petit déjeuner face à Malo ou mieux encore leur souhaitant une bonne nuit avant qu'ils n'aillent se coucher tous les deux !

Camille a remarqué la réaction d'Alix et se demande si elle n'a pas commis un impair. Sa spontanéité la perdra, elle n'a pas réfléchi. Est-il possible que Gabriel ait raison en s'emportant contre Alix parce qu'elle serait amoureuse de Léa ? Ou est-ce Léa qui est séduite par Alix ? Les deux femmes se sont-elles revues, où en sont-elles ? Elle regrette de n'avoir pas appelé son amie récemment, mais après tout, peu lui importe ce qui se passe entre elles et les soupçons de Gabriel, elle les aime toutes les deux et ne va ni les juger ni s'opposer à ce qu'elles vivent. Alors elle insiste.

« Alix, j'appelle Sam ou pas ?

- *Tu me prends de court, c'est adorable mais je dois y réfléchir. Cet été je dois aussi rendre visite à mon père et j'assiste un congrès à Paris où je resterai trois jours de plus à jouer les touristes… Promis, je t'appelle avant la fin de la semaine pour te confirmer ou infirmer ma venue. »*

Camille est un peu déçue mais son instinct lui dit qu'Alix n'est pas emballée par la perspective de se trouver dans la même maison de vacances que Léa et Malo.

« Je n'ai pas vu Léa depuis un moment, tu as eu l'occasion de la croiser depuis mon pique-nique d'anniversaire ?

- *Oui, nous nous sommes vues. »*

Camille voit bien qu'Alix se débat dans des sentiments contradictoires. Elle ne veut pas la bousculer mais sa curiosité est piquée au vif et elle n'a pas l'habitude de garder sa langue dans sa poche.

« Et…? A moins que tu ne souhaites pas en parler ? Je vous apprécie beaucoup toutes les deux, j'ai cru comprendre qu'il y avait eu un malentendu entre vous, j'espère que vous avez pu en parler et le résoudre ? »

Alix lui sourit, un éclair de malice au fond des yeux.

« Camille, il n'y a pas de problème entre Léa et moi. Tout va pour le mieux.

- Oh j'aime mieux ça, j'en aurais été peinée, je vous estime tant toutes les deux. »

Comprenant qu'elle n'en saura pas plus ce soir et ne voulant pas être pénible, Camille change de sujet de conversation.

« Et ce congrès à Paris, de quoi s'agit-il ?

- C'est une rencontre de juristes féministes européennes pour faire le point sur les législations répressives en matière de violences faites aux femmes. L'objectif est de repérer les carences dans les dispositifs de protection des femmes menacées par des conjoints violents. Ce congrès m'intéresse beaucoup parce que si au départ j'ai accueilli avec enthousiasme la vague #Metoo, c'était tellement puissant cette gigantesque libération de la parole des femmes, je déplore néanmoins les excès. Le trop plein d'émotions ne doit pas être instrumentalisé

mais au contraire, rationnalisé. Depuis l'affaire Weinstein et la vague de dénonciations devenue virale sur les réseaux sociaux, plus personne n'ignore à quel point le harcèlement, les agressions et violences sexuelles sont répandues et il n'y a plus de retour arrière possible. La prise de conscience est significative. Quarante neuf milles personnes à Paris pour la manifestation du vint-cinq novembre deux-mille-vingt, on n'avait pas vu ça depuis la manifestation du six octobre mille-neuf-cent-soixante-dix-neuf pour la loi Veil ! Mais des groupes de militantes intersectionnelles et des personnalités politiques exploitent une émotion légitime avec une surenchère de victimisation et un esprit de vengeance aussi vain que malsain. Si nous ne faisons rien, tout ceci finira par se retourner contre les femmes, les masculinistes auront beau jeu de nous qualifier de viragos hystériques et castratrices et le retour de bâton sera terrible.

Au programme du congrès, il y a des intervenantes avec lesquelles j'ai hâte d'échanger. Je n'assisterai pas aux interventions de celles qui n'ont de cesse de ramener les femmes à leur identité, communauté ou religion, sous-entendant qu'elles n'ont pas les mêmes seuils de tolérance que nous face aux discriminations et violences sexistes ou sexuelles. Celles qui ne dénoncent que les hommes blancs comme si les autres étaient des saints. Elles hiérarchisent leur solidarité, d'abord *communautaire et « raciale » puis de classe, et enfin de genre, la dernière roue du carrosse de l'intersectionnalité des luttes. Elles m'insupportent trop. «*

Camille l'approuve sans réserve. Alix est cash lorsqu'elle parle des différents courants qui s'opposent dans les mouvements féministes, et ça lui va :

« Oh je vois très bien à quoi tu fais référence, je te souhaite de bien profiter de ce congrès. »

Alix propose de passer commande de leurs desserts. Camille qui n'a pas vu passer la soirée regrette qu'elle se termine bientôt, elle a le sentiment de faire partie des « happy few » qui la fréquentent. Elle pressent que l'intelligence et la sensibilité d'Alix l'isolent alors qu'elle n'a jamais ménagé sa peine pour comprendre et aider au mieux les autres. La solitude qu'elle perçoit la touche, Camille comprend que si Alix ne se montre pas désabusée ni cynique, elle ne laisse pas grand monde l'approcher de près. Elle aime son côté sarcastique et facétieux, elle est fière d'avoir la chance de la connaître et de gagner son amitié. Il y a des milliards d'êtres humains sur terre, pourtant avec combien d'entre eux se sent-on en phase et en confiance ?

Elle quittent le restaurant, s'attardent quelques instants sur le bord du canal puis Camille enfourche sa bicyclette le cœur léger et Alix rentre à pied chez elle. Elle a passé une bonne soirée, Camille est une chouette fille, sincère, fine et intègre, et elle n'en connaît pas tant.

Malo a rangé leurs deux valises dans le coffre de la voiture et assis au volant patiente depuis déjà vingt minutes. Léa a attendu qu'il descende dans le parking pour appeler furtivement Alix et l'embrasser avant qu'ils ne partent pour un week-end prolongé chez les parents de Malo. Elle est enfin descendue :

« Me voici, je ne trouvais plus mes lunettes de soleil !

- *Oh le jour où nous partirons à l'heure prévue n'arrivera jamais, j'en ai pris mon parti il y a déjà un moment, je me demandais s'il fallait que je sorte un livre de ma valise ou pas ?*
- *Tu exagères ! Allez en route, si tu veux je conduis pour me faire pardonner ?*
- *Je ne dis pas non, au volant madame ! »*

Ils quittent Nantes par le quai de la Fosse, au passage comme à chaque fois jettent un œil attendri sur l'île de Nantes où s'ébroue un grand éléphant articulé, merveille construite par la compagnie des Machines de L'Île. A Chantenay, ils passent devant le Jardin extraordinaire qui vient d'être inauguré puis arrivent sur le périphérique qui n'est pas encombré à cette heure-là, et enfin s'engagent sur la voie rapide d'où ils ne sortiront qu'en approchant Brest.

Ils roulent en silence, chacun absorbé par ses pensées, le programme de France musique retentit dans l'habitacle les dispensant de se parler. Il n'y a pas si longtemps un départ en week-end ou en vacances, avec ou sans Arthur, était la promesse d'une intimité resserrée, la garantie de renforcer des sentiments parfois malmenés par la vie. Chacun d'eux se demande cette fois ce qu'il adviendra demain et ce que leur révélera ce séjour sur l'état de leur couple.

Trois heures trente plus tard, en vue de Brest, ils bifurquent vers le port du Conquet, et quelques vingt minutes plus tard arrivent à destination. Léa a conduit tout du long, se concentrer sur la conduite l'aide à ne pas trop se laisser envahir par son besoin d'Alix. Elle lui manque mais elle veut donner une chance à son couple.

Malo est très attaché à ses parents qui ont élevé leurs trois enfants avec attention et respect et leur ont transmis de solides valeurs. Des enseignants du secondaire, à la retraite depuis pas mal d'années maintenant. Yannick, son père, s'intéresse à l'Histoire de ce coin du Finistère, il a rédigé plusieurs essais dans une collection qu'il enrichit d'un nouvel ouvrage tous les deux ans environ ; il est régulièrement mentionné dans la presse régionale, ici c'est une figure locale. Marguerite sa mère, anime le club de lecture de la bibliothèque municipale. Cette année, elle a renoncé à son groupe de théâtre, les répétions fréquentes le soir la fatiguaient, elle a pensé qu'il était temps de passer la main à plus jeune qu'elle.

Léa et Malo ne se sont pas arrêtés sur la route pour déjeuner, ils savent que Marguerite et Yannick les attendent pour manger, même s'ils arrivent tard. Et en effet, il est déjà 14h15.

> « Vous devez être affamés, asseyez-vous et ne traînons par trop, la marée ne vas pas tarder à descendre, c'est encore le moment pour aller piquer une tête aux Blancs Sablons. »

Léa sourit, la vigueur de ses beaux-parents l'étonne toujours, elle ne peut s'empêcher de les comparer à ses parents, à son père surtout, plus vieux que Yannick d'une bonne vingtaine d'années et pas du tout sportif.

« Yannick, tu sais bien que la mer est bien trop froide pour moi dans le Finistère, allez nager tous les trois, je ferai un tour dans le bourg…

> *- Pas question ma belle, je t'ai trouvé une combinaison shorty en Néoprène qui devrait t'aller, avec ça tu pourras nager des heures et batifoler avec les dauphins, tu vas voir tu vas adorer.*
> *- La combinaison ne m'ira pas, j'ai encore pris du poids…*
> *- Tant mieux, tu auras moins froid, ne t'inquiète pas, j'ai pris large, allez, on mange et on fonce. »*

Malo rigole de bon cœur, l'humour de son père est parfois un peu lourd mais bon enfant et il sait galvaniser ses troupes avec son côté chef scout. Il est tellement content de les avoir à la maison, il a un peu de mal à doser son enthousiasme mais il est généreux alors quand il insiste trop et l'agace, Léa le lui fait gentiment comprendre.

Sur la superbe plage de sable fin et d'une blancheur éclatante, ils trouvent sans peine un endroit tranquille, la plage est immense et ce n'est pas encore le plein été. Quelques parapentistes passent et repassent au-dessus de leurs têtes. Le décor vaut celui des mers du sud comme le rappelle fréquemment Yannick. La mer est calme aujourd'hui, elle hésite entre un vert émeraude et un bleu profond qui se mélangent à l'endroit des courants, une légère brise forme à sa surface de jolies vaguelettes. N'y tenant plus Yannick et Marguerite vont à l'eau pour leur bain de mer quotidien qu'ils ne manquent jamais de prendre de fin avril à fin octobre. La combinaison destinée à Léa gît sur le sable, elle a décidé qu'elle n'enfilera pas ce truc ridicule, elle a trop peur de ressembler à un cachalot empoté.

C'est dans ta tête lui a dit Malo, tu seras comme en maillot mais plus couvrant et tu n'auras pas froid. Mais contrairement à son père, il n'insiste pas, il sait qu'elle s'entêterait plus encore. Une fois seule, elle l'enfilera peut-être cette combinaison ! Yannick lui, n'a aucune intention de désarmer et reviendra à la charge chaque jour, il fera tout pour qu'avant la fin de leur séjour, elle adopte la combinaison bleu lagon qu'il a dénichée pour elle.

Léa les observe assise sur sa serviette de bains, ils nagent à la perfection tous les trois et s'éloignent déjà loin du rivage. Des bretons, pas des parisiens comme dit Yannick, fier de ses racines ! Elle voit la tête de Malo émerger de temps à autres dans les flots. Son beau brun, elle s'était juré en l'épousant que c'était pour toujours. Son père aurait préféré un intellectuel ou mieux encore, un artiste engagé, mais elle l'avait choisi lui parce qu'il l'adorait, la soutenait dans ses projets et lui passait presque tout. En plus il prenait tout en charge quand elle s'absentait, ce qui était fréquent. Aujourd'hui pourtant, son désir pour Alix surpassait celui pour Malo. Peut-être même n'a-t-elle jamais autant désiré Malo qu'elle désire Alix. Seulement voilà, un coup de foudre résiste-t-il au temps et à l'habitude du quotidien ? Le désir suffit-il à rendre heureux ? Elles se connaissent si peu, à part leur attirance mutuelle qu'ont-t-elles en commun, peuvent-elles s'accorder pour tout le reste comme elle le fait avec son mari ?

Avec Malo elle a construit une vie, elle sait tout de lui, elle compte sur lui en toutes circonstances et s'est considérablement attachée à la famille qu'ils forment avec Arthur. L'idéal serait qu'ils restent mariés et qu'elle entretienne une liaison avec Alix. Après tout pourquoi choisir ? Elle pourrait les aimer tous les deux de manière différente et complémentaire. Mais Malo peut-il consentir à une telle situation ? Se sentirait-t-il moins menacé par une femme que par un autre homme ? Une telle situation peut-elle exister et ne léser personne ? Et d'ailleurs, Alix accepterait-elle un tel arrangement ? Elle essaye de l'imaginer compréhensive en amante d'une femme mariée, mais quelque chose lui dit que ça ne sonne pas juste. Elle sent qu'elle ne pourra plus très longtemps continuer de mentir à Malo. Que de questions sans réponse, elle les repousse et décide d'aller marcher au bord de l'eau pour se rafraîchir. Comme personne ne la regarde, avec un air farouche, elle enfile la fichue combinaison en Néoprène et finit par se jeter à l'eau.

Cette nuit-là, ils sont couchés dans la chambre verte au désuet papier peint fleuri et lisent chacun de leur côté du lit.

> *« J'ai trop mangé, j'aurais dû faire un petit tour avant de me coucher.*
>
> - *Tu manges toujours trop chez tes parents, tu pourrais aller faire un tour sur le sentier côtier, il n'y a que la route à traverser ? »*

Malo, prenant un air mutin :

> *« Je connais une meilleure façon de pendre un peu d'exercice.*
>
> - *Je vois, mais si tu te sens un peu lourd, cela va plutôt te rendre malade, tu ne crois pas ? »*

Malo pose son livre, prend sa femme dans ses bras et cherche ses lèvres. Il n'aime pas faire l'amour chez ses parents, les savoir dans la maison l'embarrasse mais il a bien l'intention de profiter de ce moment loin de Nantes et des préoccupations de Léa. Ce soir il va lui rappeler combien il l'aime, il va se dépasser, il sera l'amant parfait et il a un avantage sur la terre entière, il sait exactement ce qui la comble. Elle gémira de plaisir puis se lovera amoureusement dans ses bras, il le faut.

Léa est surprise de cette fougue soudaine, depuis des années ils font l'amour pour ne pas oublier qu'ils forment un couple et quand l'un ou l'autre en a envie, l'autre se laisse volontiers tenter. Ce n'est pas la passion mais c'est satisfaisant. Chez ses beaux-parents elle ne s'attendait pas à ça de sa part mais elle ne le repousse pourtant pas et répond à ses baisers. Elle sent à quel point il est excité et son désir réveille le sien. Cela fonctionnait souvent de la sorte entre eux, mais l'excitation retombait avec la jouissance et la tension sexuelle vite redescendue, elle espérait qu'il ne s'attarde pas trop. Avec Alix, elle avait été surprise de voir combien tout était intense du regard au simple effleurement de main.

Il se débrouillait plutôt bien, elle atteignit rapidement l'orgasme. Pas lui, il aurait voulu qu'ils jouissent ensemble. Alors qu'il persévérait, elle devenait spectatrice, les regardant faire. Implacable, le souvenir de l'amour avec Alix alors que transportées elles se fondaient l'une dans l'autre, s'imposait entre eux.

Il s'est écarté d'elle qui a trop chaud. Il l'a entendue jouir mais il est déçu, ça ne s'est pas passé comme il l'aurait voulu. Elle n'a pas joui une seconde fois, ils n'ont pas joui en même temps, le summum à ses yeux de la parfaite fusion sexuelle. Encore deux nuits avant leur départ, il se rattrapera demain se promet-il avant de s'endormir rapidement.

Le lendemain matin, Malo passe la matinée à aider son père à bricoler au jardin pendant que Léa levée tard, traîne à la table du petit déjeuner, le nez plongé dans son smartphone, consultant ses emails et les photos de ses amis sur Instagram. Quelle vie formidable ils ont tous, passant leur temps entre des voyages de rêve et des expositions plus passionnantes les unes que les autres, tout ça entourés des meilleurs amis du monde ! Elle le sait, certains ne vont pas si bien que cela, mais s'afficher heureux aux yeux des autres, les aide à vivre dans un monde d'illusions et d'apparences dont personne n'est dupe et que pourtant chacun s'applique assidûment à entretenir. Elle ne peut s'empêcher de consulter la page Facebook d'Alix qui n'a pas publié grand-chose, elle dépose un petit émoticom sur un de ses statuts, pensant qu'une apparition sur son mur lui fera plaisir. Elle songe à sa joie à elle quand Alix passe sur son mur et lui fait signe. Elle ne poste rien de ce long week-end avec Malo.

La journée promet d'être belle, après le déjeuner ils partent pour une longue marche sur le sentier côtier vers le Parc Naturel Marin d'Iroise. Ils aperçoivent en mer des phoques gris et des bancs de dauphins joueurs que survolent des cormorans, des fous de Bassan et autres oiseaux marins fendant le ciel de leur vols puissants. Un paysage de toute beauté, les falaises granitiques, les couleurs de la mer et du ciel dans lequel flottent de petits nuages blancs. Dans la lande odorante le rose des bruyères se marie avec les jaunes des ajoncs et des genêts. Cette promenade ils l'ont faite tant de fois, complices, ils se laissent porter par l'instant présent oubliant le reste.

Au retour Malo aide sa mère à préparer un plateau de fruits de mer pour le repas du soir. D'une oreille distraite il l'écoute lui donner des nouvelles de sa sœur, professeur des écoles à Tours. Il rembobine le film de la nuit précédente, regrettant de ne pas s'y être pris autrement. Il aurait dû être plus avisé et lui demander de quoi elle avait envie. Si Léa est troublée par Alix, c'est peut-être qu'elle a besoin d'autre chose ? Il est conscient de l'incongruité d'une telle idée, entre elles il ne s'agit probablement pas que d'une question d'acte ni de pratique sexuels. Il a du mal à se concentrer sur autre chose, mais sa mère ne lui laisse guère d'autre choix, elle passe d'un sujet à l'autre et maintenant l'interroge sur la santé de son entreprise.

Après le dîner Léa retarde le plus possible l'instant d'aller se coucher, ils font une partie de boules, jeu auquel elle n'aime pas jouer habituellement, puis elle propose une partie d'échecs à sa belle-mère. Quand ils se retrouvent seuls dans l'intimité de la chambre à coucher, Malo qui n'a pas renoncer à ses plans, se glisse sous le drap contre Léa et l'embrasse passionnément. Elle a envie de finir son livre tranquillement et se demande ce que signifie cette soudaine frénésie sexuelle. Elle n'arrive pas à se détendre, elle n'est pas d'humeur ce soir. Il déploie pourtant tout son savoir-faire mais elle ne réagit pas comme il l'espérait, il insiste et cela finit l'irriter, elle le repousse. Vexé, il se redresse.

« Quelque chose ne va pas ? Tu as envie de quoi ? Dis-le-moi.

- *Mais Malo, je ne suis pas une machine, tu pourrais t'assurer que je suis disposée à faire l'amour ! Ne te vexe pas, je ne suis pas d'humeur ce soir, c'est tout.*

- *Je ne comprends pas, je t'aime et je veux te rendre heureuse. Beaucoup de femmes mariées rêveraient que leur mari s'intéresse à elle de la sorte et toi tu me repousses...*

- *Écoute Malo tu deviens lourd, nous n'allons pas soudainement faire l'amour chaque nuit alors que ces dernières années c'était plutôt une ou deux fois par mois et encore ! Tu sais que je t'aime. »*

Malo ne répond rien, décidément il n'arrive à rien. Pourquoi ont-ils laissé le temps dégrader l'appétit sexuel qu'ils avaient l'un pour l'autre ? La répétition, les vicissitudes du quotidien, leurs activités professionnelles, la maternité, etc., ont lentement mais sûrement produit leurs effets. Il a été négligent, c'est de sa faute si Léa lui échappe, il doit tout tenter pour ne pas laisser Alix les séparer. Ce serait trop injuste. Que peut bien avoir cette femme de plus que lui ? Il va la remettre à sa place, elle n'a qu'à s'intéresser aux femmes comme elle, pas à la sienne !

Léa se demande si Malo n'a pas décidé une stratégie de reconquête ? Est-il possible qu'il soit au courant pour Alix ? Impossible. Maintenant elle a un peu mal à la tête et sommeil, ils n'ont pas beaucoup dormi la nuit dernière et il est tard. C'est assommant mais elle ne peut pas s'endormir sans le réconforter, il est blessé. Ce n'est guère dans sa nature et en général ses manifestations de tendresse sont réservées à Arthur, avec Malo elle est rarement dispendieuse de gestes tendres mais elle sait ce qui l'apaise, elle l'enlace et tendrement lui caresse les cheveux. Il n'y résiste pas et ferme les yeux pour mieux apprécier la douceur de la caresse de sa femme.

Elle qui a construit sa vie en veillant à se protéger le plus possible des chocs émotionnels, a l'impression d'être montée malgré elle sur des montagnes russes. Épuisée, elle s'endort dans une bouffée de tendresse pour celui dont elle partage la vie depuis tant d'années. Lui, retient ses larmes avant de sombrer dans un sommeil agité où Alix lui apparaît en sorcière moderne ! Il maudit cette femme qui s'emploie à mettre son bonheur conjugal en pièces, il n'a pas dit son dernier mot.

Après avoir embrassé Marguerite et Yannick, promis que la prochaine fois ils viendront avec Arthur, ils repartent du

Conquet où ils ont passé un bon week-end, pourtant Malo est rongé par un sentiment d'échec et Léa a follement hâte de revenir à Nantes.

Camille s'est offert une superbe paire de chaussures de randonnées en solde dans le magasin spécialisé face au château. C'est chouette, il ne restait plus qu'une paire à sa taille et elle lui va à merveille ! Ce n'est pas du luxe, ses vieilles chaussures n'auraient pas tenu jusqu'à la fin de la semaine de marche dans les Cévennes.

Malo qui boit une bière à la terrasse du café qui jouxte le magasin aperçoit Camille qui en sort un sac à la main.

« *Hey Camille !*

- *Malo ! C'est sympa de tomber sur toi, tu me payes un coup ou tu attends quelqu'un ?*
- *Avec plaisir, assieds-toi je n'attends personne, Arthur est à Londres avec des copains et Léa est surbookée depuis que nous sommes revenus du Conquet, si tu veux la voir ne tarde pas trop, elle repart en reportage dans quinze jours. Et toi ? C'était comment Corfou ? Vous avez aimé ?*
- *Génial, nous avons loué un scooter, huit jours ce n'est pas de trop pour faire le tour l'île. Les plages de sable blanc à l'ouest de l'île sont belles mais très touristiques, c'est beaucoup plus sauvage et montagneux au nord-est. La ville-port de Corfou à elle seule mérite plusieurs jours de visites , nous y retournerons. Ça nous a fait un bien fou, nous avons improvisé nous laissant porter par nos envies, nous avons adoré.*
- *Quelle chance vous avez...*

- C'est vrai, mais toi aussi tu as de la chance, vous faites de beaux voyages Léa et toi !

J'ai hâte que nous nous retrouvions tous à Arcachon à la fin du mois prochain. La maison sera pleine, Léa et toi, Jérémy et moi, Sam bien sûr et une partie de sa bande parisienne, neuf personnes en tout. Comme il reste une ou deux places, j'ai proposé à Alix de se joindre à nous, elle devait me le confirmer avant notre départ à Corfou, mais je n'ai pas eu de nouvelles, elle est probablement partie chez son père comme prévu et n'aura pas eu le temps de me joindre avant. Je vais la rappeler cette semaine. »

Tournant la tête, elle surprend Malo la bouche ouverte et le regard fixe. Comme il ne bronche pas, elle le sort de son mutisme :

« Allo Malo ? A quoi penses-tu ?

- Alix ? Tu as bien dit Alix ? Mais pourquoi Alix, que vient-elle faire ici ? Pourquoi viendrait-elle en vacances avec nous ? »

Camille est stupéfaite, décidément qu'ont-ils tous avec elle, d'abord Gabriel, maintenant Malo ?

« Mais Malo, c'est mon amie, aussi celle de Gabriel depuis longtemps… Jérémy l'apprécie beaucoup et ton fils Arthur ne parle que de son stage dans son cabinet…

- C'est une idée à elle ?

- *Mais pas du tout, c'est moi qui le lui ai proposé, c'est vraiment quelqu'un de bien tu sais. »*

Malo la dévisage d'un air narquois, un rictus amer qu'elle ne lui a jamais vu au coin de la bouche et quand il lui répond sa voix est recouverte d'un voile sombre.

« Tu sais comme moi qu'Alix est lesbienne...

- *Et alors ? Ça te pose un problème ? C'est nouveau, je n'avais pas remarqué que tu étais homophobe, au contraire même, il y a toujours des couples gays dans les soirées chez Gabriel qui d'ailleurs est plutôt bisexuel non ? Les hommes gays ne vous dérangent pas mais les femmes vous mettent en danger, c'est ça ? Vous croyez que les lesbiennes se jettent sur toutes les femmes qui passent sous leur nez ?*
- *Ne t'énerve pas Camille, ce n'est pas ça mais j'ai l'intuition que Léa lui plait et qu'elle a entrepris de la séduire. »*

Camille éclate de rire et se moque gentiment de lui.

« Dis-moi Malo, tu es certain que c'est Alix qui veut séduire Léa et pas Léa qui est troublée par la personnalité d'Alix ?

- *Tu crois ? Mais ce serait pire encore ! Pourquoi dans ce cas les encourages-tu à se rapprocher ?*
- *Mais je ne fais rien de la sorte, écoute tout ce que je sais c'est qu'il y a eu une embrouille entre elles au début, je pense qu'elles se sont réconciliées et ont normalisé leur*

relation. Je ne suis au courant de rien d'autre, tu te fais probablement un film. Dans tous les cas, tu ne pourras pas les empêcher de se rapprocher si tel est leur souhait. »

Malo a la mine défaite, il se tait, il lui fait de la peine alors Camille le réconforte.

« Bon, j'ai peut-être fait une erreur en proposant à Alix de se joindre à nous, je vais en parler à Léa et s'il y a un problème, je dirais à Alix qu'il n'y a plus de place. De toute façon, elle ne m'a pas semblé être emballée par cette idée.

- Camille, s'il-te-plait, tu ne vas rien faire de la sorte, si tu nous aimes Léa et moi, tu oublies ça. Tu n'en parles pas à Léa et tu fais comprendre à Alix qu'il n'y a plus de place dans la « maison des dunes » qui est prise d'assaut cet été. »

Camille est contrariée et ne sait que lui répondre, mais elle ne veut pas non plus faire des histoires. Elle lui promet qu'Alix ne viendra pas à Arcachon. Face à eux les douves du château résonnent des notes du concert organisé dans le cadre d'un festival estival annuel, quand éclatent des salves d'applaudissement ils quittent le bar et chacun d'eux rejoint son domicile. Camille est triste pour Malo mais elle se dit que la vie est ainsi faite de rencontres et de surprises et que si Léa et Alix se plaisent vraiment, elles auraient tort de passer à côté de leur histoire. A la place de Léa, Camille ne prendrait pas le risque de passer à côté d'un amour et de le regretter. Elle ne se réfugierait pas dans la sécurité, au contraire elle mettrait son couple à l'épreuve. Oui, sans hésiter elle choisirait de se laisser aller à son attirance pour Alix et en assumerait les conséquences.

Malo, de son côté, trébuche sur les pavés disjoints du vieux Nantes, il s'emporte d'imaginer Alix débarquer à Arcachon, il en veut à Camille, il nourrit rageusement sa détestation d'Alix et des femmes libres.

Alix est arrivée à l'Hôtel de ville, dans le hall elle replace ses cheveux ébouriffés. C'est une belle soirée de juillet, elle est venue à pied, pour décompresser après une journée passée à mettre de l'ordre dans ses dossiers. Ce qu'elle n'a pas le temps de faire le reste de l'année, elle s'y colle pendant l'accalmie estivale.

Sous l'égide de la majorité municipale, une soirée est organisée pour remercier les acteurs impliqués dans la lutte contre les violences faites aux femmes. Il y a là l'équipe de direction d'un centre d'hébergement pour femmes victimes de violences conjugales, le Centre associatif féministe de Nantes et tout un tas d'intervenants associatifs et institutionnels. Alix n'est pas la seule juriste féministe invitée lors de tels événements, elle y retrouve des consœurs avec lesquelles elle entretient de cordiales relations. Du coin de l'œil elle aperçoit une avocate friande d'attention médiatique, elle se dirige dans l'angle opposé de la vaste salle des mariages, elle n'a pas envie de la croiser. Quand elle tombe sur un article qui lui est consacré, elle est amusée ou agacée. La notoriété n'est parfois pas affaire de pertinence, juste d'habileté à se faire valoir. Elle ne lui en veut pas pour ça, elles sont différentes et ce qui compte c'est que la cause des femmes avance mais elle n'a pas envie de se forcer à deviser avec elle.

Les intervenants vont s'exprimer, la petite assemblée rejoint l'amphithéâtre pour prendre place. Alix s'assied à côté d'une militante qu'elle connaît, elles échangent quelques mots pendant qu'elle sort son carnet de notes. Trois rangées devant elle, elle pense reconnaître Léa. La masse de cheveux, cette manière un peu brusque de les repousser, pas de doute c'est bien elle. Son cœur s'emballe, elle a envie de se lever et de la rejoindre mais la première table ronde a commencé et elle ne veut pas déranger l'assistance. Et si elle lui adressait un texto pour lui dire qu'elle est là elle aussi ? Elle hésite et réalise que dans une telle situation elle ne sait pas comment se comporter. Léa sera-t-elle contente de la voir ou à l'inverse embarrassée de retrouvailles en public ? Alors elle se ravise et ne fait rien. Il sera toujours temps de la retrouver lors du cocktail qui suivra. Elle ressent une pointe de tristesse songeant qu'une semaine plus tôt, elles ont passé la nuit ensemble et se sont quittées heureuses et amoureuses.

Elle n'écoute plus que d'une oreille, absorbée par la présence de Léa, à la fois proche et distante. Léa devait se douter qu'elle serait là elle aussi ce soir, pourquoi ne lui a-t-elle pas proposé de venir ensemble à la soirée ? Et d'ailleurs que fait-elle là ? Elle n'est pas tant que cela concernée par la question des violences faites aux femmes.

Elles ne se sont pas revues depuis que Léa est rentrée d'un week-end en Bretagne dans la famille de Malo, elles se sont téléphoné et Léa lui a dit ne pas pouvoir la voir, trop occupée par la préparation de son prochain reportage. De son côté Alix a passé quelques jours chez son père à la Rochelle où elle l'a aidé à prendre des dispositions pour faciliter son maintien à domicile. Elles sont convenues de se retrouver samedi après-midi chez Alix. S'il lui demande où elle va ou lui propose autre chose, Léa dira à Malo qu'elle passe son après-midi à effectuer les achats nécessaires à son prochain départ.

La dernière table ronde vient de s'achever, Alix se dirige vers le buffet et s'arrête pour saluer la Maire et échanger avec elle quelques politesses. Entrant dans la salle des mariages, elle cherche Léa du regard et la trouve à l'autre bout, occupée à boire une coupe de champagne en devisant avec quelques élus. Léa ne l'a pas vue et ne la cherche d'ailleurs pas. Alix reste en retrait et l'observe à la dérobée assaillie de questions : qui est cette femme dont elle est amoureuse ? De loin il lui semble que Léa apprivoise son auditoire mais s'accroche aussi à son smartphone comme à une bouée. A la fois timide, comme embarrassée d'elle-même et pourtant assurée de captiver son public, photographe de renom et fille d'un dieu vivant des arts visuels ! Il suffit le plus souvent aux gens porteurs d'un patronyme célèbre de se présenter pour retenir l'attention de courtisans qui croient profiter de retombées en les approchant, un peu comme si à leur passage s'échappaient des paillettes d'or. Ces pensées l'ont à peine effleurée qu'elle s'en veut de la juger de la sorte. Qui lui dit qu'elle ne déteste pas cette forme de servilité et ne profite que rarement des privilèges procurés par sa notoriété ? Elle ne la connaît pas assez pour le savoir et devrait plutôt lui accorder le bénéfice du doute. Ce qui l'intrigue c'est que Léa ne la cherche pas et ne semble pas avoir senti sa présence. Une femme amoureuse aurait plus d'intuition, non ? Mais Alix ne laisse jamais bien longtemps les pensées négatives l'envahir, alors elle se dirige vers le buffet où on lui sert une flûte de champagne.

Une jeune femme vient à sa rencontre :

« Alix, contente de te voir ici, comment vas-tu ?

- *Bien et toi Aïcha? Et comment va le Centre ? Toujours des difficultés de fonctionnement ou vous vous en sortez mieux avec le recours de services civiques ? »*

Alix écoute Aïcha lui parler du Centre féministe dont elle aussi est membre. En revanche elle n'a pas représenté sa candidature au Conseil d'administration, cela lui prenait trop de temps. Elle déplore certaines des orientations prises depuis par le Centre mais n'a ni la disponibilité ni l'envie de les infléchir, elle n'est pas non plus convaincue par la nouvelle présidente et ne voudrait pas que le lieu périclite, son devenir lui importe comme à toute féministe nantaise.

De temps en temps son regard passe sur Léa toujours occupée à discuter dans le fond de la salle. Alix sait que Léa n'est pas à proprement parler une féministe engagée, elle ne milite dans aucun groupe ni sur aucun projet féministe. Elle se souvient de la discussion lors de l'anniversaire de Camille au Parc de Procé, il ne lui avait pas semblé que la question des violences faites aux femmes l'intéressait, en tous cas pas au point d'assister à une telle soirée. Le féminisme est tendance de nos jours, Léa cherche-t-elle à ajouter une corde à son arc ? L'époque où le féminisme avait mauvais genre est révolue et de nos jours toute femme un tant soit peu influente s'affiche féministe. C'est ainsi que l'on a vu naître toutes sortes de féminismes parfois improbables, dont des féminismes essentialistes, identitaires, religieux même. Certaines défendant le communautarisme et les spécificités religieuses comme le port du voile, d'autres un retour aux valeurs traditionnelles, et les dernières ne respectant plus la présomption d'innocence ni les droits de la défense. Après la traversée du désert, le grand écart. Il règne une grande confusion, chacune à sa façon instrumentalise le féminisme pour son propre camp. Il n'est pas certain que la lutte contre le patriarcat sorte gagnante de cette cacophonie assourdissante. C'est le prix à payer de siècles d'une terrible omerta, des générations de femmes ont été exploitées, agressées, violées, et tout d'un coup le vernis se craquelle, il ne faut pas s'attendre à ce que toutes les femmes fassent dans la dentelle !

En écoutant Aïcha, Alix se demande de quel féminisme se revendique Léa ? Fait-elle la différence entre les identitaires, les victimaires et les universalistes ? Difficile sans un minimum de background théorique. Elle connaît bien le travail de Léa, ses reportages photos, ses expositions, elle a feuilleté la plupart de ses recueils de photographies, elle sait aussi que couvrir les zones de conflit n'est pas l'idéal pour approcher des femmes et que jusqu'à récemment, Léa les a le plus souvent ignorées. Sur les lignes de front, dans les combats, les soldats sont majoritairement des hommes même si de plus en plus de femmes s'engagent. Pourtant tout dépend du regard que l'on entend porter sur les événements et certains reporters et photographes se sont bien avant elle, intéressés aux femmes engagées sur le front, soldates ou volontaires, comme aux victimes des conflits, celles qui perdent la vie, sont enlevées, violées, le viol étant une arme de guerre utilisée pour anéantir les populations. D'autres encore se sont attachés aux femmes contraintes de trouver des ressources pour nourrir leurs familles, forcées d'abandonner leur domicile et de partir sur les routes de l'exode. Léa n'a pris que dernièrement de tels clichés. Elle a une forte personnalité mais cela n'est pas forcément synonyme de féministe, les gens confondent souvent les deux.

De nos jours où s'afficher féministe est la norme dans les milieux intellectuels, médiatiques et artistiques, Léa a pris conscience du sort des femmes dans le monde et peut-être décidé de se positionner comme photographe féministe ? Une évolution tout à fait favorable aux yeux d'Alix. Ceci expliquerait sa présence à la soirée où elle a l'occasion de rencontrer des personnes susceptibles de l'introduire dans les milieux féministes. Alix est plutôt contente que Léa prenne cette orientation, cela les rapproche. Elle regrette seulement qu'elle n'ait pas fait appel à elle mais Léa ne veut peut-être pas tout mélanger. De toute façon, il ne lui sert rien de se perdre en conjonctures, mieux vaut lui faire confiance. Et puis pour lui plaire, Léa n'a nul besoin d'être une féministe exemplaire, ce n'est pas pour cela qu'elle est attirée par elle. Léa n'a pas envie de la voir ce soir ? Et alors ?

Alix ne reste jamais très longtemps dans ces soirées, elle termine sa conversation avec Aïcha et se dirige vers la sortie, s'arrêtant de nombreuses fois sur son chemin pour saluer les personnes qu'elle a déjà rencontrées. Une heure plus tard, du perron de la Mairie elle appelle un VTC pour rentrer chez elle.

Elles sont installées dans un transat face à la butte Sainte-Anne. De l'autre côté du fleuve, en haut des escaliers de la butte, la statue de la sainte semble les envier et le musée Jules Verne commence à se teindre des couleurs rougeoyantes du soleil déclinant. A l'heure de l'apéritif, la Cantine du Voyage s'anime gaiement, comme tous les autres lieux de loisir, bars et restaurants de ce coin du Parc des Chantiers. En revanche, la nuit il vaut mieux éviter de rentrer seul, les femmes bien sûr, mais les hommes aussi, des bandes d'individus mal intentionnés y commettent régulièrement vols et agressions sachant que des jeunes alcoolisés seront des proies faciles dans ce vaste parc, désert et peu éclairé la nuit. Camille savoure ce moment où elles se retrouvent enfin seules :

> *« Enfin ! C'était quand la dernière fois ? Je ne pensais même pas te voir avant que tu ne t'envoles pour l'Éthiopie !*

> – *Je sais Camille, mais tout va si vite, j'ai l'impression de vivre dans une lessiveuse, entre Malo et Arthur, nos familles, les expositions en cours, les déplacements professionnels, je n'ai pas eu une minute à moi, je t'assure ! »*

Camille fait un peu la moue pour la forme, mais elle sait que c'est vrai.

> *« Je plaisante, j'ai moi-même été très occupée par la promotion de mes artistes et plus récemment par les vacances... Nous avons passé une semaine géniale à Corfou !*

> – *Tu vas me raconter tout ça. Parlant de vacances, nous aurons tout le temps de profiter les uns des autres à Arcachon à la fin du mois prochain, j'ai hâte d'y être. »*

Camille qui sirote son mojito, la coupe aussitôt.

> *« Oui, si tu reviens indemne d'Éthiopie ! Mais quelle idée, c'est l'enfer là-bas, j'espère que le voyage est sécurisé au maximum, tu cherches à te prouver quelque chose ? Malo et Arthur n'ont pas peur de te perdre qu'ils te laissent partir là-bas ! Moi je t'attacherais ! »*

Elles rient à gorge déployée, Camille sait bien que rien ni personne n'empêcha jamais son amie de faire son travail et de continuer d'informer le monde de ce qu'il préfère ignorer. Elle sait aussi qu'elle n'est pas une tête brûlée et assure au mieux sa sécurité.

> *« Dis Léa, il faut que je te parle de quelque chose qui me taraude. Voilà, tu sais que j'apprécie Alix, emportée par mon élan je lui ai parlé de la maison d'Arcachon et proposé de se joindre à nous. Je ne pense pas que cette proposition l'intéresse, elle n'a pas donné suite. Ce qui m'embête c'est que j'en ai touché deux mots à Malo la semaine dernière et je pense avoir gaffé, il s'est montré très hostile à cette idée. J'imagine qu'il t'en a touché un mot ?*
>
> *- Euh... non. Tu as proposé à Alix de se joindre à nous à Arcachon ?*
>
> *- Ben oui ! Tu ne vas pas me faire le coup toi aussi ? C'est quoi le problème avec elle, tout le monde a l'air de lui en vouloir, vous deux n'avez toujours pas réglé le malentendu entre vous ?*
>
> *- Et Malo t'a dit quoi exactement ?*
>
> *- Je veux bien répondre à tes questions à condition que tu répondes aux miennes. Vous en êtes où avec Alix ? Malo*

pense qu'Alix cherche à te séduire, il a donc exigé que je renonce à l'inviter. Il te connaît bien ton mari ? Comme s'il ne savait pas que tu es de taille à te défendre et à ne pas te laisser embarquer dans une relation dont tu n'aurais pas envie ?!

- *Je vais te confier un secret mais comprends bien que je ne sais pas encore comment tout ceci évoluera, alors tu ne dois pas en parler à personne, j'insiste, personne, d'accord ? »*

Léa soupire, ça l'embête de lui en parler avant d'avoir pris sa décision, mais elle se doutait que Camille à qui elle avait raconté le fiasco de la soirée au restaurant avec Alix, finirait par lui poser des questions.

« Alix et moi avons commencé une relation.

- *Une relation ? Amoureuse ? Vous couchez ensemble tu veux dire ? Mais non ! Waouh ! Je n'en reviens pas, mais raconte !*

Soulagée mais sidérée Camille a crié fort et les gens autour se sont retournés. En guise de discrétion… ! Elle est tout sourire maintenant et attend avec impatience le récit de Léa :

« Allez raconte cachottière ! Ça alors, si je m'étais attendue à ça ! »

- *Camille, c'est encore confus et compliqué pour moi. Je suis attirée par Alix, j'adore quand nous sommes ensemble et faisons l'amour, comment te dire, c'est comme si j'entrais dans un autre univers, je me découvre et c'est aussi le problème, je ne sais plus qui je suis... Je ne sais pas si je peux assumer ça, c'est nouveau pour moi. Tu te rends compte, plus de vingt-cinq ans de mariage avec Malo et qu'en penserait Arthur, je ne te parle même pas de mes parents...*

- *Ce qu'en pense les autres... Mais c'est arrivé comment et depuis quand ? J'ai vu Alix il y a peu, elle ne m'a rien dit...*
- *Non bien sûr, elle est discrète et attendait que je t'en parle avant, c'est quelqu'un de confiance, tu me l'as assez répété. »*

Camille sourit en se souvenant de la réponse qu'Alix lui avait faite : « Camille, il n'y a aucun problème entre Léa et moi. Tout va bien » !

Léa lui raconte succinctement le cheminement du rapprochement amoureux entre Alix et elle.

« Oh Léa, quelle fabuleuse rencontre, quelle chance tu as, cette femme est spéciale, on serait bouleversée à moins ! Je comprends mieux la réaction de Malo qui réagit comme s'il était menacé, de fait il l'est. Que vas-tu faire ?

- *Si seulement je le savais... Si je n'aimais plus Malo et étais prête à le quitter je n'hésiterais plus. J'espère être capable d'assumer le regard des autres, changer d'orientation sexuelle à mon âge ne doit pas être facile... ?*
- *« Changer d'orientation sexuelle » ! Tout de suite les grands mots ! Quand on aime, le monde entier peut*

penser ce qu'il veut… Aimer Alix n'implique pas forcément de changer d'orientation sexuelle, tu es amoureuse d'elle pas d'autres femmes, tout dépendra du temps que durera votre histoire, il faut du temps pour savoir si un changement d'orientation sexuelle est irréversible ou non…

Quant à assumer, à mon avis tu en es capable, la question est plutôt de savoir avec lequel des deux tu veux vivre, quel est celui que tu aimes le plus, lequel des deux t'est indispensable. Elle ou lui ? Et pourquoi pas les deux s'ils l'acceptent ?

- Bien sûr que non, ni l'un ni l'autre ne l'accepteront et moi non plus d'ailleurs. Il faut que je sache si j'aime assez Alix pour quitter Malo. J'ai besoin d'un peu de temps mais alors je risque de perdre Alix…

- Tu ne perdras pas Alix, elle s'est engagée dans cette histoire avec toi en connaissance de cause, elle ne t'a pas demandé de quitter Malo, si ?

- Non mais je ne crois pas qu'elle supportera longtemps la situation. Et Malo se doute de quelque chose, j'en suis certaine. Je déteste lui mentir, la fidélité a tout de même été le ciment de notre couple même s'il y a eu quelques entorses.

- Je te le confirme, Malo a deviné qu'il se passe quelque chose entre vous et Gabriel aussi d'ailleurs, il s'est longuement épanché sur le sujet prétendant avoir le devoir de vous protéger de la malfaisance d'Alix !

- *Non ? Gabriel ! Mince, je ne m'étais pas rendue compte que c'était à ce point visible. Quelle fouine celui-ci quand il s'y met !*

- *Oui ! On se reprend un verre et une de leurs planches apéro, nous allons en avoir besoin pour nous remettre de nos émotions ?! «*

Un conseil de guerre s'impose, elles se dépêchent de commander au comptoir et reviennent s'enfoncer dans leur transat ! Entre-temps le soleil s'est couché et les lumières vives des *anneaux de Buren* se reflètent dans les eaux tumultueuses de la Loire qui remonte vers l'amont sous l'effet de la marée.

Le tribunal est en vacation judiciaire depuis une dizaine de jours et jusqu'à la fin août, mais se tiennent encore des audiences pour les affaires urgentes. Sortant du Palais, ce dernier vendredi de juillet, Alix s'arrête à la terrasse de l'un des bars qui borde le quai de Loire pour boire un verre. Elle a besoin de se poser quelques instants et de réfléchir. Léa part dans trois jours en reportage en Éthiopie, elle lui a téléphoné la veille pour lui proposer de se voir avant. Alix ne lui a pas dit qu'elle l'a vue à la soirée contre les violences faites aux femmes, elle a l'impression de lui cacher quelque chose et cela l'embarrasse. Liquéfiée elle avait écouté le son de sa voix, son souffle, elle avait tellement hâte de la retrouver pourtant elle lui avait dit préférer pour cette fois qu'elles ne se voient pas chez elle, cela ne pouvait pas devenir une habitude. Léa lui avait répondu un peu narquoise, qu'il valait mieux qu'elles ne se voient pas chez elle non plus puis avait fini par suggérer qu'elles prennent une chambre d'hôtel. « Un samedi après-midi ?! » lui avait répondu Alix. Léa lui avait répondu qu'une chambre d'hôtel se prend à 15h pour y passer la nuit suivante et une fois en possession de la clé, on fait ce qu'on veut de la chambre. En effet avait répondu Alix, se sentant un peu bête. A sa décharge, elle n'avait pas l'habitude des modalités des *cinq-à-sept*, ce truc d'hétéro avait-elle pensé en haussant les sourcils. Elles devaient donc se retrouver dans un hôtel tranquille du centre-ville à 15h30 le lendemain et c'est Léa qui se chargeait de réserver la chambre.

Alix songe qu'elle y est allée un peu fort en les mettant au pied du mur, certes ce rendez-vous à l'hôtel a un petit côté aventureux qui n'est pas pour lui déplaire mais son refus de se retrouver chez elle pour y faire l'amour ne fait que trahir le désarroi qu'elle ressent face à une histoire amoureuse dont elle ne maîtrise pas le devenir.

Tiraillée entre mettre les choses au point et attendre, elle finit par décider de ne plus y penser et rejoint son domicile à pied en cheminant tranquillement le long de la Loire ombragée.

Depuis quinze bonnes minutes Léa est allongée sur un lit anonyme d'une chambre d'hôtel à la décoration élégante. Elle a calé les oreillers sous sa nuque et les yeux fermés elle se promet d'être perspicace. Elle doit avancer, analyser au plus juste ce qu'elle ressent pour Alix, quitte à mettre un terme à leur histoire. Mais voici qu'elle s'impatiente déjà de la voir arriver, se laissant envahir par son désir de la femme qu'elle attend, alors que ses bonnes résolutions s'envolent.

Le téléphone résonne bruyamment dans la chambre, c'est la réception qui lui annonce qu'une dame est là pour elle. Évidement puisqu'elle l'attend ! Quelques minutes de plus et Alix ouvre la porte et s'immobilise à l'entrée de la chambre. Léa qui n'a pas bougé du lit, l'interpelle.

« Tu viens ou tu restes plantée là ? »

Alix éclate de rire, cette femme est incroyable, tellement braque et pourtant comme elle est remuée rien qu'en la voyant ! Elle pose son sac sur un fauteuil et prend le temps de passer se laver les mains dans la salle de bains. Elle entend Léa souffler d'impatience. Enfin elle s'approche du lit et sans la toucher, la regarde de son acéré regard bleu. L'assurance vacille dans les yeux de Léa qui se sent mise à nue, elle qui s'est longtemps trouvée séduisante dans les yeux des hommes, mais c'était avant. Elle s'agace parfois des effets du temps sur son physique et si son apparence n'est pas sa raison d'être, elle tient à rester séduisante le plus possible et passe un certain temps chez son coiffeur comme chez son esthéticienne. Comme la plupart des femmes de son âge, elle a pris du poids à la ménopause et si ses rondeurs généreuses attirent toujours les hommes, elle n'est pas certaine que cela plaise à Alix. Avec le temps, ses traits se sont un peu alourdis, son abondante chevelure ne suffit plus désormais à gommer une mâchoire carrée, un menton qu'elle a toujours trouvé disgracieux. Malo la baratine quand il lui dit qu'elle était belle comme aux premiers jours ! Elle est assez intelligente pour savoir que les femmes s'étudient trop et se préoccupent de détails que les autres ne voient pas, ne retenant qu'une image d'ensemble. L'âge ravit outrageusement la beauté de la jeunesse, c'est mieux de l'accepter, il n'empêche, c'est rude.

Léa de nature angoissée, gère mal l'attente comme l'incertitude. Ceux qui la fréquentent connaissent ses tics nerveux qu'elle s'emploie pourtant à dissimuler du mieux qu'elle peut, cheveux brusquement rejetés en arrière, ongles qu'il lui arrive encore de ronger. Pourquoi Alix la regarde-t-elle avec autant d'insistance ? Alors qu'elle s'apprête à lui poser la question, Alix se penche enfin sur elle, embrasse doucement ses lèvres et s'allongeant contre elle, lui murmure qu'elle est belle et qu'il lui est douloureux de la voir si peu. Léa soupire de soulagement et l'embrasse à son tour, ensuite elles perdent conscience de tout ce qui n'est pas elles.

Il est 18h quand Alix se lève pour aller aux toilettes suivie de près par Léa, elles sont assoiffées et satisfaites de trouver le minibar bien pourvu en boissons fraîches.

« Alix, qu'allons-nous devenir ? C'est si fort, je ne me savais pas capable de ressentir des émotions aussi intenses. Toi si j'imagine ? C'est toujours comme ça entre deux femmes ?...

- *Léa... Je ne suis pas experte et il n'y a pas de généralités en la matière. J'ai déjà ressenti un tel désir amoureux, j'étais alors très jeune et c'était mon premier amour. Je n'ai pas retrouvé ensuite le même degré d'intensité. Moi non plus, je ne sais pas pourquoi il y a une prodigieuse alchimie entre nous. Je suis aussi étonnée et bouleversée que toi.*

La première fois que je t'ai vue au cabinet je n'ai rien ressenti de particulier pour toi mais après la soirée d'anniversaire de Gabriel, pour des raisons qui m'échappent encore, j'étais déjà sous ton charme. J'ai vite dégrisé après cette soirée ratée au restaurant mais je t'ai tout de même laissée revenir vers moi.

- *Oh moi je crois bien que j'ai été troublée dès notre première rencontre au cabinet, c'était indéfinissable bien sûr, comme nous sommes deux femmes mais il est évident que tu m'as tout de suite fait de l'effet...*

- *Tu n'as jamais fait l'amour avec une autre femme ? J'aurais pensé le contraire, cela paraît si naturel chez toi.*

- *Non, j'ai failli le faire une seule fois quand j'étais jeune, cela ne s'est jamais reproduit même si de bien d'autres façons, des femmes ont pu me plaire.*

- *Peut-être t-es-tu conformée aux attentes de ton entourage ? La première fois tu es tombée amoureuse d'un homme, alors tu auras continué sans te poser de questions. Et comme tu as rencontré Malo avec qui tu as eu envie de fonder une famille tout en menant une carrière à ta guise, tu n'avais pas de raison de te poser de questions. Et puis tu n'auras pas croisé la route d'une femme également amoureuse de toi, il faut être deux pour activer un désir amoureux. La bonne rencontre, au bon moment, ça n'arrive pas tous les jours, la vie passe en un éclair. Je connais des femmes qui ont passé des années aux côtés d'un homme puis ont rencontré une femme et n'ont plus jamais fait demi-tour, certaines devenant même radicales, voire misandres !*

Je ne suis pas certaine que l'orientation sexuelle soit figée. Une rencontre peut tout changer je pense. Toute femme peut faire l'amour avec une autre, rien de plus intuitif ; pour les hommes c'est peut-être autre chose, encore que… C'est difficile de savoir avec le poids de l'éducation et de la culture.

- *Oui. Mais nous deux, quel avenir avons-nous toutes les deux ?*

- *Cela dépend de toi Léa. Moi je suis libre comme l'air et disposée à t'aimer. Et toi ? J'imagine que tu ne vas pas continuer de mentir à Malo, tu vas devoir faire un choix. Nous n'en sommes qu'au début de notre histoire, les chambres d'hôtel ne manquent pas de charme, mais je m'en lasserai…*

- *Je sais que cela ne pourra pas durer.*

  Nous ne nous connaissons pas beaucoup et si demain notre désir retombait ? Et si ma personnalité te déplaisait, si tu ne m'aimais plus ? Tu sais je ne suis pas toujours un cadeau…

- *Ça je crois que je le sais déjà… Léa, c'est toujours un risque d'aimer, sait-on jamais comment une histoire évolue avant de la vivre ? Tu veux des garanties ? Ça n'a pas de sens, ni toi ni moi ne pouvons-nous en donner.*

Nous savons juste que notre attirance est réciproque et que nos personnalités nous plaisent et c'est déjà beaucoup.

- *Tu as sans doute raison, alors nous ne sommes-nous pas plus avancées.*

- *Nous ne le saurons qu'en vivant notre histoire.*

Alix se dit qu'elles ont déjà eu cette conversation et que les gens qui pensent peu doivent être heureux ! Elle n'a jamais été aussi patiente avec personne.

- *Il va falloir que je rentre Alix, il est bientôt 18h et Malo va m'attendre.*

- *Déjà ? Mais tu m'avais dit être indépendante, voyager seule... ?*

- *Oui, bien sûr et c'est le cas, mais je le préviens avant, c'est tout de même la moindre des choses. Aujourd'hui, je lui ai dit que je faisais des achats... et puis il se doute de quelque chose alors un retard important ne ferait que confirmer ses soupçons.*

- *Oui, je comprends. Mais nous n'avons même pas parlé de ton voyage, combien de temps seras-tu partie, tu as pris des précautions, ce pays est à feu et à sang ?! Tu seras prudente n'est-ce-pas ? Tu me donneras des nouvelles ?*

- *Alix ne me stresses pas, bien sûr que je serai aussi prudente que possible, tu ne vas pas t'y mettre toi aussi ? Je dois déjà rassurer mes parents, Malo et*

Arthur, je t'adresserai un message via WhatsApp de temps à autres mais ne t'attends pas à de longs échanges, quand je suis en reportage je suis concentrée sur mes objectifs et c'est aussi une question de survie.

- *Bien sûr, je comprends parfaitement, ne t'inquiète pas pour moi, je suivrai tes aventures sur les réseaux sociaux, je penserai à toi, tu le sauras, c'est aussi bien comme ça. »*

Alix soupire et avant qu'elle ne lui échappe de nouveau, lui caresse doucement ses magnifiques cheveux qu'elle préfère libres et frisés plutôt que trop disciplinés.

Elle espère qu'elle leur donnera une chance mais son cœur se serre en la regardant se diriger vers la salle de bains.

Léa avant de partir l'a serrée dans ses bras avec une force inouïe. Restée seule sur le lit, Alix pleure doucement, tout à coup submergée par un trop plein d'émotions contradictoires. C'est douloureux d'aimer Léa, inutile de le nier. Les émotions sont aussi fortes que les incertitudes sont obsédantes, le contraste est violent. Heureusement, si elle a des fragilités, elle est solide. Ce qui la chagrine le plus à ce moment, c'est qu'elles n'ont jamais assez de temps pour se parler, quand elles se voient, elles ont un tel besoin physique l'une de l'autre qu'elles s'étreignent à n'en plus finir puis déjà, elles doivent se séparer sans savoir quand ni même si elles se reverront.

Elle sent que même pour se protéger, elle aurait du mal à la quitter, elle l'a déjà dans la peau et lui est attachée tendrement. De toute façon, c'est quoi l'alternative, retourner à la solitude et peut-être jusqu'à la fin de ses jours ? Des femmes, elle en rencontre beaucoup, mais ces dernières années, aucune ne l'a attirée ni émue autant que Léa. Il manque toujours quelque chose. Alors mieux vaut laisser du temps au temps, ne rien précipiter, leur faire confiance.

Rassérénée, elle saute du lit et file sous la douche soudainement désireuse de retrouver la quiétude de sa maison. Dehors l'air est encore chaud, la soirée commence à peine et les gens déambulent à la recherche d'une table pour dîner. Elle mangera sur sa terrasse, dans son ravissant petit jardin où elle se sent si bien.

En ce début du mois d'août, le temps est à l'orage. Gabriel prend la deuxième douche de la journée puis revêt un short et une chemise fraîchement repassés avant de s'installer dans un transat sous un arbre de son jardin. Il sent la fraîcheur de l'Erdre monter jusqu'à lui, le terrain descend en pente douce vers la rivière, un poste d'observation idéal pour épier hérons et cormorans qui se posent sur les bois morts pour pêcher. Il est en congé mais ne part que le lendemain pour Comporta au Portugal, spot devenu très prisé des urbains branchés. Elle n'arrivera pas avant une bonne heure, ça lui laisse le temps de finir son livre. Pourtant, il ne parvient pas à lire plus de deux lignes à la fois et oublie instantanément ce qu'il vient de lire, il finit par abandonner le livre dans l'herbe.

C'est décidé, comme ils seront enfin seuls tous les deux, il tentera sa chance. Léa, rentrée de reportage en début de semaine, a accepté son invitation à passer ce vendredi après-midi chez lui et il y a vu un signe d'encouragement. Léa a choisi Malo et ils ont élevé Arthur ensemble, pendant ce temps, il comptait sur l'usure du temps, la routine du quotidien pour qu'elle se détache de lui. Il en est certain, elle finira par se lasser de Malo et lui tomber dans les bras, lui le fidèle et charmant ami, bouillonnant de projets et d'énergie, lui à côté duquel Malo fait pâle figure. Il masque habilement son désir d'elle, jouant avec ambiguïté d'une séduction enveloppante qui la flatte et la fait rire. Elle adore, c'est un peu comme s'il lui vouait une sorte de culte. Malo qui fait confiance à Gabriel prend ça pour un jeu, allant même jusqu'à se confier à lui. Il est devenu l'ami incontournable du couple alors qu'il est fou amoureux d'elle et que tout le monde le pense comblé par les aventures qu'il enchaîne. Il passe pour un éternel Don Juan amoureux de l'amour et qui répugne au mariage. Lui-même se surprend parfois à aimer ce personnage auquel il a donné vie mais ces derniers temps, elle le délaisse, ne trouve plus de temps à lui consacrer, il doit agir avant qu'elle ne s'éloigne plus avant.

Il sursaute lorsqu'elle lui apparaît, il n'avait pas entendu la sonnette du portail. Il bondit de son transat et la prend dans ses bras.

« Léa tu es déjà là, comme je suis content de te voir, laisse-moi te regarder...

- Tu rêvais ou quoi ? Encore amoureux ? De qui cette fois, allez raconte-moi tout !

- Non, hélas ma chérie je n'ai rien de bien croustillant à te raconter sur ce plan. Installe-toi, je reviens tout de suite avec des boissons fraîches. »

Léa s'installe confortablement dans un fauteuil de jardin face au transat de Gabriel. Elle sourit d'aise en l'attendant, avec lui elle se sent toujours merveilleusement bien, il la conforte et l'encourage aveuglément. Elle brûle d'envie de lui parler de sa relation avec Alix, mais proche de Malo comme il l'est, saurait-t-il garder le secret ?

« Ce qu'on est bien chez toi, ne vends jamais cette maison !

Tu sembles en pleine forme, les parties de tennis avec Malo te sont profitables dis-moi !

- Peut-être, et je continue de faire de l'aviron le samedi matin, je pense que c'est plus efficace que le tennis, en tous cas ça me fait plaisir que tu le remarques.

Mais parlons de toi. Tu nous as beaucoup inquiétés avec ce dernier reportage. Chaque jour ou presque, j'ai appelé Malo pour avoir de tes nouvelles. Tu ne donnais pas beaucoup de signes de vie sur les réseaux sociaux, pourtant tu sais combien on s'inquiète. Tu exagères à accepter des reportages aussi risqués, qu'as-tu encore à prouver à ton âge ? Tu crois vraiment que ça en vaut la peine ? Qui s'intéresse au sort de ces pauvres gens dont les malheurs seront vite éclipsés par de nouveaux conflits ? S'il t'arrivait quelque chose, nous ne nous en remettrions pas alors que le public et tes employeurs te passeraient en pertes et profits en peu de temps. Tu comptes t'exposer de la sorte combien de temps encore ?

- *Mais Gabriel c'est mon métier, donc jusqu'au bout.*

- *Au bout de quoi ? Pourquoi ?*

- *Je continuerai tant que je serai en état de le faire, les photos de guerre, c'est ma vie.*

- *Ah toi et tes photos ! Elles ne valent pas ta vie !*

- *Tu sais, si les médias font appel à moi, ce n'est pas pour rien. Mes photos interpellent. Tu le découvres seulement maintenant ? Je croyais que tu étais fan de mon travail ?*

- *Bien sûr, mais on prend de tels risques quand on est jeune et n'a pas d'autre moyen pour se faire connaître. Cela ne nuirait pas à la qualité de ton travail de penser à te ménager un peu. Tu as pensé à ta santé, tous ces voyages en avion, les conditions de travail, le stress, déjà que tu es à fleur de peau...*

- *Gabriel, c'est adorable de t'inquiéter mais fais-moi confiance, je sais où sont mes limites... »*

Gabriel la coupe sèchement :

- *Malo devrait s'inquiéter bien plus qu'il ne le fait, pourquoi te laisse-t-il ainsi courir les plus grands dangers qui soient ?*
- *Tu dramatises, tout est soigneusement préparé et je ne suis pas seule, il y a d'autres professionnels de l'information sur place, les fixeurs sont fiables... Malo sait tout ça, il est inquiet mais il me fait confiance et puis il me connaît, je suis une traqueuse alors j'anticipe au maximum et je tiens à revenir...*
- *Tu n'es pas à l'abri d'un mauvais coup, combien d'autres cameramen, photographes, journalistes tout aussi expérimentés que toi, sont morts en reportage, combien ?*
- *Mais ce sont les risques de mon métier, tous les métiers comportent les leurs et ça n'a rien de nouveau, je fais ça depuis trente ans. Tu te réveilles ? »*

D'un coup il se calme et se lève pour la prendre dans ses bras.

« Ma chérie, excuse-moi, c'est que j'ai eu si peur de te perdre cette fois, tu comprends, je tiens tant à toi. »

Léa se dégage doucement mais se rassoit bien vite au fond de son siège. Elle a perçu à quel point il était bouleversé en la serrant contre lui, il tremblait, elle a vu sa poitrine se soulever de manière désordonnée et a entendu son souffle précipité.

Troublés ils gardent le silence et l'on n'entend plus que le chant des oiseaux et le passage des bateaux qui glissent sur l'Erdre. Léa rompt le silence la première :

« Qu'y-a-t-il Gabriel ? Je ne t'ai jamais vu tendu de la sorte.

- Ce n'est rien, oublie, je te ressers un verre ?

- Oui, je veux bien. »

Embarrassé, Gabriel reprend contenance en leur servant un thé glacé qu'il agrémente de tranches de citron.

« Alors dis-moi, qui as-tu vu de nos amis depuis ton retour ? Tu as des nouvelles de Camille et Jérémy ? Camille repart bientôt quelques jours pour une randonnée, mais tu dois le savoir. Elle m'a invitée à les accompagner ce week-end à l'anniversaire d'un ami à elle, producteur de clips. Elle m'a chargée que vous dire que vous êtes les bienvenus si vous êtes disponibles. Il est propriétaire d'une maison sur la côte sauvage, à la sortie du Pouliguen. C'est l'occasion de se retrouver tous sur la côte. Il y aura des parisiens descendus pour l'occasion, probablement en connais-tu certains, mais aussi des Nantais. Il est gay, très en vue dans ce qui se fait en ce moment et ça pourrait être un bon plan pour toi de lui être présentée. »

Léa, soulagée qu'il ait changé de sujet, s'esclaffe :

« Et il y aura plein de jolis garçons et filles bien sûr, tout ce qu'il faut pour mettre notre Gabriel en joie !

- Oh tu sais... Tiens, puisque nous parlons de Camille, je suis un peu soucieux, la date du procès est encore loin et tant que tout ça n'est pas derrière elle, je crains qu'elle

ne s'assombrisse, elle a été désobligeante avec moi la dernière fois que nous nous sommes vus et cela m'a attristé.

J'espère qu'Alix est aussi bonne avocate qu'on le dit ! »

En prononçant le nom d'Alix, Gabriel guette la réaction de Léa. Elle fronce les sourcils et le dévisage, elle donnerait cher pour savoir exactement où il veut en venir. Elle a bien compris qu'il a habilement amené la conversation sur Alix. Chagrinée par son comportement, elle lui lance :

« C'est quoi ton problème avec Alix, Gabriel ? »

Gabriel interloqué par la question et le ton employé par Léa, bafouille, pourtant il la connaît bien et sait comme elle peut être cash parfois :

« Euh… Non, je n'ai pas de problème avec Alix, mais…

- *Mais quoi ? Ce n'est pas une amie à toi ? Et de longue date ? Ce n'est pas toi qui m'as conseillée de faire appel à elle pour le stage de ton filleul ? Elle n'était pas invitée à ta soirée d'anniversaire ? Alors pourquoi la critiquer maintenant ? Je ne te suis pas. Explique-toi ! »*

Malgré elle, Léa blessée s'emballe, il s'en prend à Alix et c'est comme s'il s'en prenait à elle. Elle est surprise par sa réaction. Elle a rougi en s'emportant et son regard s'est durci. Elle le fixe attendant sa réponse.

« Une amie c'est beaucoup dire, certes je la connais depuis longtemps, j'étais dans la même classe que son frère, mais plutôt qu'une amie, je dirais une

connaissance. Je l'aimais bien oui, mais depuis que je sais qu'elle ne se gêne pas pour draguer les femmes de mes amis... «

Léa ne peut s'empêcher d'éclater de rire, puis elle le reprend d'un ton sarcastique :

« Alix, draguer, les femmes de tes amis ? Rien que ça ? Une serial tombeuse quoi ! Mais enfin Gabriel, Alix est une femme réservée et qui sait se tenir, entre nous, sûrement mieux que toi. C'est tout de même la meilleure ! Si je m'étais attendue à cela de ta part, toi qui as pour le moins une vie dissolue au plan sexuel et ne t'embarrasses guère de la morale, et à raison d'ailleurs ! Tu me scies. Tu es injuste avec Alix et de toute façon il faut être deux pour vivre une relation, donc les femmes séduites dont tu parles en ont autant envie qu'elle. Vous êtes incroyables vous les hommes, vous avez tous les droits de séduire mais les femmes elles, sont toujours soupçonnées d'avoir des intentions coupables. Vous ne trouvez rien à redire quand des gays séduisent à tout va, mais il faudrait que les lesbiennes s'enferment dans une gentille petite vie de célibataire ? Intéressants tes stéréotypes sexistes !

- *Ne t'énerve pas comme ça, je préférerais qu'elle ne détruise pas le mariage de mes amis, c'est tout.*
- *Ben voyons ! Alix fait ce qu'elle veut et avec qui elle veut, si cela brise un couple c'est qu'il l'était déjà... »*

Léa s'interrompt prenant conscience de ce qu'elle vient de dire de son couple sous l'effet de la colère.

« C'est donc vrai. Alix et toi, vous... Oh non Léa, tu ne peux pas faire ça à Malo et... »

Léa avait pensé que Gabriel serait complice et de bon conseil, mais il est dévasté, gorge nouée et larmes aux yeux. Elle n'en revient pas.

« *Gabriel, j'allais t'en parler et je pensais que tu pourrais me conseiller avec bienveillance, mais ta réaction me dépasse, je vais te laisser, nous en reparlerons ultérieurement.*

- *Non, attends, je t'en supplie ne pars pas, pas comme ça... »*

Gabriel prend les mains de Léa entre les siennes puis la serre dans ses bras et la tête enfouie dans son cou lui déclare.

« *Léa, je t'aime, je t'aime depuis des années, je t'aime comme personne ne t'aimera jamais et je sais que toi aussi tu m'aimes, c'est une évidence, nous sommes des âmes sœurs, tu le sais au fond de toi, accueille cet amour, il est immense, il comblera ta quête de bonheur bien au-delà de tes espérances. »*

Léa est pétrifiée et ne parvient plus à penser, plus il pleure et l'embrasse, plus elle a envie de s'enfuir loin de lui. Prisonnière de sa lourde étreinte, elle lui dérobe son visage pour qu'il ne l'embrasse pas. Comment n'a-t-elle pas compris pendant toutes ces années que Gabriel l'aimait de cette manière ? Non seulement elle ne peut plus lui parler d'Alix, leur amitié même est désormais compromise. Va-t-il prévenir Malo, faire du mal à Alix ? Tout se met à tourner autour d'elle, elle a horriblement mal à la tête, ne manquerait plus qu'une crise d'angoisse ne l'assaille. Ce n'est vraiment pas le moment, elle doit ramener Gabriel à la raison et se sortir de là.

« *Gabriel, s'il te plait calme-toi, assied-toi, je vais chercher de l'eau fraîche, je reviens tout de suite. »*

Effondré, Gabriel se laisse tomber dans le fauteuil qu'elle occupait, il essuie son visage baigné de larmes et tente de se reprendre avant qu'elle ne revienne.

« *Tiens, bois. Écoute Gabriel, je t'aime énormément, tu es mon meilleur ami, il est hors de question que je te perde, mais non, je ne t'aime pas comme tu le voudrais, je ne te désire pas, je ne suis pas amoureuse de toi et je ne le serai jamais. Je sais c'est dur, mais c'est comme ça. Cela passera. Nous garderons ceci pour nous, n'en parlerons à personne. Nous espacerons nos rencontres quelques temps afin de préserver notre amitié.*

- *Tu me la préfères donc ? Mais qu'est-ce que tu lui trouves ? Vous faites quoi ensemble ? Et tu crois que ça peut durer ? Pas toi Léa. Que ce soit fini avec Malo, cela ne m'étonne pas, tu as besoin d'un roi pas d'un valet. Mais elle n'est qu'un leurre, elle t'a embrouillée et cela t'empêche de voir à quel point nous nous aimons.*
- *Non Gabriel, mais je te promets d'y réfléchir. Je pars, je t'appellerai dans quelques jours.* »

Léa ramasse son sac, lui dépose un baiser sur le front et se dirige prestement vers le portail. Puis elle court plus qu'elle ne marche jusqu'à la station de tram, au loin elle a vu une rame arriver dans la pente. Essoufflée elle grimpe juste à temps dans une voiture et s'assoit pour reprendre son souffle. Ses poumons sont en feu et elle a mal à une cheville, il y a bien longtemps qu'elle n'a plus couru comme ça. Elle a un peu envie de vomir. C'est irrationnel mais elle a eu peur qu'il ne la suive pour l'inciter à retourner chez lui. Gabriel, son ami de toujours en qui elle a une confiance absolue, auquel elle aurait confié sa vie et celle des siens sans hésiter une seconde. Elle a eu peur de lui. Elle est anéantie.

Son cerveau a enclenché le pilote automatique, elle est arrivée chez elle sans prêter la moindre attention au chemin emprunté ni aux personnes croisées. Elle se réfugie dans la sécurité de son appartement où elle se passe longuement le visage sous l'eau avant de s'affaler dans le canapé. Que lui arrive-t-il ? Pourquoi sa vie, somme toute organisée et paisible se dérobe-t-elle soudain à son contrôle ? Gabriel-a-t-il raison, Alix lui a-t-elle embrouillé les sens et l'esprit ? Elle brûle d'envie de l'appeler mais quelque chose la retient. Elles ne se sont pas encore vues depuis qu'elle est rentrée d'Éthiopie, elle lui a juste promis par texto de l'appeler très vite. Elle le sait, elle lui demande beaucoup.

Maintenant elle ne peut plus reculer, il lui faut parler à Malo avant que Gabriel ne le fasse. Elle est inquiète de sa réaction. Peut-être se sentira-t-il moins menacé si elle relativise ses sentiments pour Alix ? Elle pourrait lui dire qu'elle est disposée à mettre un terme à cette aventure s'il l'exige ? Elle a un peu honte, ce qu'elle ressent pour Alix est puissant et n'a rien d'une passade. Si elle ne devait plus la voir, pourrait-elle seulement vivre avec Malo comme avant ?

Son téléphone sonne, c'est sa mère et ce n'est vraiment pas le moment. Pourtant elle décroche et anéantie par la nouvelle, bredouille quelques mots puis hébétée, s'écroule en larmes. Son père vient de mourir. Une faille béante s'ouvre en elle. A nouveau, elle a dix ans, mais il n'est plus là. Brisée, la voix hachée de sanglots, elle appelle Malo. Lui seul, un jour choisi

pour reproduire à l'instar de ses parents, une éternité d'amour,
comprendra. Elle lui parlera d'Alix plus tard, ce n'est plus le
moment.

Ce samedi-là, le centre-ville de Nantes ne sent pas les gaz lacrymogènes. Alix est passée devant le Château d'Anne de Bretagne et près du *miroir d'eau* le rassemblement hebdomadaire des Gilets Jaunes n'est plus que peau de chagrin. Cela sent le sapin pour ce mouvement hétéroclite de fureurs mêlées. Enfin, se dit Alix en entrant dans l'hyper-centre, la ville respire. C'est la fin de ce mouvement et mis à part quelques irréductibles, la population dans sa majorité n'en peut plus des exactions hebdomadaires, vitrines et équipements publics saccagés ; elle sature de l'effrayante ambiance d'insurrection. Ce d'autant plus qu'aucun leader consensuel et crédible n'émerge des oppositions qui versent à qui mieux mieux dans le populisme pour flatter leur électorat. Les manifestants survoltés semblent avoir oublié que si tout est perfectible, en France l'éducation et la médecine sont gratuites et les aides sociales nombreuses, environ trente-trois pour cent du PIB national sont réinvestis dans les dépenses sociales, les citoyens français sont en seconde place sur le tableau de la protection sociale en Europe. Alix considère que la justice sociale est une priorité mais dans un pays qui redistribue autant les richesses, il est temps que les extrémistes de droite comme de gauche qui œuvrent à destituer un gouvernement légitimement élu, redescendent de leurs grands chevaux. En démocratie, il y a d'autres façons de faire. Des puissances étrangères ne ménagent pas leur peine pour déstabiliser les démocraties occidentales, elles sont évidemment à la manœuvre derrière ce mouvement facile à manipuler. Il faut voir sur les réseaux sociaux le succès des complots les plus déments ! La révolte des Gilets Jaunes a fini par déborder de toute part et il est temps de préserver notre démocratie républicaine, en danger chez nous comme dans le monde entier.

Alix soupire d'aise et a envie de se faire plaisir, elle passe par le superbe Passage Pommeraye et la rue Crébillon pour faire un peu de shopping, ce qui lui n'est plus arrivé depuis des mois. Elle s'offre un nouveau maillot de bain, les siens sont délavés et devenus un peu justes, également une nouvelle sacoche pour transporter ses dossiers. Dans les rues enfin libérées, les gens déambulent détendus, contemplant les vitrines et s'installant aux terrasses ensoleillées. La rue Crébillon débouche dans sa partie haute sur la Place Graslin, Alix se souvient tout à coup que les fenêtres de l'appartement de Léa donnent sur la place, elle n'a pas envie de la voir, elle bifurque sur la droite. Léa est rentrée depuis le week-end dernier et depuis cinq jours ne lui a pas donné signe de vie, si ce n'est un vague SMS pour lui dire qu'elle l'appellerait bientôt.

Elle s'installe à la terrasse de son salon de thé préféré qui propose les meilleurs mini-choux à la crème de toute la ville. Elle en choisit trois, violette, café et citron yuzu qu'elle déguste en regardant passer les badauds. Puis elle élabore son programme de la semaine à venir, mais ses pensées s'évadent pour revenir à Léa. Une semaine de silence depuis qu'elle est rentrée de reportage. Une semaine qui lui a paru être une éternité. En sont-elles encore là ? N'avaient-elles pas franchi une étape avant son départ ? La dernière fois qu'elles se sont vues, elle l'a serrée si fort avant de quitter la chambre d'hôtel. A la fin, à quoi joue-t-elle ? Pour qui la prend-t-elle ? Et elle, de quoi a-t-elle l'air en guettant ses signes de vie ? Ne peut-elle plus vivre sans elle ? Déjà ? Elle n'a pourtant plus rien d'une adolescente et sait depuis le début que cette histoire sera compliquée. Et puis Léa est différente d'elle, personnelle et pleine d'aspérités, imprévisible ; elle ne peut pas la changer, d'ailleurs elle ne le veut pas. Elle doit l'accepter, Léa ne bouleversera pas sa vie pour elle, passer du bon temps avec elle au lit, lui suffit. Elle la voit quand elle le décide, quelques instants volés à son quotidien et cela ne changera peut-être jamais.

Alix balance toujours entre sa raison qui lui conseille d'être prudente et de mettre un terme à leur histoire et son cœur qui l'aime et ne veut pas la perdre. Mais elle finit toujours par décider qu'elle doit cesser de se torturer, prendre ce qu'il y a de bon à prendre dans leur histoire et ne rien en attendre d'autre. Elle se reproche d'être trop conventionnelle et exigeante. Et puis elle doit se tenir une fois pour toutes à sa décision, elle a le sentiment d'avoir déjà eu cette discussion avec elle-même des dizaines de fois depuis le début de leur histoire, cela devient lassant. Une femme passe et leurs regards se croisent, Alix sourit, elle séduit encore, plus légère elle reprend son planning de la semaine.

Et si elle envoyait un texto à Léa pour lui demander si elle a perdu son numéro de téléphone ? Mauvaise idée, Léa lui a dit « je t'appellerai « alors elle attendra, seulement cette fois, elle ne répondra peut-être pas tout de suite, elle n'est pas à sa disposition. Elle finit son thé et se décide à rentrer, elle a terminé ses achats, passé un moment agréable à flâner de boutiques en boutiques et à déguster des douceurs, une journée fort agréable qu'elle ne va pas gâcher à se tourmenter. D'ailleurs elle est invitée à une soirée, il lui faut encore passer chez un caviste se faire conseiller une bonne bouteille de vin.

Elle sort du salon de thé et remonte la rue de la Paix pour prendre le tram jusqu'à la station Château. Soudain, elle s'arrête net devant la devanture d'un marchand de journaux, à la Une d'un magazine d'arts s'affiche la photo du père de Léa, Paul Thomson est décédé. Elle bouscule des passants hésitants, se précipite à l'intérieur pour acheter un exemplaire du magazine. Sur le pas de la porte, elle tourne rapidement les pages et lit l'article en diagonale. Le silence de Léa depuis son retour de reportage prend un tout autre sens. Doit-t-elle l'appeler, lui présenter ses condoléances ou respecter son deuil ? Bon sang, pourquoi ne l'a-t-elle pas prévenue ?

Le jardin des plantes est un lieu très prisé des Nantais. Des essences remarquables, de belles perspectives, la terrasse bucolique du café-restaurant, la pataugeoire et les jeux pour enfants, chacun a ses raisons de l'aimer. Ariane en sort pour se rendre au beau Musée des Arts situé à quelques pas de là. Elle sait qu'Alix y est déjà et passe en revue ses tableaux favoris de l'exposition permanente. Elles ont rendez-vous à la cafétéria du musée. C'est un bon restaurant le midi et agréable salon de thé l'après-midi. Quand Ariane entre dans le café, Alix est déjà attablée et l'attend, plongée dans son smartphone.

« Tu as une sale tête, tu dors toi ? Tu reviens de vacances pourtant non ? C'était bien ce séjour à Minorque ? Raconte !

- *Ariane, doucement…*

- *Pardon, mais je n'aime pas te voir comme ça. Je vois bien que tu es préoccupée. C'est encore elle, c'est ça ?*

- *Ouvre tes chakras et laisse tomber tes ressentiments. Léa est en deuil, son père vient de mourir et elle a d'autres chats à fouetter que moi, nous…*

- *D'accord, d'accord. Je vais tout de même te dire pourquoi je suis méfiante. Ensuite, je t'écouterai.*

- *Tu crois être douée pour cerner les gens ? En général tu aimes tout le monde et tu voudrais me faire croire que tu es objective en t'en prenant sans cesse à Léa ?*

- *Tu ne vas pas aimer mais je ne la sens pas du tout. Tu sais comment on perce les gens à jour ? En les regardant se comporter avec ceux qui ne peuvent rien leur apporter. Sont-ils néanmoins attentifs, empathiques ou indifférents voire méprisants ?*

- *Et… ?*

- *Je l'ai observée lors du pique-nique au Parc de Procé, je ne connaissais pas grand-monde et m'ennuyais un peu, alors j'ai eu le temps. Elle est sur son quant-à-soi, elle s'adresse aux personnes qu'elle considère importantes, ignore les autres et ce regard…*

- *Ce regard ?*

- *Tu n'as pas remarqué son regard ? Il est froid, elle regarde les autres de haut, installe volontairement une distance, c'est assez glaçant.*

- *C'est sa façon de se protéger. Elle n'est pas si à l'aise que cela en société, je la soupçonne même d'être assez timide en réalité.*

- *Oh oui, la fameuse timidité arrogante des gens qui se pensent supérieurs !*

- *Je t'assure qu'elle est timide, maladroite aussi parfois mais elle pose un autre regard sur moi quand elle s'abandonne, quand nous sommes seules elle et moi.*

- *Arrête, tu vas me faire pleurer !*

- *Ariane, s'il-te-plait…*

- *Ok, admettons qu'elle soit la personne la plus sympathique et humaine qui soit, c'est tout de même une grande bourgeoise, mariée qui profite de toi pour s'offrir du bon temps… Elle s'ennuie avec son mec depuis le temps, ils s'offrent des extras de temps à autres ? Après tout c'est banal. Ça te plait d'être un extra pour bourgeoise en mal d'excitation sexuelle ? »*

Aussitôt Ariane regrette les mots qu'elle vient de prononcer, le regard d'Alix s'est voilé d'une infinie tristesse. Elle s'en veut :

« Pardon, je ne voulais pas… Mais tu comprends, j'ai peur qu'elle ne se joue de toi et que tu tombes de haut. Je te connais bien, tu souffrirais tant.

- *Tu as de ces préjugés, tu es injuste envers elle. Ça nous est tombé dessus, elle doit être aussi bouleversée que moi. Il se trouve que je suis libre mais pas elle, que je suis lesbienne mais pas elle, c'est beaucoup plus difficile pour elle. Nous avançons, doucement, mais la mort de son père l'accapare forcément.*

- *C'est vrai, ça vous est tombé dessus, raison de plus pour savoir quelles sont ses intentions, deuil ou pas, elle doit mettre sa situation au clair et toi, tu dois te protéger tant que tu ne sais pas ce qu'elle va décider.*

- *Tu penses qu'elle doit quitter son mari pour moi ? Je n'en suis pas certaine. C'est curieux, tu avais une toute autre philosophie jadis. Si je me souviens bien, tu vivais avec un homme quand tu as rencontré une femme dont tu es tombée amoureuse. Pendant tout un temps, tu as continué d'avoir une relation avec lui tout en étant amoureuse d'elle. En quoi est-ce différent ? Pourquoi n'aurait-elle pas le droit d'en faire autant avant d'être sûre d'elle ?*

- *Justement j'ai vécu cette situation, j'ai fini par le quitter lui pour elle que j'aimais, si elle ne le quitte pas pour toi c'est qu'elle ne t'aime pas assez. La femme dont tu parles a changé ma vie, grâce à elle, j'ai compris que je préférais les femmes. J'ai quitté mon compagnon pour elle, comprenant que l'amour ce n'est pas seulement une complicité mais un bouleversement. Si elle ne quitte pas son mari, tu dois l'oublier Alix. Tu t'abîmerais dans cette relation.*

- *Mais cela peut prendre du temps. Et puis qui suis-je pour prétendre gagner son amour ? Je n'ai rien de spécial à lui apporter, ni réseaux…*
- *C'est ça pour toi l'amour, rentabilité, profitabilité ?!*
- *Non bien sûr, mais, elle évolue dans un milieu si privilégié…*
- *Ah j'ai essayé de te parler de ça, tu m'as envoyée balader… Un milieu d'artistes jet-setters qui se regardent le nombril ! Très gays mais pas trop lesbiennes ! Dans les pays anglo-saxons on qualifie les femmes dans son genre de fruit-fly !*
- *Une quoi ?*
- *Tu ne sais pas ce qu'est une fruit-fly ? Bien sûr que si. C'est une femme hétérosexuelle qui aime s'entourer de gays qui la mettent sur un piédestal dans une sorte d'idéalisation mutuelle. Il n'y a pas d'enjeu sexuel, c'est confortable, surtout pour leur compagnon qui n'accepterait pas en revanche qu'un aéropage d'hommes hétérosexuels leur tourne autour. En fait ces femmes aiment la compagnie d'homosexuels qui les adulent, mais tu les verras rarement en compagnie de*

lesbiennes. Le plus souvent elles les ignorent quand elles ne les méprisent pas.

- *Tu prononçais mal, je n'avais pas compris. Bien sûr que je connais cette expression. Tu es dans le jugement et la caricature. Et c'est toi qui dis ça, avec ta cour de copains gays ?*

- *Ah mais moi j'ai autant, voire plus, de copines lesbiennes que de copains gays !*

La discussion s'envenime inutilement, Alix n'aime pas quand la voix d'Ariane grimpe dans les aigus, elle a alors tendance à l'ignorer et la laisser se calmer toute seule, mais là elle doit lui faire entendre raison, elle va beaucoup trop loin :

- *Je t'ai dit qu'elle avait des amis gays mais je ne sais pas du tout comment elle se comporte avec eux, elle a peut-être plein d'amies lesbiennes, tu extrapoles.*

- *Cela m'étonnerait beaucoup ! Mais cette conversation devient ridicule. Ce qui est certain, c'est que je ne t'ai jamais vue avant manquer de confiance en toi. Tu n'es pas n'importe qui, tu es redoutablement intelligente, généreuse, engagée, une battante, tu as une personnalité hors du commun et c'est ce qui l'a attirée, pas ton réseau ! L'amour, si tant est que cela existe, est une alchimie puissante entre deux personnalités qui transcende tout. Attends qu'elle fasse un choix et ne te rends pas disponible à chaque fois qu'elle te veut. Tant pis pour elle ! »*

Alix lève les yeux au ciel mais elle sait qu'Ariane n'a pas complétement tort. Elle patientera encore quelques temps mais son amour pour Léa s'accommode mal de petits arrangements, aussi quand il le faudra, si rien n'a changé, elle fermera la porte.

Le café du musée va fermer, ce n'est pas aujourd'hui qu'Alix racontera ses vacances à Minorque, elle payent et partent chacune de leur côté.

Ils viennent de rentrer de Paris. Une semaine éprouvante, passée à préparer les funérailles et aider la mère de Léa à s'acquitter de diverses démarches. Malo ne s'était jamais senti à égalité avec son beau-père, écrasé par sa réussite et l'aura qui l'entourait. Maintenant il va devenir une légende ! Néanmoins, il est sincèrement affecté par son décès, il le connaissait depuis si longtemps. Toute la semaine, il a consolé son petit monde, Arthur attristé par la perte de son grand-père, Léa broyée par le chagrin et qui s'agitait sans beaucoup d'efficacité, sa belle-mère aussi qui fidèle à elle-même ne s'effondrait pas mais errait mutique dans un appartement devenu trop grand pour elle. Il y avait un monde fou aux obsèques, Léa était crispée pendant les prises de parole, irritée par des intervenants qui se complaisaient dans une surenchère d'éloges et de souvenirs fabriqués pour se mettre en valeur. Malo lui assurait que ces gens admiraient vraiment son père et que leurs souvenirs ne lui retiraient rien à elle qui avait partagé sa vie et le connaîtrait toujours mieux que personne. Toute à son chagrin, elle ne voulait rien entendre et se montrait amère et entêtée. Il n'avait pas insisté, s'était contenté de l'écouter et de la réconforter, elle avait tant besoin de lui et c'était inespéré.

Mais dans le TGV du retour elle avait à peine desserré les dents, regardant fixement son portable. Elle avait reçu un texto, il l'avait entendu arriver, elle le lisait et relisait encore, hésitant probablement à répondre. Il l'avait senti, c'était elle, ce ne pouvait être qu'elle. Allait-elle-jamais les laisser en paix ?

Malo chasse ses pensées et se concentre sur sa marche, il a rendez-vous avec Gabriel et il est en retard. Il a quitté tard son bureau un peu tard, pensant qu'il y aurait moins de monde dans les rues animées de l'hyper-centre à cette période de l'année car les étudiants désertent la ville pour les vacances universitaires. Mais il avait oublié les touristes qui déambulent le nez en l'air et il lui faut jouer des coudes dans les vieilles ruelles pavées du centre historique. Il s'est précipité pour rien Gabriel n'est pas encore arrivé, il choisit une table et s'installe. Un groupe de jeunes gens assis pas loin attire son attention, il leur ressemblait à leur âge, avec nostalgie il songe que la vie file à toute allure indifférente à ceux qui vieillissent puis un jour disparaissent. La Place du Bouffay s'anime comme chaque fin d'après-midi et les tables vides à son arrivée sont désormais occupées. Il aperçoit Gabriel qui débouche sur la Place et se lève pour lui indiquer son emplacement.

« Salut Malo, tu ne m'attends pas depuis longtemps j'espère ? J'ai un peu tourné pour me garer, les parkings les plus proches étaient pleins.

- *Non, une quinzaine de minutes tout au plus. Je suis content de te voir, ça me change de l'ambiance de la semaine dernière.*

- *Oui, j'ai suivi ça dans les journaux ; j'ai envoyé des fleurs et appelé Léa mais je suis tombée sur son répondeur et elle ne m'a pas rappelé, je me suis dit qu'elle était débordée…*

- *Elle est sous l'eau et pas à prendre avec des pincettes. Depuis que nous sommes rentrés, elle s'est refermée alors que nous étions proches à Paris… Lorsque nous sommes à Nantes, c'est comme si…*

- *Forcément ! Tu sais bien pourquoi, tu sais bien qui l'accapare à Nantes !*

Elle t'a forcément raconté ce qui s'est passé quand elle est venue chez moi avant le décès de son père !

- *Ce qui s'est passé chez toi ? Non, elle ne m'en a rien dit, et tu penses bien qu'avec la mort de son père tout est bouleversé.*
- *Elle ne t'a rien dit du tout ?!*
- *Non, puisque je te le dis. »*

Gabriel est rassuré, bien sûr qu'elle n'a rien dit, elle n'est pas vraiment en situation de le faire, une révélation en appelant une autre, elle ne l'a pas trahi et compte sur son silence à lui en échange. Il préfère que Malo ne sache rien des sentiments qu'il nourrit pour elle, il se doute qu'il ne le prendrait pas bien. Mais il n'a aucune intention de la couvrir pour Alix.

« Je me suis un peu emballé, mes mots ont dépassé ma pensée… Si jamais elle t'en touchait deux mots, dis-toi que je n'étais pas tout à fait dans mon état normal. De toute façon, nous n'allons pas nous laisser faire.

- *Tu ne pourrais pas être plus clair, parce que là je ne te suis pas, de quoi parles-tu ? »*

Gabriel est embarrassé mais il a un objectif et ne le perd pas de vue, il doit discréditer Alix afin de l'éloigner de Léa et de leur petit groupe. Il est persuadé que si Léa croit ne pas l'aimer c'est parce qu'elle est sous influence, mais si Alix disparaît du tableau, Léa se rendra à l'évidence, elle n'aime plus Malo et c'est bien lui Gabriel qu'elle aime depuis toujours. Alix s'est mise en travers du chemin, il faut juste l'en sortir.

« Tu ne te doutes vraiment de rien Malo ? »

Malo se décompose sous ses yeux, il est pâle, ses lèvres pincées ont blanchi et ses yeux éteints le regardent sans le voir.

« Elle s'est confiée à toi ? Elle a une liaison, c'est ça ?

- *Malo, tu m'as laissé entendre que tu ne portais pas Alix dans ton cœur, tu as vu juste. »*

Malo a l'impression d'avoir reçu une enclume sur la tête, il est tétanisé et respire difficilement. Ainsi donc ses soupçons sont avérés, il les croyait sortis de la crise, ils sont en plein dedans. Il sent les larmes lui monter aux yeux mais soudain la rage l'emporte, il tape du poing sur la table et lâche entre ses dents serrés.

« Cette garce avec ses airs de ne pas y toucher ! Je le savais, mais je pensais que Léa ne lui céderait jamais. Ça ne se passera pas comme ça.

- *Comme je te comprends ! Mais Malo, tu connais Léa, il faut que tu la joues fine ; tu dois trouver un moyen de ne pas la braquer, sinon tu la perdras. A mon avis, le meilleur moyen est de neutraliser Alix en l'éloignant d'elle...*

- *Mais comment faire ? Tu es certain que c'est Alix qui a séduit Léa et pas l'inverse ?*

- *Enfin Malo, c'est ta femme non ? Elle a déjà montré le moindre intérêt sexuel envers une autre femme ? Sexuellement, ça fonctionne bien entre vous, non ? Alors !*

- *Je ne suis pas certain que cela signifie grand-chose, une rencontre parfois... Toi-même tu es bi non ?*

-   On ne parle pas de moi. Tu n'as pas de temps à perdre Malo, tu ne peux pas laisser Alix nous séparer de Léa.

-   Nous ?

-   Oui enfin, tu as bien compris. Nous, c'est vous deux et Arthur et ceux qui vous aiment, la famille quoi. Il faut absolument trouver un moyen de les éloigner l'une de l'autre. «

Malo ému aux larmes lui est reconnaissant, Gabriel est son ami, un ami comme il y en a peu. Dans le soleil couchant, ils échafaudent des stratégies plus hasardeuses et désespérées les unes que les autres. Autour d'eux, les gens vont et viennent, rient ou se disputent, refont le monde en descendant des rivières de bière. Eux déclarent la guerre à une femme d'un mètre soixante, une ennemie redoutable à leurs yeux.

A 23h30, ils quittent les lieux et rentrent chez eux. Malo se précipite vers son domicile, ses pieds touchent à peine le sol tant il cavale vite. Il doit avoir l'air d'un fou, il n'a pas besoin de demander pardon, les gens s'écartent d'eux-mêmes sur son passage. Ce n'est pas trop tard, rien n'est perdu, maintenant il a un plan. Ce n'est pas celui de Gabriel, au contraire, Gabriel qui ne peut pas se passer de Léa, n'aimera pas du tout cette idée. Il l'a pris au mot, il va les éloigner l'une de l'autre. Un sacré plan de génie ! Il exulte.

Il entre en trombe dans l'appartement puis se calme avant de rejoindre Léa qui sur le canapé du salon semble captivée par la série qu'elle visionne. Il se glisse à ses côtés attendant qu'elle éteigne la télévision pour dérouler son plan. Il va gagner la partie, si son visage grave reste impassible, intérieurement il jubile.

« Pas mal du tout cette série, les trois premières saisons étaient réussies et la quatrième est du même tonneau, bon je vais me coucher.

- Léa, attends un peu, il faut que nous parlions et il me semble que c'est le bon moment, pourquoi attendre plus longtemps ? »

Léa se demande ce que Gabriel lui a dit, prudente elle ne répond pas. Son smartphone qui ne la quitte jamais glisse sur le sol, elle le récupère hâtivement et repousse une mèche de cheveux tombée sur ses yeux. Elle sent que le moment qu'elle redoute d'affronter et repousse depuis des semaines est arrivé, elle va devoir lui parler de sa relation avec Alix.

« Malo, il est très tard, moi aussi je veux te parler de quelque chose, mais la mort de papa...

- J'ai une proposition à te faire, un cadeau à t'offrir. Quand nous avons quitté Paris, je n'en pouvais plus d'y vivre. Tu t'es laissé convaincre et as quitté ta ville, ta famille, beaucoup de tes amis pour emménager à Nantes. Ce n'est pas l'idéal pour toi qui voyages souvent à l'étranger, exposes dans la galerie parisienne de Jeanne. Tu en as peut-être assez de devoir

régulièrement squatter l'appartement de tes parents. Pour moi, pour notre couple, tu as fait un très gros sacrifice et je veux non seulement t'en remercier une fois encore mais te rendre à mon tour, la pareille. »

Malo la regarde fièrement, un sourire conquérant jusqu'aux oreilles. Elle n'est pas certaine de comprendre ce qu'il lui dit, elle s'attendait à tout sauf à ça.

« Jusqu'ici nous n'envisagions pas de revenir à Paris parce qu'une fois sorti de la capitale, il est difficile d'y revenir, tout est plus cher qu'en région et les appartements familiaux dans les quartiers fréquentables sont désormais à un prix inaccessible. Le décès de ton père change tout, il t'a légué beaucoup d'argent et si tel est ton souhait, nous pouvons financièrement envisager de retourner vivre à Paris. Tu te sentiras mieux là-bas alors je le ferai pour toi, nous prendrons un nouveau départ. Nous pourrions revendre cet appartement et en acheter un sur la côte dans la presqu'île Guérandaise pour y retrouver régulièrement Arthur et bien sûr nos amis Nantais. Ce serait idéal, vivre à Paris dans le sixième ou le cinquième arrondissement par exemple et avoir ici un pied à terre. Maintenant Arthur est autonome, il peut choisir de nous suivre ou de rester ici et dans ce cas nous l'aiderons à financer l'achat d'un studio à Nantes. Je suis prêt à tout pour ton bonheur et pour notre couple. Qu'en penses-tu ? C'est une riche idée, non ?

- Je...

- Je comprends, c'est si soudain. Tu sais, ta mère vieillit, elle aura de plus en plus besoin de toi. Il te sera aussi plus facile d'entretenir la mémoire de ton père en vivant

à Paris. Quoi qu'on en dise, la France reste très centralisée. Tu ne vas pas rajeunir et t'épuiser dans des allers et retours permanents entre Paris et Nantes n'est pas une bonne idée. Crois-moi, j'ai fait le tour de la question, je peux tout organiser. Prends tout le temps qu'il te faut pour y penser, mais promets-moi d'y réfléchir sérieusement. »

Léa est abasourdie. Repartir vivre à Paris qu'elle a eu tant de mal à quitter. Elle se voit flâner au Jardin du Luxembourg après une exposition au Musée attenant, puis rentrer dans un bel immeuble art-déco avant de ressortir dîner à Saint-Germain. Rien que d'y penser, un shoot de dopamine se diffuse dans ses veines. Oublié le Paris tentaculaire d'où l'on n'entre et sort qu'après des heures de transport, l'air vicié, les hordes d'anonymes, l'agressivité, les spectacles hors de prix, l'arrogance des serveurs de café qui servent au verre un soda sept euros quand la bouteille en a coûté deux, etc. La qualité de vie à Paris laisse vraiment à désirer mais envolée la réputation surfaite d'une capitale qui se dégrade à vue d'œil et a perdu beaucoup de ce qui jadis faisait son charme. Sur un petit nuage, elle imagine ce Paris des privilégiés qui y vivent encore sans subir les désagréments imposés aux communs des mortels.

« Léa ma chérie, tu ne dis rien ?

- Tu m'as prise de court, je ne m'attendais pas du tout à une telle proposition. Il faut prendre le temps d'y réfléchir, peser le pour et le contre, en parler avec Arthur...

Mais, il y a aussi autre chose dont je dois te parler...

Malo ne veut pas qu'elle lui parle de son histoire avec Alix, tant qu'elle ne l'a pas fait cela n'existe pas. Il va se laver les dents dans la salle de bain puis à bout de nerfs s'endort très vite, persuadé d'avoir sauvé son couple de la rupture. Léa quant à elle n'en revient pas de ce rebondissement. Elle n'a jamais imaginé que Malo proposerait un jour de retourner vivre à Paris où il étouffait. L'idée est bougrement séduisante, l'héritage de son père peut en effet leur permettre d'acquérir un appartement cossu dans la capitale. En lui léguant une telle somme, son père espérait qu'elle l'emploierait à perpétrer son œuvre, mais il y avait bien assez d'argent pour tout mener de front.

Sur la table de nuit, son portable s'éclaire, c'est un texto d'Alix. Elle n'a pas répondu au texto qu'elle lui a adressé le jour de la crémation de son père où elle lui disait qu'elle pensait à elle et la soutenait dans cette épreuve. Elle hésite, elle aussi a envie de la voir mais cette fois encore elle repose le téléphone sans répondre. Elle sait qu'elle la blesse, mais que lui dire après la proposition de Malo ce soir ? C'est trop pour elle, tout s'embrouille dans sa tête, elle ne veut plus y penser juste s'endormir.

Elle se réveille en sursaut deux heures plus tard. Dans son rêve, Alix l'appelait obstinément, répétant interminablement son nom. Elle a l'impression que ce n'était pas un rêve, quelque part dans Nantes Alix pensait si fort à elle qu'elle l'avait entendu. Elle se lève et devant la fenêtre du salon contemple la Place Graslin, la fontaine, les candélabres et les colonnades du théâtre en face.

Dans la vitre se reflète le visage d'Alix, elle se penche et embrasse longuement ses lèvres. Alix... Ce désir qu'elle a d'elle. Les jambes coupées, elle se laisse tomber sur le canapé et dans un demi-sommeil, la rejoint.

Quand Léa se lève, Malo a préparé un savoureux petit déjeuner. Il est tendre et attentionné et avec assurance revient déjà à la charge, intarissable sur les avantages de vivre à Paris. Elle répond à peine, encore ensommeillée. Avant de partir travailler, il l'invite à dîner le soir-même dans un restaurant étoilé qu'ils affectionnent tous les deux. Le cadre parfait pour discuter de leur projet, lui dit-il. Il l'aime tant, touchée elle ne résiste pas et lui rend son baiser.

Le soleil cogne derrière les persiennes et les oiseaux s'égosillent déjà dans le jardin. La veille, Alix a mis à leur disposition des coupelles d'eau fraîche, avec cette canicule il ne faut pas qu'ils manquent d'eau. Elle pose les pieds par terre et regarde son portable. Pas de réponse de Léa. Jusqu'ici, aucune amante ne s'est jamais comportée de la sorte avec elle, certainement pas en début de relation ni même à la fin d'ailleurs. Il lui semble qu'elles ne se sont pas vues depuis une éternité et l'attente lui pèse lourd. Elle pourrait au moins répondre, ne serait-ce que pour lui dire qu'il leur est impossible de se voir dans l'immédiat mais qu'elle pense à elle. Elle frémit à l'idée qu'elle aurait pu accepter la proposition de Camille de se joindre à eux à Arcachon ! Camille est adorable mais n'a aucune idée de la complexité de la relation entre elle et Léa. Elles se désirent passionnément mais la vie se mêle de dresser des obstacles en travers de leur histoire. Elle se doute que les derniers événements ne vont pas aider Léa à faire un choix. Elle doit être patiente et ne rien précipiter d'irrémédiable.

Le cœur gros elle ouvre ses volets mais retrouve le sourire devant son petit jardin baigné de lumière. Comme elle serait heureuse de l'admirer en compagnie de Léa !

L'ultra-centre de Nantes est calme en cette troisième semaine d'août. Les habitants l'ont déserté en masse pour s'égayer sur la côte, à Pornic au sud ou au nord, dans la presqu'île guérandaise, à La Baule, au Croisic... Dans les rues on croise surtout des touristes qui s'amusent à suivre la ligne verte du parcours du *Voyage à Nantes*. Léa qui prépare son séjour à Arcachon, sort de chez son coiffeur. Elle veut plaire à ses amis, il était temps de rappeler à l'ordre ses cheveux indisciplinés et de restaurer leur blondeur artificielle. Elle agite la main en guise d'au revoir et décroche machinalement un appel sans avoir vu le nom d'Alix s'afficher.

« Bonjour Léa, tu as quelques instants à m'accorder ? »

Léa sait qu'Alix à vol d'oiseau n'est éloignée d'elle que de quelques minutes, elle s'appuie contre un mur, son cœur bat plus fort.

« Oui, bien sûr.

- *Bien sûr ? Léa, il me semble que rien n'est moins sûr. Cela fait trois semaines que je n'ai aucune signe de vie sauf ce que je lis dans la presse.*
- *Alix, ne m'en veux pas... Je pense à toi tu sais, tu me manques, mais je ne peux pas gommer les années de vie commune avec Malo en quelques jours, et le décès de mon père...*
- *Je sais tout ça. Si tu me demandes du temps c'est une chose, mais es-tu obligée pour autant de m'ignorer ? Tu accepterais d'aussi longs silences toi ? Tu ne réponds même pas à mes texto, et tu vas partir à Arcachon... Nous ne vous verrons pas avant combien de temps ?*

- *Je pensais qu'il valait mieux avoir pris une décision avant de te revoir, je ne veux pas jouer avec toi, tu comprends ?*
- *Pourtant c'est ce que tu fais. En m'évitant tu nous empêches aussi d'évoluer ensemble. Je ne sais jamais où tu en es mais je n'ai pas le goût des devinettes, encore moins du sacrifice. Je ne veux pas attendre pour rien. Nous laisseras-tu seulement une chance ?*
- *Alix, je... »*

Plantée sur le trottoir, la gorge nouée, les joues écarlates et les jambes flageolantes, Léa a envie de pleurer. Sachant que ce sera irréparable, elle l'informe pourtant de son nouveau projet de vie :

« Il y a du nouveau, il est possible que je quitte Nantes et retourne vivre à Paris, ça compliquerait tout entre nous, mais je n'ai encore rien décidé, tu comprends pourquoi je ne t'appelle pas ?

- *Non ? Dans ce cas... Écoute, nous sommes déchirées, suspendues bêtement à un téléphone, quel sens peut bien avoir tout ceci ? Il vaut mieux que nous en restions là, tu ne crois pas ?*
- *Peut-être, je ne veux pas que tu souffres et je me rends compte que je ne maîtrise plus rien.*
  Alix ? »

Alix a déjà raccroché. Sur sa jolie terrasse elle pleure comme cela ne lui est plus arrivé depuis des années. Elle ne peut plus s'arrêter de pleurer, elle s'étourdit de larmes à en mourir.

Encore seule face à la bêtise du monde ? Puis ses larmes se tarissent et mue par une force qui la dépasse, elle se lève, baigne son visage d'eau fraîche, avale un tranquillisant et en s'affalant sur son lit, se promet de tourner définitivement la page au réveil.

Elle émerge du sommeil trois heures plus tard, elle est sonnée mais plus calme, elle s'oblige à sortir faire quelques courses. Cela lui fera du bien de marcher et d'acheter quelque chose de bon sur le petit marché nocturne pour se cuisiner un dîner réconfortant.

Alix range ses courses. Il est encore tôt, elle ne va pas dîner tout de suite, elle a le temps d'aller prendre un verre au bar du LU, le centre culturel à côté de chez elle. L'été, des transats sont installés en extérieur au-dessus du canal, il y a toujours du monde et de la bonne musique. Avec un peu de chance des hérons cendrés et autres oiseaux marins survoleront le canal. Idéal pour se changer les idées, de toute façon cette relation ne pouvait pas finir autrement, elle s'est illusionnée c'est tout. Son cœur saigne, elle sait qu'il ne cicatrisera pas avant longtemps mais la vie continue et comme toujours elle va se reprendre.

Elle s'est changée et s'apprête à sortir quand on sonne à la porte. Pendant une seconde elle espère que c'est Léa qui vient se jeter dans ses bras. Le cœur battant, elle ouvre la porte. C'est Gabriel. Surprise, elle l'invite à entrer. Il n'était jamais jusqu'ici passé chez elle à l'improviste.

> *« Bonsoir Alix, je tombe bien j'espère ? Tu as l'air épuisée ? Un souci ? J'étais dans le quartier, j'ai un ami qui anime un atelier dans la Maison de Quartier à deux pas et je me suis dit que c'était trop bête de ne pas en profiter pour te saluer, mais ne te sens pas obligée...*
>
> - *Non, tu as bien fait, c'est l'occasion de boire un verre et si ça te dit, on peut enchaîner avec un dîner au LU, j'y allais justement.*
> - *Volontiers, c'est un de mes endroits favoris l'été.*
> - *Bien. Tu reviens de vacances non ? »*

Gabriel a choisi de boire une bière pendant qu'elle se contente de finir une carafe de citronnade entamée plus tôt, dans l'état où elle se trouve elle n'a pas trop envie de boire de l'alcool, un verre de vin au dîner suffira. Ils sont assis au salon, la porte-fenêtre est entre-ouverte sur le jardin, il fait plus frais à l'intérieur les murs en pierre font écran à la chaleur.

« Oui, quelques vacances dont le bénéfice est déjà loin mais je repars pour Arcachon la semaine prochaine. Tu dois être au courant non ? D'ailleurs je n'ai pas bien compris en fin de compte si tu venais ou pas ? »

- *Non, je ne vous rejoindrai pas ; c'était une idée un peu en l'air de Camille, mais je ne suis pas disponible.*
- *C'est probablement mieux pour tout le monde, tu ne crois pas ? »*

Alix le regarde interloquée. Elle n'est pas certaine d'avoir compris le sens de sa question mais son attitude ne trompe guère. Il est tendu, son regard est suspicieux. Il n'est plus l'homme avenant auquel elle a ouvert sa porte.

« Que cherches-tu à me dire Gabriel ?

- *Tu sais que je suis très proche de Léa et Malo, ce sont mes amis et ça ne date pas d'hier.*
- *Et donc... ?*
- *Alix, ce que tu fais est indigne, tu n'as pas le droit de mettre leur couple en danger. Pourquoi l'avoir choisie elle, il n'y a pas de lesbiennes à Nantes ? »*

Alix sidérée n'en croit pas ses oreilles. Il est venu jusque chez elle pour l'insulter ? Il ne manque pas d'air ! Décidément il ne manquait plus que ça, cette journée est maudite entre toutes.

« Je ne pense pas que ceci te regarde alors tu finis ta bière et tu sors. Tu dépasses les bornes, tu n'as aucun droit de

m'insulter et je refuse d'avoir cette conversation avec toi. Tu n'es en rien concerné, tu ne sais rien de ce qui se passe entre Léa et moi.

- *J'insiste Alix, Léa n'est pas une femme pour toi, as-tu au moins pensé à Arthur ?*

- *Arthur est un grand garçon, un adulte. Tu délires Gabriel, tu viens chez moi, tu te mêles de ma vie privée et tu m'intimes l'ordre de ne pas avoir de relation avec Léa ? C'est insensé ! De quel droit te comportes-tu de la sorte ? Tu ne dois pas être dans ton état normal pour me menacer de la sorte. Léa et moi sommes des êtres libres, ce que nous faisons ensemble ne regarde personne d'autre que nous et surtout pas toi.*

  Mais si ça peut te réconforter je n'ai rien manigancé, jamais incité Léa à quoi que ce soit, nous n'avons rien prémédité du tout, cela nous aussi autant surprises l'une que l'autre, ça arrive, c'est la vie. De toute façon, il est inutile de t'inquiéter, Léa ne va plus… Elle s'en va… »

Alix ne finit pas sa phrase et ne la finira jamais. Elle s'écroule sur le plancher. Gabriel ulcéré à l'évocation d'un amour réciproque entre les deux femmes a saisi la lourde carafe de verre et pour la réduire au silence lui en a assené un coup violent à la tête. Le sang s'écoule lentement de la plaie sur le parquet de chêne blond où il se mêle à la citronnade renversée. Interdit, Gabriel lâche la carafe qui roule sur le sol sans se briser. Curieusement il se sent prodigieusement calme, libéré par son terrible geste. Il se penche sur elle et touche délicatement sa carotide, elle ne respire plus. Il n'appelle pas les secours. Il sort sur la terrasse s'assurer que personne dans le voisinage n'a pu voir ou entendre quelque chose de la scène qui vient de se dérouler puis rassuré, il va à la cuisine chercher des torchons avec lesquels il essuie consciencieusement les empreintes qu'il a laissées sur son fauteuil, la table, la carafe, la bouteille de bière et son verre. Il réfléchit à ce qu'il aurait pu toucher d'autre et passe un torchon sur le cou d'Alix puis sur la sonnette. Enfin, il foule les torchons à ses pieds et marchant à reculons jusqu'à la porte d'entrée, efface ses empreintes de pas dans tout le rez-de-chaussée et sur le perron. Assuré de n'avoir laissé aucune trace derrière lui, il glisse les torchons dans un sac plastique pendu dans l'entrée puis entrouvre doucement la porte, jette un coup d'œil dans la rue, attend que soient passés un couple à vélo et une femme âgée tirant un chariot de course et sort de la maison sans être vu.

Il quitte le quartier d'un pas tranquille. Il n'est pas très inquiet. Si jamais quelqu'un l'a vu sur les lieux du crime, il a un alibi, il était en compagnie d'un ami dans la maison de quartier trois numéros plus haut dans la rue. Il n'est pas resté longtemps chez Alix et il en est persuadé, l'ami Jean-François avec lequel il a passé une heure à parler peinture, n'est pas du genre à avoir l'œil rivé sur sa montre.

En fin de compte tout s'est passé mieux qu'il ne pouvait l'espérer. En partant de chez lui il ne savait pas comment il allait procéder, animé par l'idée obsédante d'empêcher Alix de lui nuire. Au cas où, il s'était préparé un alibi en passant d'abord voir Jean-François et avait décidé d'aviser chez Alix du mode opératoire à adopter. Il avait pensé à l'humilier, l'intimider, la menacer s'il le fallait. Il n'avait bien sûr pas prévu de la tuer, elle n'aurait pas dû le provoquer en le prenant de haut. Pourquoi s'était-elle vantée d'une histoire d'amour réciproque avec Léa ? Il avait juste voulu la faire taire et l'avait assommée comme il aurait écrasé une fourmi sur sa terrasse, sans y penser, pour s'en débarrasser. C'était son imposante carafe qui l'avait tuée, si elle n'avait pas été posée devant lui sur la table, il n'aurait pas cherché d'arme. Il n'était pas fier de lui, ça non et si c'était à refaire il ne le referait pas, mais fataliste il préférait penser que le hasard a décidé pour lui.

Rentré chez lui il se déshabille et met tous ses vêtements dans la machine à laver. Sur le chemin du retour il a jeté le sac en plastique lesté d'une grosse pierre, au fond de l'Erdre pas loin du LU où ils ne sont pas allés ensemble. Il l'a regardé couler à pic au fond du canal. Maintenant il est attablé sur sa terrasse et se repasse le fil des événements de la soirée pour vérifier que rien ne peut l'incriminer pour le meurtre d'Alix. Pourquoi serait-il soupçonné d'ailleurs ? Pour s'en prendre à quelqu'un au point de le tuer il faut un mobile et il n'a aucune raison connue de vouloir tuer Alix. La police devrait conclure à un crime crapuleux commis par un cambrioleur ou un rodeur ou encore par un client vindicatif cherchant à se venger d'une condamnation.

Il saura consoler Léa qui sera bientôt toute à lui. Le soleil se couche dans une débauche de couleurs éclatantes et Gabriel cherche dans le ciel laquelle est sa bonne étoile.

Léa a déjeuné avec Stéphanie sur la terrasse du restaurant du Jardin des Plantes. Elles ont tiré un bilan positif de l'exposition nantaise consacrée aux dernières œuvres de Léa qui a vendu un grand nombre de photographies, alors elles ont fêté ça au champagne. Maintenant Stéphanie est partie ouvrir sa galerie et Léa s'attarde en pensant au dîner de la veille au soir. Malo s'est montré si convaincant, l'idée de retourner vivre à Paris l'emballe de plus en plus. Il la connaît bien et l'aime tant, elle a toujours pu compter sur lui comme sur son père avant lui. Bien sûr elle n'est pas totalement dupe, elle a compris qu'il ne pouvait pas trouver d'idée plus brillante s'il voulait l'éloigner d'Alix ! Pleurer ou menacer n'est de toute façon pas son genre, Malo plutôt taiseux ne s'épanche guère en matière de sentiments et ne montre que rarement de l'agressivité. Maintenant qu'elle est seule, elle peut faire le point tranquillement. Qu'est-ce qui lui plait, emménager à Paris ou prendre un nouveau départ tous les deux ? S'il n'était pas question de déménager, resterait-elle avec lui ? Peut-elle renoncer à Alix ? Pourquoi a-t-elle tant de mal à le savoir et à choisir ? Est-ce parce qu'elle aime Alix ? Elle la désire, il ne peut y avoir aucun doute là-dessus, mais ce n'est pas tout, elle aime sa manière de vivre, sa personnalité, sa force de caractère et son indépendance d'esprit, aussi ses fragilités qu'elle devine sans peine. Alix la touche au plus profond de son être. A l'évidence, elle l'aime. Maintenant, elle en est sûre, elle l'aime.

Prise d'un irrésistible besoin de le lui dire, elle quitte brusquement la terrasse du restaurant et se dirige vers sa maison. En chemin elle compose son numéro de téléphone pour entendre sa voix, pour lui dire qu'elle l'aime et qu'elle arrive la retrouver.

Alix ne répond pas. Ce n'est rien, elle sera vite défâchée quand elle va savoir. Essoufflée, elle arrive dans sa rue et aperçoit au loin un attroupement et des voitures de police, une ambulance aussi. Que se passe-t-il ici ? Pourvu qu'elle soit chez elle, encore quelques mètres et elles seront dans les bras l'une de l'autre. Elle est maintenant à la hauteur de sa maison et comprend que c'est chez elle qu'il se passe quelque chose. Avant qu'elle franchisse le portillon, un policier en fonction l'arrête. Elle est à deux doigts de le frapper, elle veut passer et voir Alix tout de suite. Le policier lui demande sèchement de reculer puis réalise qu'elle doit connaître la victime et la calme en lui demandant d'attendre à l'extérieur, personne ne peut entrer pour l'instant. C'est alors qu'elle avise le véhicule du journal local garé à deux pas, elle se précipite et leur demande s'ils savent ce qu'il se passe. Un des deux journalistes lui répond platement que l'avocate qui demeure à cette adresse a été retrouvée morte chez elle, pour l'instant il n'en sait pas plus et lui conseille de suivre l'actualité en ligne. Mais Léa ne l'écoute plus, la douleur la terrasse, elle laisse échapper un cri et s'évanouit.

Au Commissariat Central de Police de Nantes, place Waldeck Rousseau, règne une agitation inhabituelle, même pour la Crim'. Dans son bureau, la Capitaine de Police Alice Mahé raccroche le téléphone. Son commandant lui confie la direction de l'enquête sur le meurtre de l'avocate Alix Hélias et le procureur les a convoqués l'après-midi même. Alix Hélias était une avocate connue à Nantes et spécialiste des violences faites aux femmes alors elle s'attend à une forte pression hiérarchique et sait qu'à partir de ce jour, elle n'aura plus une minute à elle avant d'avoir résolu l'affaire. La Capitaine Mahé se souvient bien d'Alix Hélias qu'elle a croisée à l'occasion d'événements et de manifestations féministes régionales. Elle a assisté à des audiences judiciaires et l'a vue plaider dans des affaires d'agressions à caractère sexuel et de viols. Elle n'a pas oublié le charisme de l'avocate, la pertinence de ses arguments, sa voix forte et posée, son regard clair et incisif. Elle la tenait en haute estime. Devrait-elle y laisser sa santé, elle se fait la promesse de confondre son meurtrier, elle lui doit bien ça. Elle se saisit de son ordinateur portable et rejoint la salle de conférence où l'attend déjà son équipe au grand complet.

La Capitaine entre dans la salle, les conversations cessent et les trois OPJ présents, les lieutenants Vincent, Le Goff et Moreau se lèvent pour la saluer. Elle est tout en jambes, ses cheveux bruns sont coupés courts et la gravité de son regard sombre impose le respect. La jeune femme n'a que trente-quatre ans mais ses états de service sont impressionnants, c'est une enquêtrice hors pair et ses collègues qui maintenant la connaissent bien, apprécient d'être sous son commandement. Ils forment une bonne équipe, ils aiment leur métier et sont disposés à se jeter dans la bataille sans se ménager pour résoudre cette affaire au plus vite.

La police scientifique n'a pas encore rendu son rapport et l'autopsie de la victime est en cours, ils ne vont pour autant pas rester les bras croisés à attendre. Pour commencer, elle leur dit vouloir tout savoir de la vie privée d'Alix Hélias, qui voyait-t-elle, avait-elle une ou des liaisons, qui étaient ses amis, qui a-t-elle vu en dernier, qui sont ses voisins, ses collègues, avait-elle des problèmes avec son associé ? Le lieutenant Moreau suggère de creuser aussi la piste de la vengeance, un condamné récemment libéré, le compagnon violent d'une femme battue contre lequel l'avocate aurait obtenu une ordonnance d'éloignement, un violeur condamné… ? Ils sont d'accord pour n'écarter aucune piste. Il peut aussi s'agir d'un rodeur ou d'un cambrioleur, mais la Capitaine Mahé n'y croit pas trop, une avocate aussi avisée qu'elle n'aurait pas laissé s'introduire chez elle un individu dangereux en pleine après-midi.

La réunion s'achève, ils ont décidé que la Capitaine Mahé secondée du lieutenant Yann Moreau fouilleront dans la vie privée d'Alix Hélias en quête de débusquer d'éventuels suspects. Les lieutenants Gaël Vincent et Caroline Le Goff ont quant à eux la charge de creuser du côté des affaires plaidées par l'avocate, des condamnés auraient-ils été remis en liberté récemment ? Les quatre enquêteurs sont très motivés et ont hâte d'agir. Au début d'une enquête, les informations s'amoncellent en désordre, il faut trier, repérer ce qui a de l'importance, écarter ce qui n'en a pas, et peu à peu les indices permettent d'échafauder des hypothèses puis de résoudre l'énigme. Tels des pisteurs, les enquêteur traquent l'assassin, se rapprochant chaque jour plus près de lui jusqu'à le faire tomber. C'est pour cela qu'ils se sont engagés, arrêter les individus malfaisants pour les mettre hors de nuire et les remettre à la justice. L'assassin d'Alix Hélias ils l'auront, devaient-ils pour cela y consacrer leurs jours et leurs nuits.

Tout le pays sait maintenant que l'avocate Alix Hélias a été assassinée chez elle. Sa photo a fait la Une de tous les médias locaux et le sujet a été traité par les journaux d'information télévisuels.

Après s'être évanouie Léa a été raccompagnée chez elle en ambulance et depuis elle ne parle plus. Elle ne veut rien manger, tout juste accepte-t-elle un verre d'eau. Malo avait accueilli la nouvelle de la mort d'Alix sans mot dire. Il détestait Alix mais n'avait jamais souhaité sa mort. L'idée que sa disparition réglait tous leurs problèmes l'avait effleuré mais il avait vite compris que non, au contraire même, Léa était anéantie par la mort d'Alix et cela risquait de précipiter leur séparation. Malo n'avait nullement l'intention de laisser sa femme sombrer sans rien faire :

« Tu ne peux pas rester dans cet état, j'appelle le médecin.

- *Non, si tu fais ça je m'en vais.*
- *Mais ma chérie tu as besoin d'aide, je comprends que la mort d'Alix te bouleverse mais tu ne peux pas te laisser aller de la sorte, tu vas tomber malade.*
- *Laisse-moi tranquille, je n'ai pas envie de te parler, ni à toi ni à personne d'autre.*
- *Alors mange au moins quelque chose. Tu te souviens que nous partons demain matin pour Arcachon ? Tu n'as rien préparé...*
- *Mais tu es fou ! Je n'irai pas, fais ce que tu veux, je reste ici près d'elle.*
- *Mais ma chérie, Alix est morte.*
- *Oui, nous l'avons tuée.*

- *Tu délires, nous n'avons tué personne, il s'agit probablement d'un meurtre crapuleux ou de la vengeance d'un condamné.*
- *Tais-toi, nous l'avons tuée, je l'ai tuée.*
- *Nous sommes tous bouleversés, Camille, Jérémy et Gabriel vont arriver, je leur ai demandé de venir, nous devons décider d'annuler ou pas le séjour à Arcachon et cela te fera du bien de les voir...*
- *Non ! Je ne veux voir personne. »*

En larmes, elle s'enferme dans la chambre. Là tout de suite elle n'en a pas la force mais bientôt elle partira, elle ne supporte plus d'entendre sa voix. Elle voudrait rejoindre Alix, morte sans même savoir qu'elle l'avait choisie et avait couru lui dire combien elle l'aimait. Tout était de sa faute, si elle avait été près d'elle, personne n'aurait pu la tuer. Cette idée lui est insupportable, elle se la répète en boucle. Ils peuvent bien tous venir, elle s'en fiche et n'ira ni à Arcachon ni ailleurs, ce qu'ils décideront l'indiffère totalement. Alix, elle l'aime tant, elle veut la sentir contre elle, sa peau, son odeur... Elle finit par sombrer d'épuisement, elle a fermé la porte à clé, Malo n'aura qu'à dormir dans la chambre d'amis.

A la Crim' les tableaux de la salle de réunion se sont peu à peu couverts d'informations, la photo d'Alix Hélias au centre et celles des suspects tout autour. Sur l'un des tableaux sont punaisés les photos d'hommes qui l'ont croisée dans son activité professionnelle dont un conjoint violent frappé d'une mesure d'éloignement et un violeur récidiviste dont elle avait obtenu la condamnation, revenu vivre à Nantes deux mois plus tôt. Elle avait été l'avocate des parties civiles dans l'affaire du violeur récidiviste et sa plaidoirie avait à l'époque marqué l'opinion. Sur un autre tableau figurent les personnes de son entourage avec lesquelles elle entretenait une relation suivie. On y trouve notamment les photos de Léa Thomson et de son mari. Les services informatiques ont relevé dans le portable de la victime des texto échangés avec Léa Thomson dont la tonalité amoureuse ne laisse aucun doute.

Selon les conclusions du rapport d'autopsie, le coup porté à la tête de la victime a provoqué une mort quasi immédiate. Il a été assené avec force et l'arme du crime est la lourde carafe en verre trouvée à côté du corps sur le parquet du salon. La profondeur et l'angle de la blessure sur la tête d'Alix Hélias indiquent que l'agresseur devait être assis à sa droite sur le canapé et qu'il s'est levé pour la frapper debout, de toute sa force, sur le dessus de la tête. Au moment où elle a reçu le coup, elle était assise, il est donc impossible d'établir la taille de l'agresseur, pas plus qu'il n'est possible de déterminer son sexe, seulement que le tueur a frappé avec la lourde carafe en verre. Rien ne permet non plus de déterminer si l'auteur du coup fatal à l'avocate est droitier ou gaucher. En revanche, pour qu'elle n'ait pas eu le temps de réagir ni contrer le coup porté, il faut que l'agresseur ait agi avec rapidité et habileté. A peine quelques secondes pour se saisir de la carafe, se lever subitement et frapper avec précision le dessus de la tête. Une personne alerte et animée par une rage aussi soudaine qu'implacable.

La police scientifique a également rendu son rapport. Sur le lieu du crime, des traces ont été scrupuleusement effacées par l'assassin avant qu'il ne quitte les lieux. Ils ont retrouvé les empreintes de la plupart des personnes proches de son entourage dans la maison, mais aucune empreinte digitale ne se trouve sur la carafe, ni sur le verre ou la bouteille de bière à moitié bue par l'assassin. Ils ont toutefois isolé sur le carrelage de la cuisine, une empreinte partielle de pas, contenant des microgouttelettes mêlées de la citronnade renversée de la carafe et de sang de la victime.

La capitaine Alice Mahé a maintenant la conviction que si Alix Hélias au moment de sa mort était assise sur son canapé aux côtés de son assassin, c'est parce qu'elle le connaissait bien. Sinon, ils auraient pris place dans des sièges face à face. Le jour de sa mort, elle n'avait aucun rendez-vous de noté dans son agenda. Qui peut être cette personne avec laquelle elle a eu un moment de convivialité ? Est-elle passée à l'improviste et pour quelles raisons ?

L'enquête de voisinage n'a rien donné d'intéressant, personne n'ayant rien remarqué de particulier. Il est clair que cette affaire ne sera pas simple à élucider mais ils n'en sont qu'au début et ce qui n'est pas rien, ils ont déjà acquis le sentiment que la victime connaissait son agresseur.

Ne laissant rien au hasard, les enquêteurs ont décidé de mener une perquisition au domicile des deux suspects déjà connus des services de police. Même si cette piste a peu de chance d'aboutir car il leur semble peu probable que l'avocate ait pu se retrouver chez elle, à boire un verre avec l'un de ces hommes, ils doivent s'en assurer avant d'écarter cette piste. La commission rogatoire du juge d'instruction doit incessamment leur parvenir. A la fin de la perquisition, ils prévoient d'emporter les chaussures des suspects aux fins de confirmer ou infirmer toute correspondance avec l'empreinte partielle relevée dans sur le sol de la cuisine de la victime.

Ils ont aussi établi un planning des auditions des proches de la victime à mener à bien. Dans son téléphone et sur son ordinateur privé, en particulier dans sa boîte emails, ils ont trouvé de nombreux échanges avec des femmes qu'ils ont déjà convoquées : Ariane Desforges, Léa Thomson et Camille Serre. Ensuite, ils convoqueront quatre autres personnes dont le mari de Léa Thomson, Malo Le Bris et un ami d'enfance de la victime, Gabriel Le Carré.

Ils savent que les moyens dont ils disposent sont insuffisants, ils ne sont pas assez nombreux et les différents services auxquels ils ont recours sont débordés, sollicités par d'autres équipes. On imagine mal le peu de moyens dont dispose la police et les difficultés administratives, matérielles et financières avec lesquelles les officiers de police judiciaire se débattent quotidiennement, mais volontaires et bien organisés, ils avancent avec méthode et détermination.

Aujourd'hui, une amie de longue date de l'avocate assassinée est convoquée dans les locaux de la police judiciaire. Un brigadier frappe à la porte de la salle de réunion.

« Capitaine, Ariane Desforges est arrivée.

- Fais-la asseoir dans mon bureau et propose-lui un café, j'arrive tout de suite. »

Ariane est assise au bord de son siège comme si elle voulait déjà s'en aller, elle est encore plus pale que d'habitude et ses yeux sont rougis par le manque de sommeil, elle se lève machinalement lorsque la Capitaine Mahé entre dans le bureau.

« Je vous présente mes sincères condoléances. J'enquête sur l'assassinat d'Alix Hélias et j'ai besoin de me faire une idée précise de son mode de vie et de ses fréquentations. J'ai déduit de vos échanges par e-mails et SMS que vous étiez proches, quelle type de relation entreteniez-vous avec elle ?

- Proches nous l'étions, j'étais l'une de ses plus proches amies, nous avions été amantes un temps lorsque nous vivions à Paris. Notre histoire assez compliquée n'a duré qu'un an et demi mais nous étions restées très liées.

- Quand et où l'avez-vous vue quand pour la dernière fois ?

- Il y a une quinzaine de jours, le lundi 9 août exactement, avant son départ pour Minorque, c'était au Musée des Arts de Nantes.

- D'accord. Pouvez-vous me dire dans quel état d'esprit elle se trouvait ? Avait-elle l'air inquiet ? Vous a-

t-elle fait part d'un problème, d'un danger quelconque, de menaces ?

- *Non, rien de tel, en revanche…*

La Capitaine comprend ses hésitations mais ne veut pas passer à côté de quelque chose d'utile pour l'enquête, elle l'encourage :

- *Oui ? N'hésitez pas, la moindre information peut nous être utile.*

- *Cela relève de sa vie privée, je ne sais pas si je peux…*

- *Madame Desforges, Ariane, si je peux me permettre, il n'y a plus de vie privée, Alix Hélias n'est plus, son meurtrier court toujours et nous devons lui mettre la main dessus. Vous pouvez tout me dire. Tout ce qui pourrait être utile à l'enquête. Nous pensons qu'elle connaissait la personne qui l'a tuée.*

- *Mon dieu c'est horrible ! Elle ne méritait pas ça, pas elle. Alix était préoccupée, elle vivait une relation amoureuse compliquée et ne savait pas où cela la mènerait. Son amante est une femme mariée.*

- *Léa Thomson n'est-ce pas ? Ça je le sais déjà. Vous pouvez m'en dire un peu plus ? Le mari de Léa, Malo Le Bris, était-il au courant ? Savez-vous s'il s'était opposé à cette liaison ?*

Ariane est étonnée :

- *Vous savez déjà tout ça ? Mais comment ?*

- *Elles ont échangé des messages qui ne laissent que peu de doute sur la nature de leur relation et dans son agenda sont inscrits plusieurs rendez-vous avec elle, à son domicile et à l'hôtel.*

- *Je vais vous dire tout ce que je sais, mais je ne pense pas que cela vous avance beaucoup. Alix se demandait si Léa Thomson aurait le courage ou pas de quitter son mari mais à ma connaissance, il n'était pas encore au courant. Bien sûr, il pouvait s'en douter et en quinze jours la situation avait peut-être évolué ? Je n'avais pas encore revue Alix depuis son retour de vacances. Vous devriez demandez à Léa Thomson ce qu'il en est. Elle doit bien avoir une idée sur la question.*

- *C'est bien mon intention, mais je voulais vous entendre avant. Voyez-vous une raison pour laquelle Léa Thomson elle-même aurait pu l'agresser ?*

- *Oh ! Non. Je ne vous cache pas que je ne l'apprécie pas beaucoup mais de là à penser qu'elle aurait pu tuer Alix, non, je ne la vois pas faire ça ; il y avait quelque chose de fort entre elles, je pense qu'elles s'aimaient même si c'était compliqué...*

- *Voyez-vous dans l'entourage d'Alix Hélias une personne qui aurait pu lui en vouloir ? Une ex-petite amie ?*

- *Non, je ne vois pas du tout et Alix n'a jamais eu de liaison avec des femmes violentes ou déséquilibrées...*

- *Vous ne vous souvenez de rien qui l'aurait contrariée, une mauvaise rencontre, un client mécontent, un*

condamné qui l'aurait menacée, elle ne vous a fait part
d'aucun problème de cette sorte ?

- *Non, mais je vais y réfléchir et si cela me revient je vous*
  contacterais ; je voudrais tant que vous arrêtiez son
  assassin, bien sûr cela ne nous la ramènera pas, mais il
  ou elle ne doit pas s'en tirer. Je ne m'en remettrai
  jamais, l'idée de vivre sans elle, de ne plus jamais la voir
  m'est insupportable et si son assassin s'en tirait ce serait
  épouvantable.

Elle peine à retenir ses larmes et cherche un mouchoir dans son
sac, la Capitaine lui tend la boîte entamée sur son bureau.

« Je comprends, nous mettons tout en œuvre pour le
confondre. Je vous remercie pour votre temps Ariane, je
vous souhaite beaucoup de courage pour affronter la
perte de votre amie et je vous promets que je ne lâcherai
pas l'affaire tant qu'elle ne sera pas résolue. »

Ariane se dit que dans un monde parfait tous les enquêteurs de
police ressembleraient à la sympathique Capitaine qui la
raccompagne en la guidant par l'épaule puis lui serre la main
avec empathie sur le pas de la porte.

Alice Mahé repart en direction de la salle de réunion pour
débriefer son équipe et en chemin vérifie que Léa Thomson et
Malo Le Bris ont bien confirmé leur présence au commissariat le
lendemain. Elle est impatiente de les entendre tous les deux,
quelque chose lui dit qu'ils détiennent la clé de cette affaire.

Léa a demandé à Stéphanie si elle pouvait lui louer un de ses studios pour quelques temps. Stéphanie lui a remis la clé d'un studio Place Zola en lui disant qu'elle ne veut pas de loyer, il suffira qu'elle paye les factures. Elle ne compte pas remettre le studio en location avant la rentrée étudiante en octobre prochain.

Léa ne connaît personne dans ce quartier et c'est très bien comme ça. Elle ne supportait plus de rester chez elle, la présence de Malo l'insupportait. Arthur est parti en randonnée en Norvège avec des copains, ça tombe bien, elle n'est pas en état de lui parler. Elle ne répond même plus aux appels de sa mère, elle en est incapable. Elle n'a rien à leur dire, elle veut juste pleurer Alix. Elle sombre dans des rêveries et ne parvient plus à distinguer imaginaire et réalité. Elle lui parle, lui répète à l'infini qu'elle l'aimera toujours, lui demande pardon, embrasse son oreiller, le dos de sa main, tout est Alix. Rien ni personne ne doit se mettre en travers, elle veut rester seule avec elle. Elle sait que lorsqu'elle sortira de ce brouillard, Alix sera partie pour toujours. Elle ne se demande même pas qui l'a tuée, de toute façon cela ne changerait rien.

Malo n'est pas parti à Arcachon rejoindre ses amis, il est resté à Nantes pour Léa, pour lui être utile comme il en a l'habitude. Il espère qu'elle se calmera dans les prochains jours et se tournera vers lui comme elle l'a toujours fait. Arthur est parti randonner en Norvège, ses amis les plus proches sont à Arcachon et les jours sans Léa lui paraissent interminables alors il est retourné au bureau, cela ne sert à rien qu'il tourne en rond dans son appartement. Mais il a un mal fou à se concentrer sur son travail, il l'appelle plusieurs fois par jours et lui laisse des texto, il sait seulement qu'elle s'est réfugiée dans un studio prêté par Stéphanie, elle lui a bredouillé avant de partir qu'elle avait besoin de temps. Il souffre de son absence, qu'elle ne soit plus là est pire que de la voir effondrée et indifférente à sa présence. Il passe du désespoir de l'avoir perdue à l'espoir qu'elle finira par accepter la mort d'Alix et chercher du réconfort auprès de lui. Il aimerait en parler avec Gabriel, il connaît si bien Léa, il aurait sûrement de bons conseils. Mais Gabriel n'est pas à Nantes, lui a décidé d'aller à Arcachon. Il leur avait dit que cela ne servait à rien qu'il reste à Nantes, cela ne ramènerait pas Alix et annuler leur séjour n'était pas correct vis-à-vis de leur ami qui comptait sur eux à Arcachon. Le monde ne s'arrêtait pas de tourner avec la mort d'Alix Hélias.

Jérémy lui manque ; même s'il n'avait plus trop la tête à ça, il avait accompagné Gabriel à Arcachon pour ne pas faire défaut à leur ami. Camille elle, était restée à Nantes.

Elle est très affectée par la mort d'Alix. Elle perd une amie, aussi son avocate et n'imagine pas le procès sans elle. Elle tient à être présente aux obsèques. Alix a donné son corps à la science, mais ses proches et relations ont organisé une cérémonie du souvenir au Cimetière Parc de Nantes où seront déposées ses cendres.

Elle ne comprend pas pourquoi Léa refuse de la voir, elle ne décroche même plus son téléphone. Il lui semble pourtant qu'elles auraient pu se réconforter mutuellement. Elle ne sait même pas exactement où elle se trouve en ce moment, Malo lui a seulement dit qu'elle a quitté leur appartement pour quelques temps. Camille songe à contacter Ariane qu'elle sait avoir été proche d'Alix, elle a besoin de parler d'elle avec une personne qui l'a aimée, il faut qu'elle trouve ses coordonnées.

Attablée à une terrasse du petit salon de thé de son quartier elle se demande qui a tué Alix ? Un rodeur, un condamné qui voulait se venger ? Possible, mais Alix était prudente et connaissait bien les risques de son métier, elle prenait probablement des précautions. Et si sa mort était liée à sa relation avec Léa ? Elle se demande pourquoi cette idée l'a effleurée alors qu'elle ne dispose de rien de tangible pouvant aller en ce sens. Et pourtant… Elle voudrait tant en parler avec Léa, mais elle reste injoignable et elle ne veut pas la harceler. Elle imagine mal Malo, même pris d'une rage de jalousie, frapper Alix. Elle sait que cela arrive hélas trop souvent mais Malo, elle l'en imagine incapable. Mais alors qui ? Et si une dispute entre elle et Léa avait dégénéré ? Non, impossible, ces ceux-là s'aimaient et Léa ne pourrait jamais frapper une autre femme à mort, ça ne collait pas. Alors qui ? Elle repense aux propos haineux de Gabriel envers Alix et se sent mal à l'aise, il n'y était pas allé de main morte, mais de là à la tuer il y avait un gouffre. L'aurait-il franchi ? C'était peu probable, il n'avait aucun mobile sérieux pour ça, il lui en voulait pour éloigner ses amis l'un de l'autre, mais personne ne tue pour cela. Elle se dit qu'elle ferait une piètre enquêtrice et cesse de se torturer en vain.

Pendant ce temps, Léa avait été convoquée au commissariat de police. Il avait bien fallu qu'elle se lave, s'habille et sorte du studio où elle était enfermée depuis quelques jours. Cela lui avait demandé un effort considérable et elle était arrivée au commissariat épuisée et d'humeur maussade. Son allure faisait pitié à voir, elle n'avait plus grand-chose de l'intrépide photographe de guerre. Elle avait trouvé l'interrogatoire mené par la jeune Capitaine embarrassant, Alice Mahé avait fait peu de cas de sa pudeur et l'avait poussée dans ses moindres retranchements. Léa ne lui avait rien caché. Oui, elles avaient eu une liaison, oui Alix l'aimait et du reste elle aussi l'aimait en retour. Oui, elle avait eu du mal à choisir entre Alix et son mari et quand elle avait fini par comprendre que c'était elle qu'elle aimait, il était trop tard, elle avait été assassinée la veille. Non, elle n'avait pas vu Alix le jour de sa mort. Oui, elles s'étaient parlé au téléphone la veille, lors de cette conversation, elle l'avait informée qu'elle avait pour projet de partir vivre à Paris avec son mari ; une nouvelle qui avait dû l'anéantir. Mais le lendemain, enfin certaine de son amour, elle avait couru vers elle pour découvrir qu'Alix venait d'être emmenée à l'institut médico-légal. Oui, elle s'en voulait tellement, elle aurait dû être avec elle, rien ne lui serait arrivé, personne n'aurait pu la tuer. Non, elle n'avait aucune idée de qui avait pu faire ça. Au moment de sa mort, elle était chez son esthéticienne pour une séance d'épilation en vue de vacances à Arcachon. Son alibi serait confirmé, il suffisait d'appeler le salon esthétique. Le lieutenant Moreau lui avait répondu qu'elle n'avait pas besoin d'un alibi, elle n'était pas vraiment soupçonnée du meurtre d'Alix. La capitaine lui avait alors demandé si son mari, Malo Le Bris était au courant de leur liaison et si oui, depuis quand. Elle avait répondu que c'était possible en effet, tout au moins pouvait-il avoir des soupçons. Elle n'avait pas dit à la Capitaine que Malo lui avait proposé de repartir vivre à Paris pour l'éloigner d'Alix, il lui semblait que cela le condamnerait et elle ne voulait pas impliquer le père de son enfant. Elle savait qu'il n'était pas l'assassin, pas lui, c'était impossible. Elle ne l'aimait plus, mais de là à l'accabler, il y avait un monde.

Pour conclure, elle lui avait dit que la seule responsable de la mort d'Alix, c'était elle. L'enquêtrice l'avait regardé curieusement, et lui avait rétorqué que non, le responsable de la mort d'Alix était celui ou celle qui l'avait tuée. Les enquêteurs lui avait encore demandé si elle avait des soupçons sur une personne en particulier. Elle avait répondu que non, ce n'était pas le genre de ses amis. L'enquêtrice lui avait malgré tout demandé d'établir une liste des connaissances et amis communs à elle et à Alix, alors Léa avait mentionné Camille bien sûr, aussi cliente du cabinet de l'avocate, Jérémy son compagnon, Gabriel et quelques autres de leurs amis. Les deux enquêteurs l'avaient ensuite libérée en lui demandant de ne pas quitter la ville dans l'immédiat.

En sortant du commissariat, Léa avait vu que Malo avait cherché à la joindre, il était convoqué l'après-midi même et inquiet voulait sans doute savoir s'il était soupçonné ou pas et ce qu'elle avait dit aux enquêteurs. Il n'aurait qu'à se débrouiller, elle n'avait aucune envie de lui parler, l'interrogatoire avait été éprouvant et l'avait vidée de ses maigres forces. Elle avait coupé son portable après avoir commandé une voiture sur son application mobile, pressée de retrouver son refuge au plus vite et de ne plus penser à rien d'autre qu'à Alix. Dans la voiture, elle avait réalisé qu'elle n'avait même pas fait une seule photo d'elle et fondu en larmes. C'était bien la peine d'être célèbre pour ses portraits… Désespérée, elle s'était dit qu'elle ne ferait plus jamais le moindre portrait de sa vie. Des portraits d'anonymes du monde entier et pas une seule photographie d'Alix.

Dans la salle de réunion l'ambiance était fébrile, les enquêteurs mobilisés pour résoudre cette affaire travaillaient sans relâche et tenaient au café bien noir et à l'adrénaline. Les pistes ouvertes au début de l'enquête se fermaient les unes après les autres, une fois vérifié qu'elles ne menaient nulle part.

En cet instant même, les lieutenants Vincent et Le Goff informent leurs collègues que les perquisitions au domicile des repris de justice n'ont rien donné. Ils n'ont pas vraiment d'alibi, l'un était seul à son domicile et l'autre se promenait le long d'un quai au moment de l'heure estimée de la mort d'Alix. Rien n'est sorti de l'analyse des fadettes de leurs téléphones, mais ils auraient aussi bien pu utiliser d'intraçables portables jetables. Les policiers ont aussi épluché leur relevé de compte bancaire à la recherche d'une sortie d'argent conséquente et inhabituelle, ils n'ont rien relevé de suspect.

La capitaine décide de maintenir une surveillance malgré tout. Ils ne sont pas encore suffisamment avancés dans l'enquête pour refermer cette piste.

Puis c'est au tour de la Capitaine Mahé et du Lieutenant Moreau d'informer l'équipe qu'ils écartent Léa Thomson de la liste des suspects. En effet, elle a été transparente lors de son audition, son désespoir n'était pas simulé, elle leur est apparue dévastée, le visage déformé par les pleurs, les cheveux emmêlés, le regard hagard… Elle n'a pas retenu ses mots, n'a rien calculé, sans fausse pudeur elle leur a parlé de son amour pour la victime, de la souffrance qui la déchirait et de sa responsabilité. Même une actrice chevronnée n'aurait pu ainsi feindre le désarroi et la douleur, pas après l'interrogatoire serré qu'ils lui avaient fait subir. Trois heures durant, ils l'avaient poussée à se mettre à nu.

La capitaine en particulier avait été implacable. S'il s'agissait d'un crime passionnel, Léa n'en était pas l'auteur. Ils avaient vérifié son alibi pour la forme, elle n'avait pas menti. Tout la disculpait.

Alice Mahé conclut qu'elle est convaincue de l'innocence de Léa Thomson, en revanche, elle pense que son amour pour Alix Hélias est le mobile du meurtre.

Ils sont beaucoup plus circonspects concernant son mari, Malo Le Bris. Sur la réserve pendant l'audition, il leur a paru confus et il s'est plusieurs fois contredit. Ils n'ont pas réussi à savoir précisément ce qu'il savait de la liaison de sa femme avec Alix Hélias. Il est resté vague, avouant qu'il pressentait qu'il se passait quelque chose car sa femme n'était pas comme d'habitude. Il lui semblait qu'elle s'éloignait de lui, pourtant ils avaient passé peu de temps avant un séjour chez ses parents pendant lequel ils avaient été très proches. Il avait affirmé qu'il n'avait jamais été question de rupture entre eux et qu'il ne se sentait pas menacé par Alix, intrigué plutôt. Sa femme n'était pas lesbienne, pourquoi se serait-il inquiété d'Alix Hélias ? A ce moment de l'entretien, Alice Mahé l'avait bousculé sans ménagement mais il n'avait pas flanché, continuant de se montrer peu disert et même condescendant. Il avait ajouté que cela n'était pas la première fois que l'un ou l'autre regardait ailleurs mais leur couple était assez solide pour survivre à des aventures sans lendemain.

Les enquêteurs concluent que lui a bien un mobile, la jalousie, raison suffisante pour éliminer une rivale qui risquait de mettre son couple en péril. En outre, il n'a pas d'alibi, l'après-midi de la mort d'Alix Hélias, il faisait quelques achats en vue de prochaines vacances, mais ne peut justifier de son emploi du temps pendant environ une heure, un temps amplement suffisant pour commettre le crime. Il a acheté un maillot de bains à 17h55 puis un produit solaire dans une pharmacie à 19h10 et leur a fourni les deux tickets de caisse. Entre deux, il dit avoir marché dans la ville, mais il aurait aussi bien pu se rendre chez Alix et l'assassiner.

La capitaine rappelle qu'une commission rogatoire a été ordonnée par le juge d'instruction pour effectuer une perquisition au domicile du couple Thomson – Le Bris. Les enquêteurs espèrent y trouver la paire de chaussures mal ou pas nettoyée correspondant à l'empreinte de pas trouvée dans la cuisine d'Alix Hélias. Pour l'instant ils n'ont rien de tangible contre Malo Le Bris, aucun élément matériel, ni empreinte ni prélèvement ADN relevé sur la scène de crime ne l'incrimine. Il semble même qu'il ne se soit jamais allé au domicile de la victime. Pas d'échanges téléphoniques ou d'emails entre eux non plus. Ils ont vérifié les enregistrements des rares caméras du quartier, il n'apparaît sur aucun enregistrement le jour du crime.

Bien sûr, il peut être particulièrement roué et avoir soigneusement préparé son crime, aussi décident-ils malgré tout de demander au juge de le mettre en examen, la prochaine fois ils l'entendront en présence de son avocat. En effet, un ami commun au couple et à la victime, contacté en vue de son audition, leur a confié que Malo Le Bris savait que sa femme avait une relation avec la victime, qu'il ne s'agissait pas d'une passade, au contraire, elle envisageait de le quitter et il était furieux. Cet ami actuellement en vacances à Arcachon doit être auditionné à son retour de vacances.

Malo Le Bris n'est donc pas écarté de la liste des suspects et une sérieuse présomption de culpabilité plane sur sa tête. Toutefois, la Capitaine Alice Mahé sait par expérience que les apparences peuvent être trompeuses et que ce n'est pas parce qu'un suspect fait un bon coupable, qu'il l'est. Elle lève la réunion avec le sentiment qu'ils avancent plutôt bien pour l'instant. Toutes les personnes qui figurent sur la liste établie par l'amie d'Alix, Ariane Desforges, sont convoquées, plusieurs ont déjà été auditionnées. Elle veut connaître au plus vite leur sentiment à tous sur la relation entre Alix et Léa et ce qu'ils savent du couple Léa Thomson et Malo Le Bris.

Ils lèvent la réunion, ils ne pourront rien faire de plus aujourd'hui. Comme si leur conscience professionnelle ne suffisait pas, la pression hiérarchique continuelle depuis le début de l'enquête s'accentue chaque jour et leur interdit tout relâchement. La fatigue durcit leurs traits et les vieillit. Tant que l'assassin d'Alix Hélias ne sera pas inculpé, leur vie privée passera au second plan, cela ne leur pèse pas plus que ça, de toute façon ils ont du mal à penser à autre chose.

Gabriel est rentré d'Arcachon la veille au soir. Pendant la semaine de vacances il a donné le change, réconfortant Jérémy et contribuant comme d'habitude à animer la petite bande de leurs amis. A l'insu des autres, il a recherché dans les médias toutes les informations disponibles sur l'affaire. Où en est l'enquête, qui est soupçonné, Malo est-il mis en examen… ?

Quand la Crim' l'a joint au téléphone, il n'a pas hésité une seconde à les informer que Malo n'ignorait rien de la relation entre Alix et Léa. Il ne disait après tout que la vérité.

Il ne regrettait pas son crime mais il n'en est pas fier non plus. Par moments, étrange phénomène de dissociation, il n'était plus certain d'avoir tué Alix. Il se souvenait de l'immense sentiment de rage qui l'avait envahi, d'avoir saisi la carafe, de s'être levé d'un bond et de l'avoir frappée sur le dessus de la tête. Tout était allé si vite, il avait agi par réflexe, il n'avait pas pensé et si son geste ne l'avait pas tuée, il ne se serait pas acharné. Il se réappropriait ainsi les faits, ce qui lui procurait un relatif détachement. Il finissait par s'en convaincre, son acte n'était pas prémédité, la fatalité avait décidé à sa place et du reste, il l'avait prévenue, alors c'était de sa faute si elle n'avait pas prêté attention à ses mises en garde. Gabriel croyait que la plupart des gens affichaient des valeurs et une morale pour la galerie mais ne se les imposaient pas, dans ces conditions, il ne voyait pas pourquoi il se ferait plus de reproches que ça. Ces choses-là arrivent, c'est banal et voilà tout. Ainsi il s'anesthésiait dans une étrange et confortable sorte de déni et pour l'instant, sa conscience ne le travaillait pas plus que ça.

Il était convoqué au commissariat le lendemain matin. Il s'y attendait étant l'un des plus proches amis de Léa et de Malo et connaissant Alix de longue date. Les enquêteurs avaient convoqué tout l'entourage d'Alix, la routine en sorte et rien ne pouvait l'incriminer, il avait soigneusement effacé ses traces. Il lui suffirait d'être sur ses gardes pour ne pas se trahir. Il devrait faire attention à ne pas trop orienter les soupçons sur Malo non plus, cela pourrait paraître suspect. Il suffirait qu'il leur dise la vérité, Malo savait, il était malheureux et furieux contre Alix.

Une fois Alix et Malo hors-jeu, Léa sera toute à lui. Pour l'instant elle ne répond pas à ses appel. Rien de plus normal, elle souffre, mais ça ne durera pas, elle a si peu connue Alix, elle l'oubliera vite et lui saura se rendre indispensable, comme toujours. Il ne répond pas aux appels de Malo, il ne veut pas le voir ni lui parler avant son audition au commissariat et d'en savoir plus. Si Malo est inquiété, mis en examen, il lui fournira un avocat, il ne le laissera pas tomber. Dans ses messages, Malo disait que Léa avait quitté leur domicile, alors il s'était rendu à la galerie d'arts et Stéphanie qui n'avait aucune raison de se méfier, lui avait donné l'adresse du studio de la Place Zola.

Gabriel est devant le petit immeuble de la place Zola depuis un quart d'heure, il attend que quelqu'un entre ou sorte pour s'engouffrer dans le hall. Un livreur descend de son vélo et sonne à la porte, Gabriel entend la voix étouffée de Léa sortir de l'interphone. Il comprend qu'elle n'a pas la force de sortir faire des courses et se fait livrer un repas de temps à autres. Il suit le livreur dans l'escalier et glisse prestement son pied dans l'entrebâillement de la porte avant qu'elle ne se referme.

Elle a beau ne vouloir voir personne, à la vue de Gabriel elle laisse tomber ses défenses. Elle a tellement mal et elle est si seule, elle est incapable de le repousser, quelque part dans sa mémoire est inscrit que cet homme est un ami de toujours. Bien sûr il lui a fait une déclaration insensée mais peut-elle lui en vouloir de l'aimer ? Et puis c'est si loin, ça n'a plus vraiment d'importance. Il sait bien que c'est Alix qu'elle aime et maintenant elle est morte. Tout est fini et rien n'a plus de sens. Désabusée et à bout de force, elle le laisse entrer dans le studio.

« Léa, oh Léa, ma pauvre chérie, comment vas-tu ? Laisse-moi te regarder... Tu ne peux pas rester seule dans ce studio, il va t'arriver malheur.

- *Gabriel, je ne pourrai jamais me remettre de la mort d'Alix, je me fiche bien de ce qui peut m'arriver, au contraire, si je pouvais la rejoindre...*
- *Tu ne penses pas ce que tu dis ! Tu as songé à Arthur, ton fils adoré, à ta mère, à Malo et à nous tes plus chers amis ? Si tu savais comme Camille et Jérémy sont inquiets ! Léa ce n'est pas toi, tu en as vu d'autres, tu es forte, tu...*

- Mais Gabriel, tu ne comprends pas, je ne peux pas... je ne peux et je ne veux pas penser à vous tous, je ne pense qu'à elle, je l'aimais tant et je l'ai tuée, je ne la reverrai jamais plus...

- C'est la culpabilité qui te fait dire ça et c'est vain. C'est fini Léa, elle n'est plus là, toi oui et tous ceux qui t'aiment aussi. Ça prendra du temps bien sûr, mais tu finiras par l'admettre et doucement elle s'effacera, tu l'oublieras. C'est comme ça la vie, c'est plus fort que tout, ta vie à toi n'est pas finie, loin de là et tu le sais au fond de toi.

- Gabriel, je ne veux que penser à elle et savoir quand son assassin sera confondu, le reste...

- Ne t'en fais pas, l'enquête est en cours, ils trouveront le coupable, c'est l'acte du conjoint d'une femme battue ou d'un violeur condamné. Sinon, je ne vois pas qui aurait pu avoir intérêt à la tuer ?

- Oui, c'est probable... ou alors quelqu'un de jaloux de notre amour ?

- Tu sais Léa parler d'amour c'est un peu fort, personne ne songeait à vous comme à un amour, plutôt à une liaison et personne ne savait trop si elle existait vraiment.

- Pourtant, quand je pense aux stratégies de Malo pour m'éloigner d'elle ou à ta soudaine déclaration enflammée, il me semble que vous étiez conscients de cet amour et qu'il vous dérangeait...

- *Je n'étais pas dans mon état normal, l'idée de votre liaison me perturbait, j'ai pensé « après tout pourquoi pas moi ? ». Je me suis fourvoyé dans une confusion des sentiments. Tu es mon amie de cœur, parfois la frontière des sentiments n'est pas si claire, un moment d'exaltation, tu me connais.*
Quant à Malo, il était inquiet c'est vrai, mais il n'aurait jamais pu faire ça.
- *Pourtant, j'ai lu ce matin qu'ils l'ont mis en examen, la police a de sérieux doutes le concernant.*
- *Bien sûr, le coup classique du triangle amoureux, mais tu verras, il sera disculpé d'ici peu. Non, c'est l'acte d'un étranger violent et qui ne doit pas en être à son coup d'essai ! Rien à voir avec nous.*
- *Peut-être, je ne sais pas, je ne sais plus, je veux rester ici et garder Alix avec moi le plus longtemps possible.*
- *Tout ce que tu vas réussir à faire, c'est tomber malade. Tu ne veux pas rentrer chez toi, je le comprends, comment pourrais-tu faire face à Malo et à ce deuil dans un même temps ? Je te propose de venir chez moi, il y a une chambre d'amis qui te tend les bras, tu aimes ma maison, le jardin... Tu feras comme bon te semble, rester dans la chambre, en sortir, tu seras comme chez toi. Mais en cas de problème, je serai là et je t'aiderai et seulement si tu me le demandes. Je te ferai à manger, tu mangeras ou pas, toi seule décideras. Mais tu ne peux pas rester dans ce petit studio sombre et sans vie, seule*

et désespérée, je ne le permettrai pas. Ton fils ne me le pardonnerait pas.

Mon fils... Léa songe à Arthur, elle entrevoit sa frêle silhouette, son sourire câlin... Comment a-t-elle pu ? Il doit être mort d'inquiétude. Désemparée elle hésite, regarde le lit où elle se blottit dans le souvenir de l'odeur et de la douceur du corps d'Alix, sans personne pour la distraire... Elle regarde Gabriel qui lui sourit calme et consolant.

« Si tu me promets de ne pas interférer, je veux bien essayer.

- *C'est promis.*
- *Alors aide-moi à ramasser mes affaires et à mettre un peu d'ordre dans le studio. »*

Léa attrape sa valise et y jette pêle-mêle les quelques affaires qu'elle avait apportées pendant que Gabriel nettoie la kitchenette et jette les cartons de pizza et autres détritus dans un sac poubelle.

Une heure plus tard, ils quittent tous les deux le studio de la Place Zola pour la jolie maison des bords de L'Erdre.

Dans les bureaux de la Crim' Alice Mahé tapote du bout de son crayon le dessus de son bureau. Quand elle réfléchit elle joue de la batterie avec son crayon et parfois son cerveau opère tout seul des connections qui s'étaient jusqu'alors dérobées. La lieutenant Le Goff a passé une tête dans le bureau quelques minutes plus tôt pour lui demander si elle voulait se joindre aux autres pour déjeuner. Ils l'attendent dans le couloir pour se rendre à la cantine, elle est affamée, pourtant elle se repasse en boucle l'audition de Gabriel Le Carré. Quelque chose de l'ordre de l'intuition avait furtivement attiré son attention mais s'était échappé au moment où elle avait voulu l'examiner et elle n'arrivait pas à remettre le doigt dessus. Elle savait que cela lui reviendrait quand elle n'y penserait pas mais elle en avait besoin maintenant. En tous cas, le témoignage de Le Carré contredisait les dires de Malo Le Bris. Selon Gabriel Le Carré, le mari de Léa savait que les deux femmes vivaient un amour intense, il en souffrait et faisait tout pour récupérer sa femme. A l'évidence, l'un des deux ne disait pas la vérité, les enquêteurs allaient devoir les confondre. Ils allaient aussi devoir réentendre Camille Serre qui avait vaguement mentionné un incident avec Gabriel Le Carré.

La Capitaine a compris que Gabriel Le Carré est le pivot au centre de ce groupe d'amis. Il connaît intimement tout le monde. Elle a le sentiment que d'une manière ou d'une autre, il peut les aider à élucider cette affaire. Elle compte bien le réentendre autant de fois que nécessaire. Elle l'a d'ailleurs trouvé de bonne composition, charmant même, pourtant elle a été interpellée à plusieurs reprises par quelque chose d'indicible dans son regard et dans les intonations de sa voix comme s'il jouait un rôle. Peut-être est-ce parce qu'il est un peu affecté, sûr de lui aussi, habitué à impressionner son auditoire. Le genre d'homme auquel presque rien ni personne ne résiste facilement.

Décidément cette affaire ne manque pas de sel et pour la résoudre, si les éléments matériels ne doivent évidemment pas être négligés, elle pense à l'empreinte partielle de pas, seul élément matériel probant en leur possession pour l'instant, les aspects psychologiques seront décisifs et cela lui plait. C'est même son point fort, elle aime plonger dans les complexités de l'âme humaine, elle est subtile et ses capacités d'analyse sont aussi agiles que son intuition est affûtée.

Il est maintenant plus de 21h00, Alice Mahé se lève et ferme la fenêtre de son bureau avant de se décider à enfin rentrer chez elle. Elle a désormais la conviction que non seulement le meurtrier d'Alix Hélias est un proche, il est aussi très intelligent. Il lui faudra plus de temps pour le démasquer qu'il n'en faudrait pour des assassins moins futés, mais elle n'en doute pas, elle finira par le confondre, le crime parfait c'est bon pour la littérature policière.

Pas bien loin du commissariat central, en bas du jardin de la maison des bords de l'Erdre, des reflets rouges et violets du soleil couchant zèbrent la surface de l'eau.

Le bateau de Gabriel est amarré à son ponton, sa coque en acajou vernis et ses chromes reluisants étincellent dans la nuit.

Remerciements

J'ai écrit ce livre sans l'aide d'un éditeur, pas de soutien ni de conseils éditoriaux, pas de relecture ni de correcteur. Je suis tranquille, je ne risque donc pas d'oublier quelqu'un de ce côté-là. En revanche, je demande pardon par avance à mes lecteurs s'ils venaient à tomber sur des coquilles égarées.

J'espère ne pas avoir trop enquiquiné ma famille et mes amis avec mes états d'âme lors de l'écriture de ce roman qui s'est imposé à moi sans que je ne sache pourquoi.

Christine Le Doaré

Avril 2024